고선영 판타지 장편소설

체인지

Change

1

체인지 1

고선영 판타지 장편 소설

초판 1쇄 찍은 날 § 2001년 11월 20일
초판 1쇄 펴낸 날 § 2001년 11월 30일

지은이 § 고선영
펴낸이 § 서경석

편집장 § 문혜영
편집책임 § 권민정
편집 § 박영주 · 김희정 · 장상수
마케팅 § 정필 · 강양원 · 김규진

펴낸곳 § 도서출판 청어람
등록번호 § 제1081-1-89호
등록일자 § 1999. 5. 31
어람번호 § 제1-0171호

주소 § 경기도 부천시 원미구 심곡1동 350-1 남성B/D 3F (우) 420-011
전화 § 032-656-4452 팩스 § 032-656-4453
E-mail § eoram99@chollian.net

값 7,500원

ISBN 89-5505-212-X (SET)
ISBN 89-5505-213-8 04810

고선영 판타지 장편소설

체인지

Change

1

1부 Change Of Destiny
인연의 시작

도서출판
청어람

Change Of Destiny 1

인연의 시작

목차

작가의 말

체인지… 말 그대로 '변하다, 혹은 바뀌다' 라는 뜻이 있습니다. 그렇다면, 이 글은 왜 제목이 체인지가 될까요?

이 소설에서는 어느 날 갑자기 우연한 계기로 어떤 한 영혼의 육체가 뒤바뀌게 됩니다. 물론, 그것만으로 이 소설의 제목이 체인지가 된 것은 아니죠.

그 영혼은 육체뿐만 아니라 처해 있던 주위 환경도 갑자기 바뀌게 되고, 성별 등 모든 것이 뒤바뀌게 됩니다. 또한, 그에게 주어져 있던 운명 역시 바뀌게 되어 그것으로 인해 혼란스러워하기도, 고뇌하기도 합니다.

체인지에서 도현이라는 소년은 라비스라는 소녀의 육체로 들어가 그녀의 삶을 살게 되죠. 그리고 그는 뒤바뀐 육체로 인해서 계속적인 변화를 겪게 됩니다. 영혼이 육체에 동화되면서 점점 여성화되어 가는 자신의 모습을 발견하게 되고, 그것으로 인해 자신의 본래 자아가 사라지는 것을 두려워하여 괴로워합니다.

바뀌고 변해가는 것… 이 글의 주인공은 그 변화로 인하여 많은 시련을 겪는 반면, 그것으로 인하여 운명을 깨달으며 성장을 하게 됩니다.

가을의 끝자락에 머물며

 프롤로그

머리카락은 진한 황금색…

눈동자는… 감고 있어서 보이지 않는다.

피부는 순결해 보이는 백색으로 티 하나 없이 매끄럽게 그녀를 뒤덮고 있었다.

나아옹~

페르시안 종으로 보이는 한 마리의 흰색 고양이가 어슬렁어슬렁 그의 주인에게로 다가갔다. 창문 사이로 아침을 알리는 갓 태어난 태양의 손길이 새어 들어오고 있었다.

언제나 그러했듯 그 귀여운 고양이는 무척이나 화려해 보이는 킹사이즈의 대형 침대 위로 뛰어올라 쌔근쌔근 달콤한 잠에 취해 있는 주인을 깨우기 시작했다.

나아옹! 나아옹!

그 고양이는 정신없이 잠들어 있는 그녀의 귀에다 대고 울음소리를 내기도 하고 그녀의 황금빛 머리카락을 잡아당기기도 했다.

"음냐… 엄마, 5분만 잘게요……."

그녀의 아름다운 외모와는 별로 어울리지 않는 잠꼬대가 그녀의 붉은 입술 사이에서 새어 나왔다. 그리고는 귀찮은 듯 자신에게 매달려 있는 그 고양이를 손으로 움켜잡더니 떼어내어 침대 밖으로 내던지는 것이었다.

캬아옹!!

고양이의 처절한 비명 소리가 울려 퍼졌다.

"으음… 고양이 소리?"

결국 미적거리던 소녀는 고양이 날카로운 울음소리에 잠이 깨었는지 눈이 번쩍 떠졌다. 그러자 천연으로 빛나는 황금빛의 눈동자가 그 모습을 드러내어 그녀의 미모를 한층 더해주었다. 그녀는 아직 잠이 덜 깨었는지 멍한 얼굴로 부스스 일어났다. 어쨌든 그녀는 일어났으니깐, 그 불쌍한 고양이는 자신의 주인을 깨우는 일에 성공한 셈이었다.

냐앙~

조금 전 자신의 주인의 손에 저 구석으로 내던져진 귀여운 고양이는 얼른 그녀가 일어나서 여느 때처럼 자신을 안아주고 쓰다듬어 주길 바랐다. 하지만 저 황금빛의 탐스런 머리칼을 한 소녀는 여전히 몽롱한 얼굴을 한 채 멍하니 있더니 이리저리 두리번거리기 시작하는 것이었다.

냐앙?

평소 때에는 항상 차분한 모습만을 보여주었던 주인이었는데, 오늘 따라 멍청한 얼굴로 주위를 두리번거리는 그녀를 보자 고양이는 의아해졌다.

"우웅? 여기가 어디지?"

소녀는 당황한 얼굴로 벌떡 일어나더니 낮게 중얼거렸다. 그러다 고양이는 자신의 주인과 눈이 마주쳤다.

"고양이?"

냐아앙~!!

드디어 주인이 자신을 보아주자 고양이는 기쁜 마음이 되어 애교스런 태도(?)로 그의 주인에게 달려갔다. 그러나…

"으앗! 고양이! 저, 저리 갓!"

소녀는 기겁을 하며 자신에게로 달려온 예쁘고, 귀엽고, 사랑스러운 하얀 털북숭이를 냉랭히 뿌리쳤다. 그리고는 자신이 입은 레이스가 달린 핑크 빛 잠옷을 힐끔 내려다보더니 탐스런 황금빛 머리카락을 쥐어뜯으며 발광을 시작하는 것이었다.

"으으으, 내가 왜 이런 공주틱한 잠옷을 입고 있는 것이지? 그리고 무식하게 넓은 이 방은 대체 뭐야? 아악! 내 머리는 왜 이렇게 치렁치렁한 거얏! 대체 뭐야! 뭐야! 내가 아직 잠에서 덜 깨었나?"

그러더니 소녀는 하얗고 길어 보이는 손가락을 들어 본인의 볼을 꼬집는 것이었다.

"아얏!! 더럽게 아프네. 꿈인데도 이렇게 아플 수가 있나?"

소녀의 황금빛 눈동자는 이제 광기마저 어렸다. 그리고 방금 전까지 상처 입은 얼굴을 하고 있던 고양이는 제정신이 아닌 듯한 자신의 주인을 보자 겁을 먹었는지 슬금슬금 뒷걸음을 쳤다.

"어, 거울!"

또다시 두리번거리던 소녀는 방의 한 벽면을 거의 차지하는 전신 거울을 발견하고는 그곳으로 휘적휘적 다가갔다.

그리고 잠시 후…

"까아악!!"

다소 처절하게 느껴지는 소녀의 비명 소리가 들려왔다.

Change Of Destiny

제1장

뒤바뀐 운명

# 뒤바뀐 운명

"꺅! 꺄악!"

엄청난 성량의 목소리가 조그맣기만 한 나의 입술 사이에서 터져 나왔다.

"꺅? 에엥?"

거울에 비친 나의 모습을 보고 받은 충격을 그대로 비명으로 화하여 마음껏 내지르는데… 그 비명 소리가 나의 귀에는 매우 생소하게 느껴지는 고 옥타브였다. 본인의 비명 소리에 내가 지레 놀라 잠시 비명을 지르는 일을 멈추었다. 그리고 덜덜 떨리는 손을 천천히 나의 입술로 가져가며 거울에 비친 나의 모습에 다시 한 번 눈길을 주었다.

"아~ 아~ 아! 아!"

나는 입을 살짝 벌려 아아! 거리는 음성을 내보았다. 그러자 제법 청아하게 울리는 소녀의 목소리가 나의 입술 사이를 비집고 새어 나왔다.

곧 나의 안색이 급속도로 창백해졌고, 길게 쭈욱 뻗은 나의 다리가 후들거리기 시작했다.

'하아! 이게… 이게… 어찌 된 일이야?'

내가 그렇게 거울 앞에 붙어 서서 비틀거리고 있을 때, 나의 비명 소리를 듣고 누군가가 급히 다가오는지 요란스런 발자국 소리가 들려왔다. 그리고 벌컥 방문이 열리며… 짧은 갈색 머리를 한 젊은 남자가 무척이나 놀란 얼굴로 모습을 드러냈다.

"라비스님! 무슨 일이십니까?"

그 남자는 그렇게 나를 향해 외치더니 방 안을 주의 깊은 눈길로 살피는 것이었다. 그리고는 아무 이상이 없다고 스스로 판단이 되었는지 안도의 한숨을 내쉬며 긴장하였던 그의 안면 근육을 풀었다.

"괜찮으십니까?"

그는 그렇게 나에게 물으며 가까이 다가왔다. 사실 나는 괜찮지 못했다. 그가 나를 부르는 이상한 호칭 때문에 더욱 머리가 어질어질해졌기 때문이었다. 게다가 그가 사용하는 혀 꼬부라지는 이상한 발음, 그리고 더욱 이상한 것은 내가 그의 말을 너무도 잘 알아듣고 있다는 것이었다.

나는 다시 고개를 돌려 거울을 응시했다. 그러자 내가 보아도 아찔할 정도의 미인이 거울에 비쳐졌다. 그것도 매우 창백한 얼굴로… 원래 하얀 피부인 듯한 거울 속에 비친 나는 핏기 사라진 창백한 모습으로 인하여 병약한 아름다움이 느껴졌다.

'이건 꿈이야! 어째서… 내 모습이 여자로 비치는 거지? 그리고 이 가느다란 목소리는…….'

정말 기가 막힐 노릇이었다. 저 거울 속에 비친 소녀는 분명히 나였다. 내가 움직이는 대로 그녀도 똑같이 움직이고 있으니.

나는 내 앞에 서서 걱정스럽게 나를 바라보고 있는 남자를 응시하였다. 눈앞이 팽글팽글 도는 듯했다. 그리고 정신적 충격으로 인한 것인지 다리가 후들거려 몸을 지탱하는 것이 매우 힘겹게 느껴졌다.

"라비스님?"

그 남자는 점점 창백해지는 나의 안색이 매우 걱정스러워졌는지 라비스라는 호칭으로 나에게 입을 열었다. 그런데 그때!

"오오! 라비스니임~ 깨어나셨군요!!"

시녀들로 보이는 소녀들을 대동한 거구의 중년 여인이 격정적인 음성을 토하며 방 안으로 뛰어 들어왔다. 그녀가 요란스럽게 뛰어 들어옴으로 인하여 내가 서 있는 바닥이 쿵쿵 울릴 지경이었다. 그녀는 그렇게 나의 앞까지 다가오더니 갑자기 걸음을 멈추고는 눈물을 글썽이기 시작했다. 그리고는 나직하게 입을 열었다.

"라비스님……"

"누구……?"

나는 조심스럽게 말을 꺼냈다. 하지만 그녀는 나의 질문이 귀에 들어오지 않는지, 아니면 정신을 차리고 그녀에게 말을 거는 나의 모습을 보고 감격이라도 했는지 다시 격해진 그 육중한 몸으로 나를 덥석 끌어안는 것이었다.

그렇게 나를 끌어안고 그녀는 꺼이꺼이 울음을 터뜨렸다. 나로서는 정말 황당하고도 혼란스럽기 짝이 없는 일이었다. 처음 보는 여자가 다짜고짜 나를 끌어안고는 취하는 행동이, 꺼이꺼이 울음을 터뜨린다는 것이 나로서는 그저 황당할 뿐이었다.

나는 캑! 하는 숨 막히는 소리를 내며 그녀의 강렬한 포옹에서 빠져

나오려 애를 썼다. 이러다 처음 보는 중년 여인의 품 안에서 질식하여 허무하게 생을 마감하게 되는 것은 아닌지.

'으, 사, 살려줘!'

그런 나의 바램을 신께서 들어주셨는지 어쨌는지 곧 누군가가 나를 구원하는 말을 하였다.

"루이스님! 지금 라비스님께선 정신이 드셨다고 하나 몸이 아주 안 좋으신 상태예요! 안정을 취해야 한다구요!"

누군가가 그녀를 다그치는 말을 하자 루이스라고 불린 그녀는 그제야 나를 끌어안던 팔을 풀었다. 그리고 창백해진 얼굴로 숨이 꼴깍꼴깍 넘어가기 직전이었던 나는 다시 돌아오는 화색을 느끼며 안도의 한숨을 내쉬어야 했다.

그렇게 어느 정도 생각이란 것을 할 수 있는 정신이 돌아오자 내 앞에서 벌어지고 있는 이 황당한 상황에 대해 설명을 들어야 할 필요성을 느끼기 시작했다.

"저어……."

하지만 이번에도 나의 말은 무시되었다.

"라비스니이이임~!!"

갑자기 무시무시해진 루이스의 목소리에 나는 흠칫하며 그녀의 얼굴을 바라보았다. 그녀의 얼굴은… 정말 강심장도 오한이 들게 하는 그런 얼굴이었다.

"라비스님! 도대체 이게 무슨 짓입니까? 결혼을 앞둔 아가씨가 다량의 수면제를 드시다니요? 정말 큰일 날 뻔했습니다. 잘못했으면 영원히 깨어나시지 못할 뻔했다구요! 정신이 있는 겁니까, 없는 겁니까? 설마 죽을 생각으로 그걸 다 삼키신 것은 아니겠지요?"

그녀의 따발총 같은 다그침을 듣고 있으니, 있던 정신도 달아날 지 경이었다.

"무슨……?"

"하지만 안심하세요! 주인님께서 이 사실을 아시면 난리가 나겠지만 지금 주인님께서는 출타 중이시니, 제가 하인들 입 단속을 시키겠습니 다. 아아! 라비스님, 정말 간 떨어지는 줄 알았어요. 만약 라비스님께 서 깨어나시지 못했다면… 저는… 흐흑!"

'우웅~ 이 아줌마 되게 무섭네… 자꾸 내 말을 씹다니!'

나는 더 이상 그녀에게 설명이란 것을 듣기 위해 노력하지 않았다. 대신, 그녀 뒤에 서 있는 시녀로 보이는 소녀들을 바라보며 처음으로 제대로 된 질문을 했다.

"저어… 여긴 대체 어디죠? 그리고 댁들은 누구세요?"

"……!!"

휘이잉~!!

어디서 불어오는지 갑자기 찬바람이 이들 사이에서 불었다. 그들이 모두 한순간에 얼어붙은 얼굴을 하고서 나를 멍하니 쳐다보자 불길함 을 느낀 나는 겸연쩍게 웃으며 그들의 눈치를 보았다.

"라비스님?"

썰렁하고 무겁던 긴 침묵 뒤에 먼저 입을 연 것은 루이스였다.

"네, 네에?"

"지금 뭐라고 하셨습니까?"

낮게 깔아진 그녀의 목소리에 나는 절로 몸이 움츠러졌다. 하지만 그녀의 위압감에 눌려 이대로 물러설 수는 없는 일이었다. 그래서 용 기를 내어 입을 열었다.

"여기가 대체 어다냐고 물었는… 데요?"

하지만 나의 말끝은 그녀의 위압적인 눈빛에 눌려 다시 기어 들어가고 말았다.

'으흑! 여자의 몸이 되니, 성격도 소심해지는군.'

나는 그녀의 표정을 살폈다. 그러자 안면 근육이 부들부들 떨리는 그녀의 넓적한 얼굴이 나의 눈에 들어왔다.

'헉! 무서워…….'

나는 혹여 그녀의 솥뚜껑 같은 손의 주먹이라도 날아올까 봐 전전긍긍하며 그녀의 눈치를 살피는데… 이게 어찌 된 일인지, 루이스는 의외로 약한 모습을 보였다.

"앗! 루이스!"

"루이스님!"

루이스의 육중한 몸이 비틀하며 뒤로 넘어가는 것이었다. 마침 그녀의 뒤에 서 있던 시녀들이 저마다 루이스의 이름을 외치며 몸을 받쳐주었다.

시녀 세 명이 몸을 던져 그녀를 받쳐 들었지만 루이스의 몸을 감당하기에는 무리였는지 그녀들의 얼굴에 용을 쓰는 듯한 기색이 완연했다.

그러나 루이스는 완전히 정신을 잃은 것이 아니었는지 곧 비칠비칠 일어났다. 그녀의 핏기없어진 얼굴이 조금 전 내가 한 발언이 무척 충격적이었음을 간접적으로 보여주었다.

"저어… 괜찮으세요?"

나는 조심스레 그녀에게 물었다. 하지만 이번에도 그녀는 나의 질문에 대답하지 않았다.

"라비스님, 불쌍하신 라비스님. 흐흑! 어쩌자고 그런 짓을 하셨습니까? 이 유모도 알아보지 못하시다니요? 라비스님께서 깨어나신 것은 천만다행한 일이지만, 기억을 잃어버리시다니… 흑!"

다시 그녀는 눈물을 줄줄 흘리기 시작하더니 그녀가 두르고 있던 앞치마로 얼굴을 슥슥 문질렀다. 그러더니.

팽~!!

코를 푸는 것이었다. 그녀는 무척이나 털털한 성격의 소유자임이 틀림없었다. 나는 얼굴이 찌푸려지는 것을 얼른 다시 폈다. 여인이 나 때문에 눈물을 흘리고 있는데, 조금 보기에 안 좋다고 얼굴을 찌푸리는 것은 예의가 아니기 때문이었다.

'흐음… 이래 봬도 난 한매너 했었지! 여자를 울리는 남자는 나의 적… 헉! 근데, 지금의 나는 여자 같은데……?'

하지만 나의 뒤바뀐 육체에 대해 당황하고 있을 여유가 없었다. 나는 여자가 되어서도 버리지 못한 근성으로 나의 의지와는 관계없이 어느덧 루이스의 등을 토닥이는 행동을 하고 있었다.

"이봐요! 루이스라고 했죠? 그만 눈물을 그치세요! 뚝!"

나보다 나이 많은 사람에게 이런 발언을 해서는 안 되지만, 나도 모르게 예전에 사귀었던 여자 친구에게 하던 버릇을 이 아줌마에게도 쓰고 있었던 것이었다. 하지만 이러한 나의 행동을 미처 깨닫지 못한 채, 나는 여전히 그녀를 달래는 것에 열중했다.

"흐끅! 라비스님, 정말 아무것도 기억 못하시는 거예요?"

팽~!!

그녀는 꺼이꺼이 울면서 또다시 코를 풀었다.

'에휴~!'

나는 속으로 한숨을 내쉬었다. 그녀는 내가 기억을 몽땅 잃어버려서 그런 것이라고 오해하고 있는 모양이었다.

'하아! 어쩐다… 이게 꿈이 아니라면 뭔가 잘못돼서 일이 이 지경이 된 모양인데…….'

나는 차분하게 생각하려고 노력을 했다. 그리고 천천히 기억을 더듬어보았다. 내가 이곳에서 눈을 뜨기 바로 직전의 상황을 말이다.

*   *   *

따악!

둔탁한 소리와 함께 번쩍하고 별이 보이며 나의 고개가 옆으로 홱! 돌아갔다.

"용서 못해! 그 계집애랑 놀아나다니… 이젠 정말 질렸어. 이제 그만 끝내!"

방금 전에 나의 뺨을 때린 한 소녀가 앙칼진 목소리로 소리를 질렀다.

"연희야! 그게 무슨 소리야? 누가 누구랑 놀아났다는 거야?"

그녀에게 맞은 뺨이 얼얼했다.

"누구긴 누구야? 그 여우 같은 계집애 수연이랑 어제 같이 있었잖아! 내가 모를 줄 알아?"

그녀는 자신의 화를 못 이기겠는지 눈물을 글썽글썽하며 입술을 깨물고 있었다. 입술을 깨물고 있는 것은 그녀가 화를 무진장 참고 있을 때만 나오는 버릇이었다. 나는 그녀에게 다가갔다. 그리고 그녀의 눈물을 닦아주려 했다.

"저리 치워! 이제는 믿지 않을 거야. 바람둥이, 카사노바 같은 자식……!"

나를 잡아먹을 듯이 쏘아보는 그녀를 보자 한숨이 나왔다. 왜 내가 저 소녀에게 이렇듯 변명 아닌 변명을 하고, 그녀를 달래야만 하는지 스스로도 의문이 들었다. 그리고 한심하다는 생각도 들기도 했다. 별다른 감정 없이 누군가를 만나고 헤어지고, 그녀들이 나에게 추궁하는 발언을 하게 되면 나는 이렇듯 마음에도 없는 변명을 하곤 했다.

'쳇~ 내가 인기가 좋아서 여자들이 자꾸 꼬이는 걸 어떡하라고……. 난 마음이 약해서 누군가의 마음에 상처를 주는, 거절하는 말이나 냉랭한 행동은 못한단 말이야!'

물론, 나의 이러한 행동이 무책임하기 짝이 없는 행동이라는 것을 잘 알고 있었지만, 나도 어쩔 수 없는 일이었다. 무언가가 그리워서 누군가를 자꾸 만나게 되지만, 나는 그때마다 정을 못 붙이고는 무책임하게 행동하고 마는 것이다.

그리고는 특정한 그 누군가와 헤어지게 되는 것이 두려워서가 아닌 헤어짐 자체가 두려워, 나는 이렇게 변명을 늘어놓게 되었다. 어쨌든, 그런 나의 처지에 통탄을 하며 나는 그녀에게 입을 열었다.

"연희야! 수연이 그 애는 그냥 나 좋다고 따라다니는 애야. 나에겐 너밖에 없다고! 믿어줘!"

"흥! 내가 네 말을 어떻게 믿어? 네가 하는 말이라면 이젠 콩으로 메주를 쑨다고 해도 믿지 않을 거야!"

"그럼, 내가 어떻게 하면 믿어주겠어? 여기에서 뛰어내리기라도 할까?"

우리는 지금 학교의 옥상 위에 있었다. 이 건물은 5층으로 되어 있는데, 만약 뛰어내리면 운이 좋다면 죽지는 않겠지만, 반병신이 될 수 있는 위험한 높이였다.

'설마! 네가 나보고 뛰어내리라는 말은 하지 않겠지?'

그렇게 속으로 웃으며 나는 짐짓 진지한 표정을 지어 보였다. 약간 오버하는 느낌이 없지 않아 있었지만, 그래도 필요하다면 약간의 연기도 해볼 만했다.

"그래… 뛰어내려! 나를 위해서 어디 뛰어내려 봐!"

그녀는 냉정하게 말했다.

"뭐?"

"왜? 못하겠어? 그럼, 그렇지! 네가 나를 진심으로 생각할 리가 없어."

"아냐! 난 너를 위해서라면 기꺼이 뛰어내릴 수 있어!"

그렇게 그녀에게 외치고서 나는 난간 쪽으로 성큼성큼 걸어갔다. 그리고 그녀의 얼굴을 힐끔 바라보았다. 과연, 그녀의 얼굴은 핏기가 사라져 있었다. 나는 속으로 씨익 웃으며 그녀가 어서 나를 만류하기를 기다렸다.

바로 옥상 난간 앞까지 온 나는 왠지 오늘따라 까마득하게 보이는 아래를 내려다보았다. 벌써 수업이 끝난 듯한 몇몇 학생들이 현관 로비에서 나오고 있는 것이 보였다.

'으흠… 근데, 갑자기 왜 이렇게 어지럽지?'

기이하게도, 밑으로 내려다보이는 허공이 일그러져 보였다. 하지만 나는 잠시 어지러움증을 느껴서 그렇게 보이는 것이라 생각하며 연희가 보는 앞에서 뛰어내리려는 시늉을 해 보였다.

"연희야! 사랑해… 진심이야!"

'후후… 내가 봐도 정말 나는 멋진 놈이라니깐!'

비록 거짓된 모습이었지만, 그래도 스스로가 멋지게 보였던 탓에 나는 그렇게 자아 도취에 빠져서 연희를 바라보는데…

"까아악!! 도현아!"

연희가 얼굴이 하얗게 질린 채 비명을 지르며 나에게 뛰어오는 것이 보였다.

'응? 연희의 반응이 예상외로 강렬… 어어? 어?'

갑자기 현기증이 나더니 나의 몸이 기우뚱하는 것이었다. 그리고 그대로 나의 몸은 아래로 떨어져 내렸다.

'하아, 말도 안 돼! 그렇다면 내가… 내가 진짜로 몸을 던졌다는 얘기? 그렇다면 나는 병원에서 눈을 떴어야 하는데, 여긴 대체 뭐야? 내가 죽어서 천국에 온 것도 아니고… 게다가 이 여자의 몸은 무엇이란 말이야? 설마……'

나는 문득, 예전에 봤던 '체인지'라는 영화가 생각났다. 그렇다면… 지금 상황은 그것과는 약간 다르지만, 그 비스무리하게 상황이 진행되어 있는 것일지도 몰랐다.

'아악! 그럼, 내가 라비스라는 여자의 몸으로 뒤바뀌었다는 거야? 그럼, 라비스라는 여자는 어떻게 된 거지? 그 여자는 수면제를 잔뜩 먹고 자살을 시도한 것 같은데… 이게 대체!'

내가 얼굴이 창백해져서 황금빛의 탐스런 머리카락을 또다시 쥐어뜯자, 나의 옆에서 요란스럽게 울던 루이스는 눈을 동그랗게 뜨며 나를 바라보았다.

"라비스님! 왜 그러세요? 뭔가 기억이라도……?"

"루이스! 제가 왜 수면제를 먹은 거죠? 저에게 무슨 안 좋은 일이라도 있었나요? 도무지 기억이……."

결국, 나는 기억상실증에 걸린 환자 행세를 하기로 결정했다. 어차피 이들에게 '나는 몸이 뒤바뀌었다. 나는 실은 남자다!' 라고 말해 봤자 들어주지 않을 것이 뻔하였고, 만약 그렇게 말한다 하더라도, 정신 이상자로 오해받을 수 있기 때문이었다.

나는 미친 여자(?) 취급은 결코 받고 싶지 않았다. 차라리 기억을 잃은 라비스 행세를 하며, 루이스를 비롯한 이들의 도움을 받아 라비스에 대한 모든 것을 알아두는 것이 현명할 것 같았다. 그리고 나서, 나중에 어떻게 해야 할지 그때 생각해도 늦지는 않을 것이다. 이곳에 대해 잘 알아두면 어쩌면 다시 돌아갈 방법도 생길 듯했기 때문이었다.

"라비스님, 그, 그건……."

졸지에 나의 유모가 된 루이스라는 여자는 나의 질문에 대답은 하지 않고 어두워진 얼굴로 말끝을 흐렸다.

지금의 나는 갑자기 뒤바뀌어 버린 모든 상황에 대해 혼란스러워하고 있는 상태였으나 무턱대고 이 황당한 상황으로 인해 폭주 모드의 상태를 갖는 것은 전혀 도움이 되지 않다는 것을 잘 알고 있었기에, 침착하게 마음을 가라앉히고 오히려 그녀를 달래듯 입을 열었다.

"루이스? 사실대로 말해 줘요. 비록 불미스런 기억이라고 해도, 내가 왜 수면제를 먹었는지를 알아야 나의 기억도 빨리 돌아오지 않을까요?"

부드러운 음성으로 그녀에게 그렇게 말하자, 루이스는 나만의 장점(?) 혹은 능력이라고 할 수 있는 여자 홀리기 마수에 걸려들었는지 천천히, 무거워 보이는 입을 떼었다.

"라비스님, 혹시 카이엔이라는 이름을 기억하세요?"

"카이엔? 처음 들어보는데?"

"그는 라비스님의 아버지이신 남작님의 개인 경호원이었죠. 아! 그리고 저기 서 있는 갈색 머리의 청년은 라비스님의 경호원인 '에드' 에요. 아무튼, 라비스님은 그 카이엔이라는 작자를 매우 좋아하셨던 것 같아요. 하지만 그는 매우 냉정하기 짝이 없는 놈이었죠! 이렇게 아름다운 라비스님을 거절하다니!"

여기까지 말한 루이스는 새삼스레 분노가 치밀어 오르는지 한동안 씩씩거려서 나를 불안하게 하였으나, 그녀는 곧 다시 말을 이었다.

"그 후로 라비스님은 계속 눈물로써 날을 보내셨는데, 이런 라비스님의 모습이 부담이라도 되었는지 그 죽일 놈은 떠나 버렸답니다."

"흐음… 그럼, 나는 실연의 아픔을 이기지 못하고 자살했다 이거군요."

"흐흑!"

루이스의 말에 나는 대충 라비스라는 여자의 자살에 대한 이유를 짐작하는 말을 중얼거렸고, 루이스는 다시 감정이 복받쳐 오르는지 흐느끼며 울음소리를 내었다.

"왠지 한심하게 느껴지는 여자야. 그렇다고 자신의 목숨을 버리다니……."

"네?"

나로서는 정말 이해할 수 없는 행동이었다. 내 감정이 메말라서 이러한 생각을 하는 것일지도 몰랐지만, 고작 짝사랑 때문에 자신의 목숨까지 미련없이 내던진다는 것은 정말 어리석은 일이라 생각되었다.

아무튼 내가 그렇게 낮은 목소리로 중얼거리듯 말하자, 흐느끼고 있던 루이스는 나의 말을 들었는지 고개를 들고 반문을 했다.

"아, 아니에요! 그냥 혼잣말이었어요. 하하……."

내가 겸연쩍은 태도로 그녀에게 변명을 하며 웃음으로 적당히 때우고 있는데 갑자기 방문이 벌컥 열리며 어떤 시녀가 뛰어 들어왔다.

"루이스님! 주인님이 지금 돌아오시고 있어요!"

그녀가 그렇게 숨넘어갈 듯이 외치자, 루이스를 비롯한 나머지 시녀들의 얼굴에 핏기가 사라졌다.

"아! 이거, 큰일 났네! 주인님이 만약 이 일을 아시면, 분명 뒤집어지실 텐데… 이를 어쩌지? 핫! 라비스님, 얼른 침대에 누우세요! 세라, 제인! 라비스님이 수면제를 먹고 기억을 잃으신 거 모두에게 입 단속 시켜! 카나! 어서 주인님 맞을 준비를……."

하지만 루이스는 어쩔 줄 몰라 하는 시녀들에게 침착하게 지시를 내렸고, 시녀들은 그녀의 지시에 따라 일사불란하게 움직였다.

그런 그녀를 보며 나는 전쟁터에서 부하들에게 작전 명령을 내리는 여걸의 모습을 떠올렸다. 그러자 웃음이 나와 살며시 미소를 짓고 있는데 그때, 루이스의 호통 소리가 들려왔다.

"아앗! 라비스님, 그렇게 멍하니 있지 말고 어서 침대로 가서 누우세요! 그리고 만일 주인님이 들어오실 것을 대비해서 아픈 척을 하란 말이에욧!"

그녀의 외침에 나는 찔끔하여 침대 속으로 얌전히 기어 들어갔다. 그렇게 모든 것이 척척 이루어지자, 루이스는 그제야 만족을 한 듯 양 입꼬리가 곡선을 그리며 올라갔다.

"그, 그런데… 루이스! 어떻게 아픈 척을 해야 돼죠?"

나는 궁금했던 것을 루이스가 대답을 할 만한 때를 신중히 골라서 질문을 했다. 그러자 루이스가 내가 누워 있는 쪽을 돌아보더니 가까이 다가왔다.

"라비스님! 그냥 감기 몸살에 걸린 것처럼 앓으시면 됩니다. 그리고 주인님에겐 수면제를 먹었던 일을 결코 말하지 마세요! 전, 주인님에게 라비스님이 일찍 잠드셨다고 말할 것입니다. 그러나 만일 주인님께서 라비스님을 보러 들어오신다면, 라비스님은 주인님에게 이렇게 말하세요. '아버님, 이제 오셨습니까? 제가 몸이 좋지 못해서 이렇게 침대에서 뵙니다' 라구요."

"네, 그렇게 하죠."

그렇게 나의 대답을 들은 루이스는 나에게 인자해 보이는 미소를 살짝 지어 보이더니 시녀들과 함께 방을 나갔다. 그러자 지금까지 소란스러웠던 방이 금세 조용해졌다.

'그 주인님이란 사람이 무척 무서운 사람인가 보지? 저렇게 무서운 루이스도 쩔쩔매는 것 보면은.'

괜스레 긴장이 된 나는, 만약 그 주인님이란 사람이 들어올 것을 대비해서 루이스가 가르쳐 준 멘트를 되뇌었다. 그런데 그때.

냐앙~!

조금 전까지 잊고 있었던 그 하얀 털북숭이가 나에게로 다가오는 것이었다. 나는 고양이라면 질색이었던 터라 그 고양이에게 거부의 몸짓을 온몸으로 내보였다.

"으헉! 저, 저리 가! 저리 가란 말야~!"

하지만 불행하게도 그 귀여운 고양이는 나의 말을 알아듣지 못하는지, 사랑스러운 몸짓으로 나에게 달려들고 말았다. 무척이나 애교가 많은 고양이였다.

"으아악~!!"

결국, 나는 소리를 지르며 그 고양이를 피해서 침대에서 빠져나오려고 했다. 그런데…….

우당탕 쾅!!

그만 허둥대다가 침대 밑으로 거꾸로 나자빠진 것이었다. 나는 갑자기 나의 온몸에 전해진 충격으로 인하여, 볼성사나운 꼴로 넘어진 상태에서 몸을 얼른 일으키지 못했다.

"에구구… 이게 무슨 꼴이야?"

다행히 침대 밑바닥에 고급 융단이 깔려 있었기에 심하게 다치지는 않았으나 그래도 아픈 것은 아픈 거였다. 결국, 고양이로 인하여 이렇게 넘어졌다고 생각되자 나는 화가 치밀었고 나의 얼굴은 점점 험악하게 일그러져 갔다.

"이봐! 못된 고양이!! 주인의 말이 말 같지가 않아? 너 때문에 넘어졌잖아!!!"

나의 높아진 목소리와 함께 눈빛이 살벌하게 변하자 얌체 같게도 그 고양이는 자신의 신변에 위협을 느꼈는지 구석으로 내뺐었다.

"건방진 고양이 같으니."

그렇게 투덜대며 다시 침대에 눕는데, 언제 다시 슬금슬금 다가왔는지 바닥에서 나를 빤히 올려다보는 고양이의 황금빛 눈동자와 마주쳤다. 역시 혈통이 좋은 고양이답게 무척 예쁜 눈동자를 가지고 있었다.

'그러고 보니, 저 녀석 스머프에 나오는 아즈라엘 같아! 심술궂은 고양이.'

사실 객관적으로 보자면, 저 페르시안 고양이는 아즈라엘과는 전혀 닮지 않았다. 그러나 억지성이 다분했지만 여전히 아즈라엘과 닮았다고 생각하는 나였다.

"이봐, 아즈라엘! 너 한 발짝만 다가와도 가만두지 않을 거야!"

그러자 털북숭이 고양이는 나의 협박성의 말을 '야옹아~ 이리 온!' 과 같은 종류의 말로 알아들었는지, 기쁜 기색의 태도로 나에게 냉큼 달려들었다.

냐아옹~

'으헉!'

그렇게, 아즈라엘과의 눈물겨운 실랑이로써 얼마의 시간을 보내고… 다소 지친 모습이 되어 루이스가 일컬었던 그 주인이라는 사람을 기다렸다. 그러나 다행스럽다고 해야 할지, 그 주인님이란 사람은 나의 방에 들르지 않았다. 그래서 맘 놓고 그날 밤부터 루이스에게 특별(?) 훈련을 받기 시작했는데…….

"라비스님! 아까도 제가 설명을 했잖아욧! 아가씨께서는 아버님이신 다니엘 크로시벨 남작님의 외동딸이며, 어머님께선 아가씨가 다섯 살 때 돌아가셨다구요! 에휴~ 총명하시던 아가씨께서 왜 그러실까?"

그녀에게 라비스에 대한 강의(?)를 받고 있던 나는, 마치 수업 시간에 딴 짓 하거나 조는 학생이 된 것처럼 계속 하품을 하며 다소 불량한 태도로 루이스의 말을 듣고 있었다. 그리고 루이스는 마치 무서운 개인 지도 선생님이라도 된 듯 그동안 설명했던 내용들을 질문으로써 나를 공격했는데, 그 질문에 답을 얼른 하지 못했던 나는 그녀에게 질책 어린 잔소리를 들어야 했다.

"라비스님! 그동안 제가 설명을 할 때 졸고 있었던 것은 아니겠죠?"

그렇지 않아도 드높은 루이스의 목소리가 더욱 옥타브가 높아져 있었다. 내심 그녀의 카리스마적(?)인 잔소리에 쫄아 있던 나는 자꾸 나오려는 하품을 애써 참으며 조심스레 입을 열었다.

"루이스~ 내일부터 열심히 배우면 안 될까… 요?"

나는 그녀에게 다소 애교성이 짙은 목소리로 말을 열었지만 더욱 험악해진 그녀의 얼굴을 보고 나의 말끝은 기어 들어가듯 흐려지고 말았다. 루이스의 말로는 내가 그녀의 상전이라는데, 어쩐지 지금의 나는 매우 비굴하게 느껴졌다. 평소에 내가 여자들에게 더욱 약하긴 했지만 이 정도까지는 아니었던 터라 나는 내심 우울해졌다.

"라비스님! 이것은 크로시벨 가의 집안 전체가 달린 일이란 말이에요! 아가씨는 왕실과 정략을 맺었기 때문에 구설에 오르지 않으려면 열심히 기억을 되찾아야……."

"헉! 왕실이라고? 여기가 무슨 나라인데?"

나는 딴에는 무척 놀라서 그녀에게 질문을 하였지만, 루이스는 그녀의 거대한 몸을 휘청거렸다.

"아아! 아무리 기억을 잃어버리셨다고 해도, 나라 이름도 모르시다니……! 흐흑! 라비스님."

루이스의 발작이 다시 시작되었다. 그녀는 닭똥 같은 굵은 눈물을 마구 쏟으며 가녀리기 짝이 없는 나의 몸을 억세게 끌어안았다. 물론, 나는 그녀의 품을 빠져나오려 무척이나 버둥거렸음은 군이 말할 필요도 없었다.

"아악! 루이스, 이거 놓으세요! 숨 막혀요!"

나의 절규 어린 목소리에 그제야 팔을 푼 루이스는 젖은 눈으로 나를 응시하였다. 그녀의 눈빛이 너무 슬퍼 보였다.

"차라리… 평민으로 태어나셨다면, 아가씨께선 이 지경이 되지 않으셨을 텐데… 남작 부인께서 살아 계셨다면, 라비스님께선… 훌쩍!"

"저어… 루이스, 루이스가 나를 걱정해 주는 것은 고마워요. 하지만 전 지금 기억을 모조리 잃어버려 기억할 수 있는 것이 아무것도 없어요. 게다가 지금 제가 의지하고 믿을 수 있는 사람은 루이스뿐이에요. 그러니… 제발 더 이상 눈물 같은 것은 보이지 말고, 저를 도와줘요. 제가 묻는 말에 성의껏 답해 주세요."

"흑! 라비스님, 물론이에요. 아가씨를 도와드릴게요. 제 몸이 으스러지는 한이 있더라도 전 아가씨를 위해서 뭐든 할 겁니다."

그녀의 격정적이고도 다부진 말에 나는 내심 불안하던 마음이 가라앉는 것이 느껴졌다. 그래서 그녀에게 피식 웃어 보이며 입을 열었다.

"고마워요! 루이스, 그럼 이제 제 질문에 차근차근 답해 주시겠어요? 여기 나라의 이름은 무엇이죠?"

"로히얀스 왕국입니다, 아가씨. 다른 왕국에 비해 왕권이 비교적 강력한 나라이죠. 그만큼 보수적이기도 하기에, 귀족이신 아가씨에게는 무거운 책임이 뒤따를 겁니다."

처음으로 그녀가 나에게 순종적인 태도로서 답을 해주었다. 드디어 그녀의 주인으로서 권위를 되찾았다고나 할까? 아무튼 내심 뿌듯해지는 나였다. 그래서 그녀에게 빙긋 웃어 보이며 계속 질문을 해 나갔다.

"아! 그렇군요. 그러면 내가 왕실의 누구와 정략을 맺고 있는 거죠?"

의욕이 불끈 솟아오르기 시작한 나는, 현재로써 나에게 닥친 가장 큰 문제 중 하나인 정략 혼인 문제에 대해서 그녀에게 물었다. 조금 전까지만 해도 매우 피곤하여 쉬고만 싶었는데 이제는 불안한 나의 위치를 굳건히 하기 위해 라비스에 대해, 그리고 그녀의 배경에 대해 뭐든지 알아야겠다는 생각이 들기 시작한 것이었다.

"미카엔 투르타 덴 마르실리드 로히얀스 황태자이십니다."

'헉! 이름 한번 더럽게 어렵네. 미카엔… 그 이후부턴 못 외우겠다.'

그런 쓸데없는 생각을 하며 나는 다시 물었다.

"그 황태자 몇 살이에요?"

이 나라의 황태자가 나의 남편(?)이 된다는데, 그 황태자의 나이 역시 무시할 수가 없어 나는 그렇게 물었다. 아무리 황태자라지만, 혹시 그 황태자라는 사람이 중년의 아저씨일 경우 미리미리 대처 방안을 세워놔야 했기 때문이었다.

"현재 23살이십니다. 그리고 황태자비께선 20살이시구요!"

"네, 네에? 황태자비라니요?"

나는 눈을 동그랗게 뜨고는 그렇게 되물었다. 황태자비라면 황태자의 정비라는 뜻이 아니던가.

"에휴~ 이미 황태자께선 3년 전에 황태자비를 맞으셨습니다. 그녀는 공작가의 영애이셨죠! 사실, 황태자비를 간택할 때는 그 신분을 공작가나 왕족의 영애로만 한답니다. 그래서……."

"그, 그럼, 난 뭐예요? 벌써 부인이 있다면서 왕실과 정략 혼인을 맺은 이유가 뭐냐구요?"

나는 그녀에게 따지듯이 물었다.

"라비스님께선… 황태자님의 후궁으로 들어가십니다."

루이스는 어두운 얼굴로 마지못해 나의 질문에 답했고 나는 입이 벌어져서 다물어질 줄을 몰랐다.

'그, 그렇다면… 나는 첩으로 들어간단 말이야?'

나는 다시 머리카락을 쥐어뜯기 시작했다.

"라비스님!"

"루이스! 그 정략 깨면 안 돼요? 이건 말도 안 돼!"

"라비스님! 아가씨의 심정을 모르는 것은 아니지만, 이건 왕실과의 정략입니다. 크로시벨 가의 운명과 직결된 일이라구요! 게다가, 그 정략 혼담은 프레야 왕비께서 주선하셨던 것입니다. 그러니 부디 고정하세요."

'아악! 그럼, 나보고 어쩌란 말이야?!'

그렇게 속으로 절규를 하였으나 겉으로는 침착함을 유지하려 애를 썼다. 정말 계속되는 충격으로 인해 머리 속이 엉망진창이었다. 이렇게 황당한 일이 연속으로 일어나도 유분수이지. 이건 해도 너무했다. 이상한 곳에 와서 여자가 된 것만 해도 충격적인데, 어떤 녀석의 첩으로 들어가게 된다니! 기가 막혀서 더 이상 놀랄 가슴도 남아 있지 않은 것 같았다.

"루이스! 전 지금 몇 살이에요?"

나의 질문에 그녀의 얼굴에는 잠시 황당한 기색이 스쳤으나 이내 표정을 수습하고 입을 열었다.

"올해 열일곱이십니다."

그녀의 대답에 나는 표정을 살짝 구겼다.

'그럼, 여섯 살 차이? 너무 어리잖아? 그리고 난 원래 열아홉이었는데… 아무튼, 그 황태자인지 뭔지 순 도둑놈이군! 이렇게 어린 소녀를 첩으로 맞으려 하다니……'

그렇게 황태자에 대한 험담을 하고 있을 때 루이스는 이런 나의 생각을 모르는지 계속하던 설명을 해 나가기 시작했다.

지금은 자정이 훨씬 넘은 시간. 루이스가 내 방을 나가고 두 시간 가까이 시간이 흘러갔다. 나는 홀로 조금 전 루이스가 필기해 준 메모지의 내용을 머리 속에 집어넣고 있었다. 나의 침대 밑에서는 아즈라엘이 쪼그리고 잠이 들고 있었는데, 갑자기 바뀐 잠자리가 불편한지 자꾸 갸르릉거리며 몸을 뒤척였다.

하긴, 어제까지는 이 푹신한 침대 위에 주인과 같이 잠이 들곤 했는데, 오늘은 침대 밑으로 밀려났으니 불편하기도 했을 것이다. 사실 좀 전까지도 나는 이 고양이와 한바탕 쇼를 했었다. 그건 아즈라엘이 나의 근처로 오는 것을 막는 일이었는데, 결국 아즈라엘은 상처 입은 가련한 표정을 짓더니—고양이 주제에 표정까지 짓는다—나의 침대 밑에서 쪼그리고 몸을 누인 것이다.

"아함~ 졸려."

빽빽한 글자가 적힌 종이를 내려다보고 있자니 멀미가 났다. 게다가 루이스가 적어준 글자는 희한한 모양이었는데—모양이 일본어의 히라가나 모양과 조금 비슷했다—생전 처음 보는 글자였다. 그러나 나는 그 글자를 해석하는 데 조금도 어려움을 갖지 않고 자연스럽게 읽을 수 있었다.

'아마도 라비스의 남겨진 잠재 기억이 조금이나마 존재하는 모양이지?'

침대 위에서 뒹굴거리며 한참을 메모지를 읽던 나는, 문득 나의 자세한 생김새를 살피고 싶다는 생각이 들었다. 그래서… 나는 침대에서 벌떡 일어나 화장대 쪽으로 다가가 보았다. 아까 루이스가 침대 곁에 촛불 하나만 남겨두고 다 꺼버렸기 때문에 방 안은 매우 어두웠다. 그래서 나는 침대 옆에 있는 촛불을 화장대 곁으로 가져왔다. 그러자 어렴풋이 나의 모습이 눈에 들어왔다.

거울에 비친 나의 모습은 정말 내가 보아도 적응이 안 될 만큼 눈이 부시게 예쁜 모습이었다. 화려하고도 진한 황금빛의 머리카락이 고운 곡선을 그리며 나의 엉덩이 부분까지 넘실거리고 있었고, 조그맣고도 갸름한 나의 하얀 얼굴은 주근깨 한 개도 눈에 띄지 않을 만큼 부드럽고 고와 보였다.

그리고 순금으로 만들어 그대로 박아놓은 듯한 나의 눈동자는 매우 맑은 빛을 발하며 반짝이고 있었고, 선이 곱고 오똑하게 솟은 코는 제법 귀여운 느낌이 들었다. 마지막으로 조그맣지만 도톰해 보이는 붉은 입술이 나의 얼굴에 완벽한 조화를 이루며, 그야말로 인간이 아닌 듯한 미색을 자랑하고 있었다.

'아우~ 정말 이쁘게 생겼네! 이렇게 이쁜 소녀가 그 카이엔인지 카라멜인지한테 차여서 자살까지 했었던 것인가? 그 자식 눈이 삐어도 한참 삔 모양이군. 에휴~ 만약 이 모습이 나의 육체가 아니라면 금방 내가 꼬셨을 타입인데… 참으로 아까운지고!'

나의 사정을 모르는 누군가가 만약 내 생각을 읽는다면 '웃기는 놈 일세!' 하며 의아해 하겠지만, 이렇게 여자의 몸으로 뒤바뀐 사실을 아는 것은 나 본인밖에 없으니 답답할 노릇이었다.

"하아! 그나저나 내일은 왕성에 가야 한다고 루이스가 말했었는데… 어쩐다지? 히잉~ 엄마가 보고 싶은데……. 흐엉~ 앞으로 일주일 후면 기말 고사가 다가올 텐데, 누군가 나를 이곳으로 데리고 온 자가 있다면 차라리 시험이나 보게 해줘! 그러면 투정 안 하고 열심히 공부할 거야! 흑… 바람도 더 이상 피지 않을 거고, 엄마한테도 효도할 거야! 그러니 나 좀 다시 돌려보내 줘~ 난 첩 같은 것은 죽어도 되기 싫단 말얏!"

처음에는 한탄 비슷한 중얼거림으로 시작했던 나의 독백은 어느덧 처절한 절규가 되어, 나는 정신 나간 듯 허공에다 대고 외쳤다. 그러자 조금 전까지 곤하게 잠들어 있던 아즈라엘이 놀란 듯 눈을 뜨더니, 결코 정상이 아닌 것처럼 보이는 나의 모습을 보고는 겁에 질린 얼굴을 하였다.

냐앙~!!

"도대체 내가 무슨 죄를 많이 지었다고… 히잉!"

[죄를 짓기는 지었지. 누군가에게 상처를 주는 일이란 매우 큰 죄이니깐!]

"허억! 이게 무슨 소리?"

갑자기 들려온 목소리에 팔뚝에 닭살이 돋아 오르는 것을 느끼며 주위를 획획 돌아보며 살펴보았다. 그러자… 또다시 남자인지도 여자인지도 알 수 없는 중성적인 느낌의 목소리가 물질적인 음성이 아닌, 정신적으로 들려오는 전음으로 들려왔다.

[무슨 소리이긴. 무슨 소리인지 모르겠어?]

"누, 누구얏? 누군데 숨어서 장난을 치는 거야? 어서 모습을 보여!"

[훗! 바보… 숨긴 누가 숨었다고 그래? 난 네 코앞에 있는데.]

"뭐, 뭣?"

나는 소스라치게 놀라며, 어느덧 내 앞에 다가와서 나를 올려다보는 아즈라엘을 내려다보았다.

"아즈라엘?"

[후훗… 이 고양이의 이름이 아즈라엘인 모양이지? 난 아멘시타. 그 것이 나의 이름이지!]

"아멘시타? 그럼, 넌 아즈라엘이 아니란 말야?"

[그래! 난 잠시 너의 앞에 나타나기 위해 이 고양이의 몸을 빌린 것

뿐이야.]

"그, 그럼, 넌 유령?"

나의 앞에 나타나기 위해 고양이의 몸을 빌렸다? 그럼, 아멘시타는 육체가 없는 존재라는 말이다. 육체가 없는 존재라는 것은 곧 유령이라는 뜻… 거기까지 생각이 미치자 나는 등골이 서늘해졌다. 하지만 다소 신경질적인 아멘시타의 목소리가 다시 들려왔다.

[누, 누구보고 유령이라는 거얏! 난 이래 봬도 론티아의 정령이라구!]

"엥? 론티아가 뭔데?"

[흥! 안 가르쳐 줘!]

아즈라엘의 몸에 들어가 있는 아멘시타는 고개를 홱 돌리며 콧방귀를 뀌었다. 나는 그의 행동에 황당함을 느끼며 입을 열었다.

"안 가르쳐 주면 어쩔 건데? 넌 고양이의 몸을 빌려서라도 나의 앞에 나타난 목적이 있을 거 아냐?"

그러자 아멘시타는 약간 당황한 표정을 짓는 듯하더니, 이내 침착해진 얼굴로 나에게 말했다.

[무, 물론, 너에게 나타난 용건은 있지! 흠흠… 론티아는 여기 저택 뒷후원에 심어진 나무의 이름이야. 그러니깐 나는 론티아 나무의 정령이란 말이지. 나는 20년 전에 라비스 어머니의 손에 의해 심어졌어. 그녀는 나를 무척이나 아껴주었지. 정말 아름다우시고 상냥한 분이셨는데……]

다소 시건방진 느낌이 강하게 들던 아멘시타의 목소리는 라비스 어머니의 이야기가 나오자 눈에 띄게 침울해지더니, 끝내 말을 잇지 못하였다. 무척이나 감정의 기폭이 심한 정령이었다.

'하긴, 정령이라면 매우 순수한 존재라 들었는데… 그 순수한 만큼

감정도 매우 풍부하겠지. 그나저나 '론티아'라는 이름의 나무는 처음 들어보는데⋯⋯.'

"너 정말 정령 맞아?"

[이잇! 그럼 내가 거짓말을 하고 있다는 거야? 정령은 거짓말 따위는 하지 않아!]

또다시 발끈하며 화를 내는 아멘시타였다. 나는 그의 놀라울 정도로 빠르게 변하는 감정의 기폭이 매우 재미있게 느껴졌던 터라 그에게 다시 한 번 찔러보는 말을 하였다.

"물론 네가 진짜 정령이라면 거짓말은 하지 않겠지. 하지만 네가 진짜 나무의 정령이라는 걸 어떻게 증명하지?"

또 한 번 그가 발끈하기를 기대하며 아즈라엘의 모습을 하고 있는 아멘시타를 바라보는데, 이번에는 별로 화내는 기색이 없이 그는 입을 열었다.

[내가 너를 이곳으로 데리고 올 때 잠깐 엿보았던 네 신상에 대해 한 번 말해 볼까? 네 이름은⋯ 이도현! 별명은 이도령이었지 아마? 나이는 19살, 학교를 일년 일찍 들어갔음. 6월 24일 오후 5시⋯ 학교 옥상에서 투신 자살 시도! 성격은 다소 무책임하지만 부드러움⋯⋯. 하지만 얼굴만 믿고 여자들을 밥 먹듯이 울리는 천하의 바람둥이! 미안하지만, 내가 너의 영혼을 이곳으로 이끌었어! 어차피 넌 투신 자살로 죽을 운명이었던 것 같은데, 라비스라는 운명으로 한 번 더 목숨을 연장하는 것도 좋지 않아?]

아멘시타의 표정없는 얼굴이 나를 가만히 응시했다.

'하아! 말도 안 돼⋯ 이게 무슨 황당한 일이야?'

나의 몸이 부르르 떨려왔다. 그리고 현기증까지 나자 나의 몸은 잠시 휘청하였다. 사실, 지금의 나의 육체는 수면제를 많이 복용했던 후 유증이 남아 있는 터라, 약간의 충격만 있어도 현기증이 났다. 그렇게 충격으로 인하여 비실거리다가 어느 정도 정신이 들자 나는 화가 솟구치기 시작했다.

"이, 이… 이 바아보!! 엉터리 정령 자식아! 난 투신 자살 따위는 할 생각이 없었단 말이얏! 물어내! 다시 날 돌려보내 줘!!"

내가 광분을 하며 그에게 소리를 지르자 아멘시타는 매우 놀란 듯 눈을 휘둥그레하게 뜨며 눈을 깜빡였다.

[어? 너, 그때 죽을 생각 아니었어? 난 그런 줄 알고 차원 이동 게이트를 열었던 건데?]

아멘시타의 무책임한 말에 나는 피가 거꾸로 솟는 것을 느꼈다.

'하아! 하느님 아버지, 부처님, 예수님… 이게 무슨 날벼락입니까? 이거 혹시 장편으로 꾸는 꿈 아니에요?'

차라리 이것이 악몽이었음 하는 바램이었다.

"날 여기까지 끌고 온 목적이 뭐야?"

차갑게 식은 나의 냉랭한 목소리에 소름이라도 돋았는지 아멘시타의 움찔거리는 모습이 눈에 들어왔다.

[셀레나… 셀레나의 소원을 들어주기 위해서였어…….]

아멘시타의 시건방지던 목소리는 어느덧 기어 들어가는 목소리가 되었다.

"셀레나가 누구얏?"

[그녀는… 라비스의 어머니… 그리고 나의 주인… 그녀는 자신의 딸이 행복해지길 바랬어! 그런데… 나는 그녀의 소원을 들어주지 못했어. 나도 라비스가 그렇게 죽음을 선택하리라고 생각하지 못했어. 그

래서… 난 너를 끌어들여 라비스의 눈을 뜨게 한 거야! 비록 넌 라비스는 아니지만… 그 육체는 엄연히 라비스이니깐……]

아멘시타의 목소리가 느리게 들려왔는데, 그 목소리는… 울음소리가 섞이지 않았는데도 마치 우는 것처럼 슬프게 들렸다. 괜스레 나까지 가슴이 아파왔다. 나는 잠시 침묵을 지키다가 약간 부드러워진 목소리로 그에게 입을 열었다.

"아멘시타! 너, 나무의 정령이라고 했지? 한 가지 물어볼게. 여긴 내가 살던 지구가 맞냐?"

사실 계속 의심쩍었던 의문이다. 어제부터 겪었던 이곳은 평범한 현실이라기엔 뭔가 이상했다. 내가 만났던 사람들의 옷차림이나 말투하며, 처음 보는 문자, 그리고 정령이니 론티아 나무니 그런 것은 모두 생소한 단어들이었다.

[여기가 지구라는 것은 맞아. 하지만 네가 살던 지구는 아니야. 너는 판타지 문학을 즐겨 읽었으니 잘 알 거야. 여긴, 네가 살던 곳에서 판타지 세계라 일컬어지는 그런 비슷한 세계야. 그러니깐 다른 차원의 세계지.]

아멘시타의 말을 들은 나는 머리 속이 멍해지는 것을 느꼈다.

"노, 농담이지? 판타지 세계 따위가 있을 리가 없어……."

[정령은 농담을 하지 않아! 오직 진실만을 말할 뿐이야.]

나의 다리가 부들부들 떨렸다. 입술이 바싹바싹 타 들어가는 것 같았다. 나는 침을 꿀꺽 삼켜보려 했으나 나의 입속은 침이 말라 버려 도저히 삼킬 수가 없었다.

털썩!

결국은 나의 다리가 풀려 바닥에 주저앉고 말았다.

"이럴 수는 없어! 나에게 남은 미래는… 창창하던 나의 미래! 결국은 이렇게 황당한 일로 망가지고 말다니! 아멘시타, 책임져! 나를 이곳까지 네가 이끌고 왔다면 돌려보낼 수도 있잖아?"

그러자 아멘시타는 어두워진 얼굴로 고개를 가로저었다.

[미안… 이제는 돌이킬 수 없어. 사실, 너를 다른 차원에서 이끌어온 것도 내 권한 밖이었으니깐… 나의 긴 수명의 일부를 희생한 대가로 널 이곳으로 간신히 이끌어올 수 있었어! 그런데 네가 아직 죽을 운명이 아니었다니! 정말 미안해… 나의 실수였어!]

"으아악! 너, 그걸 말이라고 하는 거야? 이젠 어떡할 거야! 흐엉~ 난 돌아가고 싶다구!"

[이도현… 너에 대한 책임을 질게! 내가 할 수 있는 거라면 뭐든지 들어줄게… 하지만 다시 너를 돌려보낼 수는 없어! 나의 목숨을 바꾼다 하더라도 이젠 그것은 불가능해!]

나는 주저앉은 채로 고개를 떨구었다. 그러자 황금빛의 머리카락이 물결치며 아래로 흘러 내려왔다. 나는 많은 생각을 했다. 앞으로 내가 내 자신을 위해서 어떻게 행동해야 될지, 이대로 주어진 운명을 받아들여야 하는 것인지… 어차피 이루어질 수 없는 희망이라면 진작에 포기해 버리고 새로운 삶에 익숙해지는 것이 나를 위한 일일지도 몰랐다.

한참을 침묵을 지키던 나는 문득 고개를 번쩍 들었다. 조금 전까지 절망으로 젖었던 나의 눈에는 이제까지 없었던, 결연한 의지를 내비치는 빛이 반짝거리고 있었다.

결국은 내가 선택해야 할 운명은 이곳에서—것두 여자가 되서… 그것이 가장 슬픈 일이다—라비스로서의 운명을 사는 것이었다. 어차피 라비스가 되어야 된다면 이대로 눈물을 질질 짜고 있을 수는 없었다. 그래서 이곳에 금방 적응할 수 있도록, 이용할 것은 최대로 이용해야 했다.

"좋아! 네가 할 수 있는 거라면 나를 위해 뭐든지 해! 너의 책임을 지란 말이야! 날 돌려보낼 수가 없다면 라비스로서의 나의 운명을 책임져!"

내가 이 세계로 넘어온 지 이틀째 되는 새벽! 그 도도하고 시건방지던, 희귀하고도 신성한 나무라 일컬어지는 론티아 나무의 정령 아멘시타는 나에게 그 코를 꿰이고 말았다.

Change Of Destiny ◆ 제2장

왕성으로 출발!!

왕성으로 출발!!

그 다음날 아침, 나는 꼭두새벽부터 루이스에게 거칠게 깨워졌다.

"라비스님! 어서 일어나세요."

냐아옹~!!

그리고 여전히 아즈라엘의 몸에 머물러 있는 아멘시타도 나를 깨우기 위한 일에 동참하였다.

"으음… 지금 몇 시예요?"

잠이 덜 깬 목소리로 눈을 힘겹게 떠 보이며 물었다.

"다섯 시예요!"

'뭐, 다섯 시라고? 그럼 아직 새벽이잖아? 얼마 자지도 못했는데 벌써 깨우다니!'

그렇게 속으로 투덜대다가 너무 졸렸던 나는 다시 눈을 스르르 감았다. 그러자 루이스는 욱! 하는 소리를 내더니, 나의 몸을 마구 흔드는 것이었다. 참으로 터프한 여자였다.

"아아악! 대체 새벽부터 왜 그래요? 나 별로 못 잤단 말이에요!"

"일어나세요, 라비스님! 오늘 저녁에 왕성에 가야 하잖아요? 그전에 왕성에서 취해야 할 예법을 체크하고 기억해 두어야… 앗! 라비스니임!! 어서 일어나란 말이에욧!!"

그새 또다시 나의 눈꺼풀이 감겨 버린 것을 본 루이스는 나를 붙잡고 정신없이 흔들어댔다. 그녀의 터프한 손길에 나의 몸은 거칠게 흔들렸고, 그렇게 너무 심하게 흔들리자 나는 두통이 이는 것을 느끼며 얼굴을 찡그렸다.

"으으… 루이스, 제발 그만 해요! 어지럽단 말이에요."

결국 나는 루이스에게 항복하는 말을 했고, 그제야 나를 흔드는 것을 멈춘 루이스는 만족스런 미소를 지어 보였다. 그 미소가 보는 나로서는 속이 뒤틀리는 건 어쩔 수 없는 일이었다.

'무식한 아줌마……'

그렇게 속으로 투덜대는 나를 루이스는 마치 사랑스러운 딸을 바라보는 것처럼 부드러운 눈길로 바라보았다. 하긴, 어머니를 일찍 여읜 라비스를 십 년이 넘도록 키워왔던 그녀였으니, 라비스를 친딸처럼 생각하는 것은 당연한 일일 것이다.

"자아~ 이젠 씻어야 하겠죠, 귀여운 아가씨?"

루이스는 나의 등을 욕실 쪽으로 떠다밀었다. 그리고 나는 그녀에 의해 내 방과 연결되어 있는 욕실로 들어가게 되었는데……

루이스는 내가 아침 목욕을 할 수 있게끔 시녀들을 시켜서 욕조에 따뜻한 물을 받기 시작했다. 그리고는 향긋한 냄새가 나는 어떤 투명한 액체를 욕조 안에다가 또르르 부었는데, 나는 그것이 정확히 무엇인지 알 수 없었다.

'흐음… 좋은 냄새가 나는 걸 보니 향수 같은 건가? 쳇~ 향수를 욕조 물에다가 뿌리다니, 너무 아깝다!'

그런, 다소 무식한 생각을 하는 나였다. 게다가 루이스는 마지막으로 붉은 장미의 꽃잎을 욕조 물에다가 동동 띄웠는데, 나는 그 모습을 그저 멀뚱히 바라볼 뿐이었다.

"자아! 이젠 옷을 벗으셔야죠, 라비스님!"

"네에?"

내가 눈이 휘둥그레져서 그녀에게 반문을 하자 루이스는 의아한 얼굴로 나에게 입을 열었다.

"라비스님! 목욕하지 않으실 건가요? 오늘은 왕성에 가야 하기 때문에 이렇게 목욕을 하시지 않으면……."

"아하하… 그, 그렇군요! 알았어요. 목욕을 할 테니 루이스는 그만 나가세요! 저기 계시는 아가씨들도 모두 나가시고……."

나의 목욕을 도우러 왔던 시녀들을 아가씨라 지칭한 것이 그리 이상했는지, 루이스를 비롯한 시녀들은 눈이 동그래져서 나를 기묘하게 쳐다보았다. 그런 그들을 보자, 내가 뭔가 잘못 말한 것이 있음을 깨닫고는 쩔쩔매는데…….

"라비스님! 그럼, 혼자 목욕을 하신다는 건가요? 지금까지 한 번도 혼자서 목욕을 해본 적이 없는 아가씨께서 어떻게 혼자서 목욕을 하신다는 겁니까? 저희들이 라비스님이 목욕하시는 것을 도와드릴 테니깐요, 어서 옷이나 벗으세요!"

루이스는 마치 어린애를 나무라는 듯이 입을 열었고, 나는 그녀의 말에 기절할 듯이 놀랐다.

'헉! 라비스, 라비스… 너, 어린애였냐? 그동안 혼자서 목욕도 못했게? 그나저나 어쩌면 좋단 말이야? 난 이래 봬도 숫총각이란 말이야! 저 많은 아가씨들 앞에서 알몸을 보이긴 싫어!!'

비록 육체가 여자의 몸으로 바뀌었다 하더라도 나의 속은 여전히 남자였다. 그리고 또 한 가지 거북한 일은……

'난… 라비스! 네 육체도 보기 민망하단 말이얏!'

나는 그렇게 속으로 절규해야만 했다.

어찌 됐든, 라비스의 육체를 가지고 있는 동안 평생 목욕 안 하고 살 수는 없는 일이었기 때문에 걸치고 있던 잠옷을 벗어야 했다. 그것도 홀랑……

하지만 그래도 그렇지… 옷을 벗더라도 저들 눈앞에서는 죽어도 옷을 벗고 싶지 않았다. 그래서 필사적으로 루이스를 비롯한 시녀들을 내쫓기를 시작했다.

"루이스! 나 혼자 할 수 있어요. 그러니깐 제발 나가줘요!"

그녀의 넓적한 등을 힘껏 밀며 나의 의지를 강하게 내비쳤으나 그녀는 그 자리에 못 박힌 것처럼 꿈쩍도 하지 않았다. 그리고는 정말 의아하다는 듯한 얼굴로 나를 쳐다보았다.

"라비스님! 왜 그러세요? 설마, 새삼스레 시녀들 앞에서 옷 벗는 것이 부끄러워져서 그런 것은 아닐 테지요?

루이스의 말에 나는 찔끔해 보였다. 그런 나의 표정을 놓치지 않은 루이스는 알 수 없다는 듯이 나를 응시하더니, 결국 한숨을 푹 내쉬고는 시녀들을 돌아보며 말했다.

"오늘은 라비스님 혼자서 목욕을 하고 싶으신 모양이니 그만 나가자꾸나."

그렇게 해서 시녀들은 모두 나가게 되었고, 나는 안도의 한숨을 내쉬어야만 했다. 어쨌든 저 여인네들을 몰아내는 데 성공을 했으니, 이젠 나의 손으로 목욕이라는 것을 해내야만 했다.

나는 어제부터 입고 있던 핑크 빛의 원피스 형 잠옷을 내려다보았다. 막상 이 잠옷을 벗으려고 하니 손이 절로 떨려왔다. 나는 마른침을 꿀꺽 삼키며 잠옷의 단추를 풀어내렸다.

'아아! 내가 내 옷을 벗는데 왜 이렇게 죄를 짓는 것 같은 기분이 들까?'

결국 눈을 질끈 감고는 잠옷을 과감하게 홀렁 벗었다. 그러자 약간 서늘한 공기가 나의 살갗에 와 닿았다.

'으으, 추워!'

갑자기 내려가는 체온으로 인하여 나는 추위를 느꼈기에 얼른 욕조 안으로 몸을 담갔다. 곧 알맞게 맞추어진 물의 온도가 나의 몸을 나른하게 하였고, 조금 전까지 가지고 있던 거북한 느낌도 누그러뜨려 주었다. 그러자 한결 기분도 좋아지는 나였다.

"그래! 어차피 라비스로 살아가야 하는데, 이런 목욕하는 일로 쩔쩔맬 수는 없지! 얼굴에 철판을 깔자! 비록 내 뜻이 아니었지만 이젠 여자의 몸을 가지게 되었으니, 내가 편하기 위해서는 익숙해져야 돼! 익숙해져야… 난 이제 여자야! 난 이제 라비스야! 싫든 좋든… 하아! 어쩌면 내가 신께 벌을 받은 건가? 여자들을 너무 울려서… 이젠 내가 여자가 되어 어디 한번 울어보라고… 하지만 이건 너무하다! 혹시, 정말 신이 이런 일을 꾸미셨다면 그 '신'은 아마도 변태… 적인 성품의 '신' 이실지도……."

그동안 받았던 충격의 스트레스로 인하여 내가 이런 횡설수설을 하는지도 모른다. 하지만 내심 그것이 사실일지도 모른다는 생각을 했다. 그렇지 않다면 이런 말도 안 되는 황당한 일이 왜 나에게 일어났겠는가?

아무튼 맘을 굳게 다잡은 나는 철판을 두세 장쯤 깐 얼굴로 나의 몸을 씻는 데에 열중하기 시작했다.

벅벅~!!

이것은 내가 몸의 때를 미는 소리였다. 물론, 여기에서도 목욕을 이런 식으로 하는지는 잘 모르겠지만 나는 19년 동안 몸담았던 한국의 방식대로 목욕을 무사히(?) 끝마쳤다.

그렇게 우여곡절 끝에 목욕을 해낸 나는, 아까 루이스가 놓고 간 목욕 가운을 걸치고는 욕실 밖으로 나왔다. 그러자 제인이라고 불렸던 붉은 머리의 소녀가 내가 목욕을 끝마치고 나오기를 기다리고 있었는지 살풋이 미소를 지으며 나에게 말을 걸었다.

"라비스님! 화장대로 가서 앉으세요. 곧 리나가 와서 아가씨의 화장과 머리 손질을 해줄 거예요! 목 마르시지요? 여기……."

그녀는 들고 있던 크리스털 잔을 나에게 내밀었다. 그 안에서 주홍색 빛의 액체가 물결치고 있었다.

'음… 과일 주스라도 되는 모양이지? 후훗, 저 소녀 맘에 드는군! 그렇지 않아도 목욕을 하느라 힘 좀 썼더니 목이 말랐었는데.'

"고마워요!"

나는 부드러운 미소를 그녀에게 지어 보이고는 받아 든 그 음료를 단숨에 원샷했다. 그러자 제인은 눈을 동그랗게 뜨며 이렇게 말하는 것이었다.

"어머! 라비스님, 목이 무척 마르셨나 보네요. 항상 몇 번에 걸쳐서

나누어 마시던 아가씨께서 그렇게 한 번에 들이키시다니!'

하지만 나는 말없이 빈 잔을 그녀에게 내주었고, 그것을 받아 든 제인은 방을 나갔다.

[오늘… 아마 황태자를 볼 수 있을 거야.]

그녀가 나가고 나 혼자 방에 남게 되자, 그때까지 계속 고양이 행세를 하던 아멘시타가 말을 걸어왔다. 아무도 없는 줄 알았던 나는 느닷없이 나의 머리 속에서 울리는 듯한 목소리에 움찔하였다가 나의 침대 위에서 팔자 좋게 늘어져 있는 아멘시타를 보고는 놀랐던 가슴을 쓸어내렸다.

"아아~ 놀랐잖아!"

[훗… 그사이 라비스의 육체에 많이 익숙해졌나 보지? 방금 그 말투… 라비스와 정말 많이 닮았어!]

"뭐?"

[그리고 너의 표정… 어제보다는 많이 안정된 느낌이야! 어쩌면, 넌 진짜 라비스가 될 수 있을지도…….]

하지만 아멘시타는 말을 다 맺지 못했다. 이글이글 타오르는 나의 분노한 눈빛을 보았기 때문이었다.

"이, 이 엉터리 정령아… 누구보고 라비스라는 거얏? 난 이도현이야! 그리고 엄연한 남자라구! 또 닮았다느니 진짜 라비스가 될 수 있다느니, 그런 소리 또 한 번만 지껄이면 흠씬 패줄 테다! 글구 그 하얀 털을 다 뽑아버릴 거야!"

여태껏 내가 라비스임을 스스로 최면까지 걸었던 나였는데, 왜 아멘시타의 그 한마디에 화가 치밀었는지 모르겠다. 아무런 뜻 없이 말한 그의 말에 내가… 19년 동안 이도현으로서 살아왔던 내가 부정당하고 지워지는 것 같았다.

나는 내 나름대로 사랑해 왔던 나의 모습을 라비스로 인하여 잃고 싶지는 않았다. 하지만 지금 나의 모습은 라비스라는 금발의 소녀였기에 라비스로서 행동을 해야만 했다. 그것이 내 뜻이 아니더라도.

"아멘시타! 만약 내가 라비스로 인해서 이도현이었던 나의 자아를 잃게 된다면, 널 평생 원망할 거다! 어차피 계속 라비스로 살아가야 될지도 모르지만 내가 이도현이었음은 결코 잊고 싶지 않아!"

어쩌면 나는 라비스의 모습으로 라비스처럼 행동할 수도 있었다. 하지만 엄연히 이도현이었던 나의 영혼까지는 라비스에게 점령당하고 싶지 않았다.

똑, 똑!!

그때 노크 소리가 들려왔다.

"들어와요!"

노크 소리에 잠시 잃었던 평정을 다시 찾은 나는 굳어진 표정을 풀고 고상한 어투로 들어오라는 말을 한 후, 화장대 쪽으로 걸어가 앉았다. 그 모습을 멍하니 지켜보던 아멘시타는 급격한 속도로 페이스를 회복하는 나를 보고는 고개를 절레절레 흔들었다.

나는 지금 덜커덕거리는 마차 안에 있다. 그러니깐, 지금 마차를 타고 왕성에 가는 중이었다. 벌써 두 시간째… 아까 점심에 먹었던 음식물들이 자꾸 위로 올라오려고 하고 있었다.

'으으, 나 죽을 것 같아!'

심한 멀미로 인하여 헤롱헤롱해진 정신을 억지로 부여잡으며 간신히 침착함을 유지하고 있었다. 하지만 나의 안색은 그리 좋지 못해 보였는지, 내 옆에 앉은 루이스는 걱정스러운 얼굴로 나를 감싸 안아주고 있었다.

"그렇게 몸이 약해서야 앞으로 왕성 생활을 어찌 견딜 수 있겠느냐!"

내 앞에 앉아 있던 나의 아버지인 다니엘 남작이 질책하는 듯한 얼굴로 입을 열었다. 그의 말에 나의 한쪽 눈썹이 꿈틀하고 움직였다. 그리고 순식간에 나의 감정들이 차갑게 가라앉는 것을 느꼈다.

'저건, 아버지도 아나! 어떻게 딸이 아파 죽겠다는데, 위로 한마디 없이 저렇게 매정하게 말을 할 수 있지?'

사실, 나는 오늘 아침에 저 남작을 처음 보았다. 라비스의 아버지라고 했던 다니엘 크로시벨 남작… 굉장히 현실적이고 냉정한 사람이었다. 그랬으니 자신의 가문을 위해 딸을 왕실의 첩으로 내주었겠지만.

나는 새삼 이 육체의 주인이었던 라비스에게 동정심을 느꼈다. 그런저런 잡생각을 하고 있을 때, 누군가가 밖에서 마차의 창문으로 얼굴을 들이밀었다. 나의 경호원이라던 '에드'였다.

"라비스님은 좀 괜찮으십니까?"

그도 내가 걱정되었던 모양이다. 그의 갈색빛 눈동자가 염려의 빛을 잔뜩 띠고 있었다.

'자식… 저 녀석도 무뚝뚝한 표정만 아니라면 꽤나 부드러운 인상인데……'

멀미로 인하여 괴로워하면서도 그런 잡생각은 끊임없이 하는 나였다. 아무튼, 그의 질문에 루이스가 대신 대답을 했다.

"아무래도 아가씨께선 많이 힘드신 모양입니다."

"그러면 제가 이 근처에 멀미에 좋은 약을 파는 곳을 아니, 그 약을 구해오겠습니다."

"아, 그래 주시겠어요?"

루이스의 말이 떨어지자마자 에드는 마차의 창가에서 모습을 감추더니, 곧 '이랴!' 하는 외침과 함께 멀어져 가는 말발굽 소리가 들려왔다.

두 시간이 넘는 힘든 여행 끝에 마차는 드디어 왕성에 당도하였다. 아까 에드가 사온 이상한 물약을 먹고 조금은 기운을 차린 나는 마차의 창문을 통해 왕성을 올려다보고는 놀라서 벌어진 입을 다물지를 못했다.

"이야! 대단해. 저기가 왕성이야?"

마치 베르사이유 궁전을 연상시키는 화려하고도 거대한 몇 개의 궁성들이 모여 있었는데, 그 위엄이 하늘을 찌를 듯하였다. 내가 탄 마차는 왕성에 이미 도착을 했지만 왕성이 워낙 엄청난 규모를 자랑하는 터라, 황태자궁까지는 마차로 얼마간을 더 소요하고 나서야 도착할 수가 있었다.

"라비스! 오늘은 황태자님과 첫 대면이다. 그분께 실수하지 말고 잘 보이도록 하거라! 그리고 그분을 뵌 다음 왕비님을 뵐 것이다."

그동안 묵묵히 있던 다니엘 남작이 나에게 당부하는 말을 했다.

"네, 아버지."

물론, 나는 조신한 태도로서 그에게 답했다. 솔직히 내가 행동하는 나의 여성스러운 태도에 가증스러움도 느꼈지만, 나로서는 어쩔 수 없는 일이었다. 이렇게 하지 않으면 내 신상이 매우 피곤해질 테니깐 말이다.

우리는 황태자궁 시녀장의 안내를 받아 안으로 들어갔다. 우리는 응접실로 안내되었고 시녀들이 내오는 차를 마시며 황태자가 오기를 기다렸다.

"황태자 전하께서는 지금 어디에 계십니까?"

기다리는 시간이 어쩌면 매우 길어질 수 있었기 때문에, 다니엘 남작은 차를 내온 시녀에게 황태자의 행방을 물었다. 그러자 그 시녀는 그 질문이 대답하기 곤란한 질문이었는지 당황한 얼굴로 한참을 망설인 뒤, 이윽고 결심을 했는지 무겁게 입을 열었다.

"황태자 전하께서는 지금 두 번째로 맞으신 후궁 아사벨라님과 후원을 거닐고 계십니다. 잠시만 기다려 주십시오! 곧 모시고 오도록 하겠습니다."

그녀의 말에 다니엘 남작의 입가가 씰룩거렸다. 그리고 나 역시 현기증이 이는 것 같았다.

'두, 두 번째 후궁이라고… 그럼, 뭐야? 난 몇 번째가 되는 거지? 아악! 그 황태자란 녀석이 나와 같은 부류였던 거야?'

결국, 우리는 어디선가 자신의 첩과 놀아나고 있을 황태자를 한없이 기다려야만 했다. 나의 신세가 한심해지고 처량해지는 것 같았다.

'하아! 내가 지금 뭐 하고 있는 거지?'

내가 지금까지 라비스로서 행동했던 일들에 대해 갑자기 회의가 들었다. 답답증이 치밀어 오르는 것 같았다. 결국, 나는 참지 못하고 자리에서 벌떡 일어났다. 그러자 남작을 비롯한 루이스와 에드가 놀라며 나를 바라보았다.

"난 라비스가 아니에요! 그리고 저따위 바람둥이 같은 자식의 첩 같은 것도 될 생각이 없다구요! 난 갈 거야!"

지금까지 얌전한 표정만을 지어온 내가 갑자기 입에 감히 담아서는 안 될 험한 말을 담으며 소리를 지르는 모습이 그들은 놀라웠을 것이다.

"라비스!!"

남작이 나의 이름을 부르는 것이 들렸지만 나는 무시하고 그대로 응접실 밖으로 뛰쳐나갔다. 에드가 나를 따라오는 것 같았으나, 나는 그의 손에 잡혀서 또다시 라비스의 흉내를 내고 싶지 않았다. 그래서…

창문 쪽으로 달려가서 창문의 틀로 올라선 다음, 나에게 달려오는 에드에게 협박을 했다.

"에드! 나에게 다가오면 나 뛰어내릴 거얏!"

"아앗! 라비스님, 어서 내려오세요!"

내가 당장이라도 뛰어내릴 시늉을 하자 에드는 하얀 얼굴이 더욱 하얗게 질리며 나에게 외쳤다. 여기는 비록 2층이었지만, 만약 떨어지면 크게 다칠 수 있는 높이였다.

"이봐요! 아가씨, 지금 거기서 뭐 하는 것이오?"

그때 나에게 다가오는 에드뿐만 아니라, 저기 창문 밖에서도 어떤 남자의 목소리가 들려왔다. 그래서 나는 밖을 내다보았는데, 그곳에는 은발의 한 청년이 나를 올려다보고 있었다.

'헉! 이를 어째? 막다른 길에 갇힌 신세잖아?'

내가 그렇게 고민하고 있을 때 나의 발에 익숙치 않은 하이힐이 그만 말썽을 일으켰다. 삐끗하고 그만 미끄러지고 만 것이었다. 그래서 나는 아래로 떨어지기 시작했다. 왠지 요즘 들어 실수로 투신하는 일이 많아진 것 같았다.

"까아악!!"

나는 찢어지는 듯한 비명을 지르며 아래로 떨어지고 있었고 바닥은 바로 내 등까지 다가와 있었다. 나는 눈을 질끈 감았다. 곧 있으면 나의 몸은 바닥에 닿을 테고, 그러면 끔찍한 고통이 나에게 전해질 것이다.

"……?"

'엥? 바닥에 도착(?)할 시간이 지난 것 같은데, 왜 아무런 고통이 느껴지지 않는 거지?

이미 바닥에 떨어지고도 남았을 시간이 지났음에도 여전히 허공에 떠 있는 듯한 느낌에 나는 의아해하며 질끈 감았던 눈을 살짝 떠보았다. 그러자 지상에서 10큐빗 남짓해 보이는 높이에서 나의 몸이 허공에 둥둥 떠 있는 것이 눈에 들어왔다. 나의 몸을 마치, 부드러운 바람이 감싸고 있기라도 한 것 같은 기묘한 느낌이 전해져 왔다.

'헉! 이게 어떻게 된 거야?

그렇게 갸웃거리는데 누군가가 나에게로 다가왔다.

"아가씨는 대체 누구인데 내가 머무는 궁에서 몸을 던진 거지?"

꽤나 맑게 느껴지는 목소리가 나의 귓가를 간지럽히듯이 들려왔다. 나는 목소리가 들려온 쪽으로 고개를 돌려 나에게 말을 건 그 누군가를 바라보았다. 그러자 아까 아래서 나에게 소리를 친 은발의 청년이 눈에 들어왔는데, 조금 가까이서 보니 그는 매우 고귀한 티가 느껴지는 매우 잘생긴 얼굴이었다.

그가 그렇게 가까이 다가오자 허공에 떠 있던 나의 몸은 저절로 그 남자 쪽으로 이동해 가더니, 털썩 그의 두 팔 안에 얌전히 안기는 꼴이 되어버렸다.

그는 나의 얼굴을 뜯어보는 듯 살짝 고개를 숙여 나를 내려다보았는데, 그로 인하여 나 역시 그의 얼굴을 자세히 뜯어볼 수 있게 되었다.

그는 결이 좋아 보이는 은빛의 머리카락에 어울리는 투명한 피부를 가지고 있었다. 꽤나 좋은 피부를 가진 깨끗한 얼굴이었고, 이목구비도 단아하고도 깔끔해서 투명한 미가 느껴지는 그런 아름다운 얼굴이었다. 게다가 얼굴 선의 윤곽도 뚜렷하고 반듯하여, 아름다운 반면에 남자답게 잘생긴 느낌도 드는 얼굴이었다.

'호오! 왕성에 이런 미청년이 있을 줄이야!'

잠시 나의 처지에 대해 망각해 버린 나는 그의 얼굴 생김새에 대해 감탄을 하였다. 하지만 내가 그의 얼굴에 대해 감탄하는 마음을 갖는 것은 단지 아름다운 예술 작품을 보고 그에 대해 감탄하는 마음을 갖는 것과 별로 다를 바가 없었다.

그렇게 멍청하게 그가 나를 바라본다고 똑같이 그를 바라보고 있다가 그의 얼굴에 점점 놀라움의 기색이 드는 것을 보고는 정신을 퍼뜩 차렸다.

"아하하… 구해주셔서 감사합니다. 제가 그만 실수로 떨어지는 바람에… 이만 내려주셨으면 하는데요."

그는 투명한 은보랏빛의 눈동자로 나를 그렇게 응시하더니, 이윽고 입을 열었다.

"그대는 누구이지? 왕성 안에 이렇게 아름다운 소녀가 있다니!"

그는 중얼거리듯 말하며 나를 내려주었다.

"그쪽은 누구세요? 전 이곳의 황태자 전하를 뵈러 온 라비스라고 하는데요?"

그러자 그 남자는 내가 그쪽이라고 지칭했던 것이 약간 충격으로 다가왔는지 얼굴 표정이 매우 기이하게 변하였다.

"나를 보러 왔다고? 흠… 내가 아는 여인들 중에는 라비스라는 이름이 없었던 것 같은데…….."

'헉! 이게 무슨 소리?'

방금 그가 말한 내용은 지금 내 앞에 서 있는 말끔한 청년이 내가 앞으로 결혼하게 될 황태자란 소리였다. 설마하니 별 볼일 없는 녀석이면서 자신이 황태자라고 사칭할 간 큰 녀석은 없을 테니, 이 남자가 황태자일 가능성이 거의 백 퍼센트에 가까웠다.

'이걸 어쩐다지? 황태자 녀석에게 그쪽이라고 말해 버렸으니… 설마, 그거 가지고 꼬투리를 잡아 방자하다며 사형에 처하거나 그러지는 않겠지? 책에서 보면 권위적인 왕족들은 신하들에게 그러던데…….'

나는 스스로 한 망상으로 인하여 불안감이 들었지만, 겉으로는 내색하지 않고 태연한 척 그에게 입을 열었다.

"아! 황태자 전하이십니까? 제가 모르고 실수를 범하였군요! 부디 너그럽게 용서하세요."

내가 그렇게 정중한 태도로서 말하자 황태자는 싱긋 웃어 보이며 나에게 말했다.

"물론, 모르고 그랬다는데 당연히 용서를 해야지! 게다가 이렇게 미인인데, 후훗… 그대의 이름이 라비스라고 했는가? 이름도 역시 아름답군!"

그의 말을 들은 나는 순간 닭살이 돋았으나, 그렇다고 그 기색을 황태자에게 내보일 수는 없는 노릇이었기 때문에 그냥 살짝 미소를 지어 보였다. 내가 이렇게까지 해야 돼나? 의문이 들지 않는 것은 아니었지만, 그래도 이 나라의 왕족에게 대들 수도 없는 일이었다. 그저 조용히 넘어가는 수밖에.

예전부터 싫은 여자들에게도 웬만하면 웃는 얼굴을 했던 나의 버릇이 몸에 배었는지 어쨌는지 모르겠지만, 아무튼 속마음과는 다르게 태연한 척하고, 싫은 마음이 있어도 장소에 따라 미소를 지어 보이곤 하였던 것이 이미 나의 평소 습관이 되어 있었다.

어쨌든 나는 그가 황태자란 말에 잠시 긴장했었으나 그가 보이는 태도를 보자 내가 가졌던 그 긴장감이 순식간에 사라지는 것을 느꼈다. 그 이유는 나의 눈앞에 있는 고귀한 신분의 왕족은 그다지 권위적인 성격이 아니라는 것이었다. 게다가, 내가 아름답다느니 어쨌다느니 그러한 느끼한 대사를 읊는 것으로 보아 나를 당장 잡아 감옥에 가두거나 하지는 않을 것 같았다.

그렇게 생각하자 나는 그가 별로 어렵게 느껴지지 않았다. 그렇다고 그가 편안하게 느껴진다는 것은 아니었다.

"아! 그리고 보니 라비스라는 이름, 어디서 많이 들어본 이름인 것 같은데……."

'의외로 자신의 결혼에 대해서 무심하군! 비록 후궁이라지만 본인이랑 결혼하게 될 여자의 이름도 모르다니!'

혼담으로 인해 몇 번이나 오르내렸을 라비스라는 이름을 그저 익숙한 이름으로만 기억한다는 것은 본인이 이번 결혼에 그다지 관심이 없었다는 증거였다. 그러자 나는 이 육체의 본래의 주인인 라비스에 대해서 다시 한 번 동정심이 느껴졌다. 그리고 약간 자존심이라는 감정도 상하는 느낌이 들었다.

'아악! 그동안 여자의 몸으로 있었더니 생각하는 것도 여성화가 되었나? 내가 그런 변태틱한 생각을 하다니……!'

아마도 라비스의 육체로 인하여 내가 그러한 생각을 한 것일 테지만,

나는 잠시 망령된 생각을 한 내 스스로에게 진저리를 쳤다. 하지만 그 와중에서도 나는 그에게 나의 신분을 알려주어야겠다고 생각했다. 평소의 나 같았으면 그런 생각은 결코 하지 않았겠지만, 어쨌든 지금의 나는 '라비스'였다.

"저는 라비스 크로시벨이라 합니다, 황태자 전하. 크로시벨 가의 영애이지요! 이젠, 제가 누구인지 짐작을 하시겠습니까?"

그에게 그렇게 말하고는 싱긋 웃어 보였다. 그리고는 점점 놀라워하는 표정으로 변해가는 그의 얼굴을 약간은 즐거운 기색으로 바라보았다.

나는 그날 오후, 여러 사람들에게 잔소리를 들어야 했다. 그것은 황태자와 첫 대면하는 날부터 말썽을 피웠다는 이유에서였다. 왕비님을 잠깐 뵈고 나서, 물론 말이 잠깐 뵌 것이지… 왕비는 무지 바쁜 몸이었는지 나는 그녀 앞에 얼굴만 간신히 내비칠 수 있었다. 그렇게 루이스의 잔소리에, 남작의 꾸중을 들은 나는 잔뜩 토라진 상태에서 다시 크로시벨 가 저택으로 돌아오게 되었다.

다니엘 남작은 집에 돌아오고 나서 나에게 이렇게 덧붙였다.

"어쨌든 왕비 전하와 황태자 전하께서 너를 이쁘게 봐주셔서 그나마 다행이다. 안 그랬으면 크로시벨 가의 명예에 네가 먹칠을 할 뻔했구나. 얼굴 하나는 네 어미를 닮아 반반한 것이 천만다행이야! 하지만 라비스! 오늘부터 왕성으로 들어갈 때까지 근신하도록 해라! 그리고 오늘 네가 한 행동을 반성하도록 해!"

부들부들.

이것은 내가 온몸을 떠는 소리이다. 따뜻한 말 한마디 없이, 저렇게 고드름이 뚝뚝 떨어질 것 같은 냉랭한 말만 골라서 나에게 내뱉고는 사라지는 남작의 뒷모습을 나는 한동안 노려보았다.

'아버지라는 작자가 저렇게 냉정하고 재수없는 인간이라니!'

이상스럽게도 나는 그에게 분노와 같은 감정이 느껴졌다. 그가 나에게 냉랭하게 대하든 다정하게 대하든 라비스로서는 부녀지간이 되겠지만, 나는 그와는 엄연한 남이었다. 하지만 그에게 약간의 서운함이 드는 듯하다가 화가 치미는 것은 도대체 왜일까?

그렇다면 내가 라비스의 육체에 영향을 받기라도 한다는 것인가?

나의 눈에서 뭔가 촉촉한 것이 고이기 시작했다. 기분이 정말 더럽기 짝이 없었다.

"라비스님, 오늘 피곤하셨을 텐데 그만 쉬도록 하세요."

누군가가 나에게 조심스레 다가오더니 나직이 입을 열었다. 그는 에드였다. 에드는 나의 경호원이라는 신분 때문이었는지 언제나 나의 곁에 머물러 있었는데, 지금 이 순간에도 그는 내 곁에 있으면서 나에게 어서 쉴 것을 충고하고 있었다.

사실, 나는 지금 이 순간 내 곁에 아무도 없다고 생각했었다. 이런 세계에서 적응하는 일도 너무 힘이 들었었는데, 이런 감정적인 일까지 겹치자 나는 누군가에게 기대고 싶은 마음이 들었다. 그리고 누군가와 허심탄회하게 대화를 나누며 말로써 우울한 마음을 풀어버리고 싶었다. 그래서……

"에드! 우리 술이나 한잔할까요?"

나의 제안이 다소 의외였는지 에드의 표정없는 얼굴에 잠시 황당한 빛이 스쳐 갔다. 하긴, 그로서는 황당하기도 했을 것이다. 귀족가의 레이디인, 얌전하기만 한 줄 알았던 자신의 상전이 갑자기 술이나 한잔하자고 제안하는 것은 자신의 귀가 심히 의심되는 발언이기 때문이었다.

그는 어떻게 대답을 해야 할지 매우 혼란스러운지 머뭇거리는 얼굴을 해 보였다. 그런 그를 보며 나는 씨익 웃고는 입을 열었다.

"에드! 이곳에 혹시 데킬라나 위스키와 같은 종류의 술 있어요?"

"라비스님, 제가 알고 있는 술 중에는 그러한 이름의 술은 없습니다만. 그런데 술이라면 전혀 마셔 본 적이 없는 라비스님께서 왜 갑자기……."

"하하! 에드, 오늘같이 울적한 날은 술을 전혀 마셔 본 적이 없는 사람이라도 가끔은 취하고 싶을 때가 있는 법이랍니다."

"하지만 이 일을 남작님께서 아시면……."

"다니엘 남작이 알면… 에드를 문책하겠죠? 알았어요! 나 때문에 에드가 문책을 받는 것은 나 역시 싫으니깐."

나는 그에게 평이한 어조로 그의 말을 가로채며 말했으나 나의 눈빛은 아까와는 달리 차가워져 있었다. 결국, 에드는 나의 말에 반박도 못하며 커진 눈으로 나의 얼굴을 들여다보았다. 그에겐 내가 자신의 아버지를 다니엘 남작이라 호칭한 것 역시… 매우 놀라웠을 것이다.

"…그리고 에드?"

"네, 라비스님."

내가 그를 부르며 다시 입을 열자 에드는 답하며 자신의 불안정한 표정을 추슬렀다. 그를 보며 갑자기 짓궂은 마음이 든 나는 그를 한번 놀려봐야겠다고 생각했다. 그래서 그에게 한 발짝 더 가까이 다가간 다음, 나의 얼굴을 그에게 가까이 댔다. 그러자 나의 눈 높이가 그의 눈 높이와 별 차이가 없이 맞추어졌다.

나는 여자로서는 큰 편에 속하는 170cm에 육박하는 키였으나, 에드는 남자로서는 보통이라고 말할 수 있는 키였다. 게다가 나는 하이힐을 신고 있었는데 그렇게 되자 거의 키가 비슷하게 보였다.

내가 그렇게 얼굴을 지나치다 싶을 만큼 가까이 대자 에드는 무지하게 놀란 듯 붉어진 얼굴로 얼른 뒷걸음질을 쳤고, 그런 그의 모습에 나는 생긋 웃으며 나직이 입을 열었다.

"에드! 잘 자요. 난 이제 그만 침실로 올라가야 하겠어요. 그럼."

그리고는 아무렇지도 않은 듯한 얼굴로 2층으로 향하는 계단을 올랐다. 그리고 침실에 가까이 당도한 나는 침실의 방문을 열며 피식 웃으며 중얼거렸다.

"훗… 에드 녀석, 가끔 이렇게 놀려먹으면 재미있겠군! 순진하긴."

어쨌든 그렇게 힘든 하루가 지나갔고 그 다음날 아침, 루이스가 충격적인 소식을 들고 아침부터 호들갑스럽게 나를 찾았다.

"라비스님, 라비스니임! 얼른 일어나 보세요!"

"왜요, 루이스?"

몽롱한 얼굴로 한쪽 눈을 부비며 뭔가에 흥분한 듯한 그녀에게 물었다.

"방금 왕성에서 사람이 나왔는데요, 라비스님이 왕성에 가게 되는 날짜가 잡혔대요!!"

"……!!"

루이스의 말에 나의 머리에 순간 번개가 내리치는 것 같았다. 나는 벌린 입을 다물지 못하며 그녀를 응시하였는데, 그녀는 잔뜩 흥분을 하며 다시 말을 이어갔다.

"글쎄, 황태자 전하께서 얼른 라비스님을 세 번째 후궁으로 맞고 싶다고 해서 이렇게 결혼식 날짜를 서둘러 발표했다는군요!"

"겨, 결혼식의 날짜가 언제인데요?"

"앞으로 열흘 후에 왕성에서 라비스님을 데리러 올 거예요!"

루이스는 나에게 청천벽력 같은 소식을 전하고는 나의 결혼식을 위해서 준비할 것이 많다며, 콧노래까지 흥얼거리며 방을 바삐 나갔다. 그녀가 나가고 나서 다시 굳게 닫힌 방문을 나는 잠시 멍하니 바라보았다.

솔직히 얼마 전까지만 해도 평범하게 학교를 다니면서 무료할 만큼 평범한 일상을 보내던 나였는데, 지금은 아가씨, 혹은 라비스라는 낯선 호칭을 들으며 결혼식이 어쩌구 저쩌구 하는 소리를 듣고 있는 상황이 황당하다 못해, 아직도 악몽 속에서 헤매고 있는 것 같았다.

하지만 이 상황이 차라리 악몽이었으면 좋으련만 이것은 나에게 닥친 현실이었고 새롭게 뒤바뀌어 버린 나의 운명이었다. 나는 멍해진 얼굴로 침대 위에서 팔자 좋게 잠들어 있는 고양이 모습의 아멘시타를 내려다보았다. 그를 보자 나는 순간 열이 뻗쳐 올랐다.

"이젠 어떡할 거야? 이 망할 나무 정령아!! 난 이젠 꼼짝없이 그 황태자와 결혼하게 생겼다구!"

그래서 나의 침대 위에서 웅크리고 한참 곤한 잠에 들어 있던 아멘시타를 다짜고짜 콱 움켜쥐고는 마구 흔들어댔다.

캬아웅~!!

불쌍한 그 페르시안 고양이는 그렇게 울부짖으며 나의 손아귀에서 빠져나가려 애를 썼다.

"어쭈~ 이젠 내 말 무시하겠다? 빨랑 대답해! 대답해!"

냐앙~!

아즈라엘은 애처로운 울음소리를 내며 나의 질문에 충실히 대답을 해 보였다. 그러나 내가 원하는 대답은 그것이 아니었기에 축 처진 몰골을 하며 아즈라엘을 그만 놓아주었다. 아멘시타가 빠져나가고 없음을 깨달았기 때문이었다. 결국 아멘시타가 아닌 애꿎은 아즈라엘만 봉변을 당한 셈이 되었다.

"나아쁜 나무 정령 같으니… 감히 도망을 가?"

나는 이를 바득 갈며 벌떡 몸을 일으켰다. 그리고 쿵쾅거리는 발걸음 소리를 내며 문 앞까지 다가가 방문을 벌컥 열어젖혔는데, 지나가던 한 시녀가 요란한 문 여는 소리에 화들짝 놀라며 나에게 입을 열었다.

"헉! 라비스님, 어디 가세요?"

"제인! 지금 당장 도끼를 가지고 와서 나를 뒷후원으로 안내해요!"

"네에? 도끼라니요, 라비스님?"

그녀의 눈이 동그랗게 떠지면서 나에게 반문을 했다. 하지만 나는 그녀에게 일일이 대꾸를 하고 싶지 않았기에 그저 그녀에게 도끼나 가져올 것을 명령했다. 결국은 그녀는 어디론가 가서 도끼를 구해 가지고 왔고, 나는 그것을 받아 들고는 살벌한 기세로 후원 쪽으로 발걸음을 옮기기 시작했다.

가는 길목마다 자꾸 누군가가 나와서 놀란 얼굴로 나를 의아하게 바라보며 물음을 던졌지만, 그때마다 나는 입을 다물고는 그 기세를 몰아 론티아 나무가 있는 후원으로 당당하게 걸어나갔다.

그리고 아까부터 에드가 불안한 얼굴로 나를 따라오고 있었는데, 나는 굳이 그에게 저지하는 말을 하지 않았다. 잠시 후 나의 눈앞에 후원의 가운데에서 떡하니 버티고 있는 한 그루의 나무가 들어왔다.

"저게 론티아 나무가 맞죠?"

나는 제인에게 확인차 물었다. 그러나 그녀는 나의 질문에 답하지는 않고 매우 불안한 얼굴로 나에게 입을 열었다.

"라비스님! 설마, 론티아 나무를……."

"맞아요! 난 저 녀석을 베어버릴 거예요."

그녀에게 살짝 웃어 보이며 입을 열자, 론티아 나무가 나의 말을 알아듣기라도 한 듯이 바람이 불지 않았는데도 불구하고 가지가 흔들리며 나뭇잎들의 바스락거리는 소리가 사각거리며 들려왔다.

"흥! 아멘시타, 네가 여기에 와 있는 거 다 알아! 넌 나를 위해서는 뭐든지 한다고 약속했어! 그런데 거짓말을 하지 않는다는 네가 감히 나에 대한 책임을 회피하고 이곳으로 도망 왔어! 아멘시타! 나에게 할 말이 있으면 어서 해봐!"

내가 나무를 향하여 이렇게 외치자 제인은 핏기가 사라진 얼굴로 나를 쳐다보았다.

"제인! 당신은 시녀장님에게 가보아야 하잖아요?"

그때까지 묵묵히 있던 에드가 제인에게 말을 걸었다. 그러자 제인은 얼떨떨한 얼굴로 머뭇거렸다.

"하, 하지만 라비스님께서……."

그러나 에드는 그런 그녀에게 더 이상 설명의 말을 하지 않고 그대로 그녀를 끌고 갔다. 결국, 제인은 어쩔 줄을 몰라 하다가 에드에게 이끌려 어디론가 사라져 버렸고 나는 잠시 에드가 왜 자리를 비켜주었는지에 대해 생각해 보았다.

그건… 아마도 론티아 나무를 위해서였던 것 같다. 론티아 나무의 정령은 다른 사람들 앞에서 쉽사리 모습을 내보이는 것을 싫어했는데, 제인과 에드가 이곳에 있음으로 인해 론티아가 나의 질문에 대답을 선

불리 못하는 것을 눈치 챈 것이었다.

만약 성질 급하게도 론티아 나무의 정령이 대답을 하지 않는 것을 내 말을 그냥 무시한다고 오해한다면, 어쩌면 내가 이 나무에게 해를 입힐지도 모르는 일이었기 때문이다. 어쨌든, 에드는 그것을 막고 싶었던 것이다.

'아! 이 나무는 라비스의 어머니가 아끼던 나무라고 했지.'

물론, 나는 이 나무에게 정말로 해를 끼칠 생각은 없었다. 화는 나 있었지만, 적당하게 따지고 겁을 주려고 했었다. 그러나 나의 모습이 너무 살벌했었던 모양인지 모두들 그렇게들 심각하게 생각한 듯했다.

[미안해! 난 일부러 여기로 피해 온 것이 아니었어! 네가 아까 내가 머물던 육체에 갑작스런 충격을 주는 바람에 그렇게 된 거야.]

그제야 내가 성급했음을 깨달은 나는 표정을 누그러뜨리고 그에게 물었다.

"그게 무슨 말이야?"

[내가 어떠한 육체에 머무는 것은 완전하지가 못해. 나는 순수한 마음을 가지고 있는 동물의 육체나 식물에게 그 몸을 빌려 스며들 수 있는데, 만약 큰 충격이나 상처를 입게 되면 나는 다시 본체로 돌아가게 돼.]

"아! 미안해. 그런 줄 모르고 괜히 성급하게 굴었네. 사실, 난 너를 해칠 마음 없었어. 그저 도끼로 겁만 주려고 터프한 척했지! 에헤헤."

내가 오해했음을 깨달은 나는 그렇게 말하고는 겸연쩍게 웃어넘기는데, 그때 누군가가 나에게 말을 걸어왔다.

"다시 보아도 여전히 아름다운 모습이군. 그런데 나의 예비 신부 라비스 양께서 어찌 그대와는 어울리지 않는 도끼를 들고 나무 앞에 서 있는 것이지?"

갑작스럽게 들려온 낮간지러운 대사에 나는 목소리가 들려온 쪽을 향해 돌아보았다. 그러자 햇빛에 반사되어 은빛이 매우 아름답게 반짝이는 은발을 가진 훤칠한 청년이 나를 보며 빙긋 미소를 짓고 있었다.

'에엑? 저, 저 인간이 어떻게 여기에 있는 거지?'

"황태자 전하께서 어떻게 이곳에……."

갑작스런 그의 출현에 예를 갖추어야 된다는 것도 까먹고 버벅거리며 입을 열었다. 그러자 미카엔……그 뒷부분의 이름은 생각이 나지 않는다—이라는 이름의 황태자는 더욱 진해진 미소를 머금고는 나에게 말했다.

"내가 그대를 왜 찾아왔을 거라 생각하는가?"

곱상한 외모에 어울리지 않는 근엄한 말투였으나, 그의 신분이 명색이 황태자라 그런지 그리 이상하게 느껴지지도 않았다. 미끈한 외모에 바람둥이의 기질이 매우 강해 보이는 무척 가벼운 인간이라 생각했는데, 그것은 나의 성급한 생각이었나 보다.

'내가 그걸 어찌 아냐?'

그렇게 속으로 궁시렁거렸지만, 그걸 내색할 수는 없는 일이었기 때문에 조신하게(?) 그의 질문에 답하는 수밖에 없었다.

"잘 모르겠는데요."

툭 내뱉은 나의 말에 황태자는 짓고 있던 미소를 접고는 기묘한 표정이 되어 나의 얼굴을 가만히 응시했다. 사실, 귀족 출신의 레이디가 이런 식으로 툭 내뱉듯이 황태자에게 대답해서는 안 되었지만, 귀족가의 예의범절 따위에 익숙하지 못한 나이기에 그렇게 모든 예법을 생략하고 황태자를 대했던 것이다.

"흠, 그대는 내가 알던 귀족가의 레이디와는 많이 다른 것 같군."

황태자는 중얼거리듯이 말하고는 론티아 나무가 서 있는 그늘로 다가가 털썩 앉았다. 그리고는 투명하게 빛나는 은보랏빛 눈동자를 들어 나를 보며 입을 열었다.

"너도 앉아, 라비스."

갑자기 달라진 그의 말투에 나는 눈을 동그랗게 떴다. 근엄한 어조에서, 비록 하대였지만 친근한 느낌이 드는 편한 말투로 바뀐 것이었다. 하지만 내가 급속도로 바뀐 그의 태도에 적응을 하지 못하고 머뭇거리자, 그는 얼굴을 살짝 찌푸리는 시늉을 해 보이며 다시 입을 열었다.

"아무래도 궁금하겠지? 아침부터 황태자라는 사람이 불쑥 모습을 나타내었으니."

그는 여기까지 말하고는 다시 싱긋 웃어 보였다.

'거참! 알 수 없는 인간이네?'

나는 속으로 중얼거리며 그에게 말했다.

"황태자 전하께서는 어떻게 오신 거죠? 그것도 혼자서… 왕성에서 여기까진 그리 가까운 거리가 아닐 텐데요. 게다가 제가 여기에 있는 것은 시녀들이 가르쳐 주었나요?"

내가 그렇게 묻자 황태자는 뭐가 그리 좋은지 여전히 은은한 미소를 띤 얼굴로 입을 열었다.

"아름다운 나의 신부 라비스가 있는 곳이라면 나는 어디든지 알 수 있지."

"네에?"

온몸에 닭살이 순식간에 돋는 것을 체험하며 나는 그에게 반문을 했다. 그러자 그는 내가 놀라는 것이 정말 재미있다는 듯이 뜸을 들이며 나를 응시하더니 이내 입을 열어 한 개의 단어를 내뱉었다.

"텔레포트!"

나는 그가 내뱉은 말이 무슨 말인지 한참을 생각해야만 했다.

'텔레포트라니! 그건 공간 이동이라는 뜻인데⋯ 설마 저 닭살 인간이 공간 이동을 해서 여기까지 왔다는 거야?'

여기까지 생각해 낸 나는 눈이 휘둥그레하게 떠질 수밖에 없었다.

"황태자 전하⋯ 마법사이셨어요?"

"후훗⋯ 마법사라면, 마법사라고도 할 수 있겠지! 난 어릴 적부터 마나를 다루는 것에 큰 소질이 있었거든. 사실, 너를 어제 처음 본 뒤로 다시 너를 만나고 싶다는 생각이 간절해서 어젯밤에 네가 있는 곳으로 이동해 갈까? 했는데, 만약 그렇게 한다면 아무리 황태자라도 레이디에게 실례가 되기 때문에 오늘 아침까지 기다린 거지!"

그렇게 말하며 나 잘했지? 하는 듯한 태도로 나를 올려다보았다.

'이곳이 만약 내가 알고 있는 판타지 세계와 크게 다르지 않다면 저 황태자는 아주 고위의 마법을 쓴 건데, 역시 겉보기와는 다르게 능력이 아주 출중한가 보지?'

만약 그렇다면, 그동안 동경해 왔던 진짜 마법이란 것을 볼 수 있는 기회가 온 것이다. 그래서 나는 눈을 번뜩이며 황태자에게 씨익 웃어 보였다. 그러자 황태자는 나의 눈빛에서 뭔가 불길함이라도 느꼈는지 움찔해 보였다.

"황태자님! 마법이란 거, 저에게 보여주시면 안 돼요?"

"좋아! 라비스가 원하는데 못 보여줄 것도 없지!"

기대감에 찬 나의 반짝이는 눈을 저버리지 않겠다는 듯한 약간의 비장함을 보이며 황태자는 당장 마나를 발동시키기 시작했다. 그러자 우리 주위에서 반경 20m 정도 되는 범위 안에서 은빛의 빛무리들이 휘몰아치기 시작했다.

너무나 아름답고 신비한 모습이라 나는 넋을 놓고 그 광경을 바라보았다. 잠시 후 그 은빛의 빛무리들은 점차 자취를 감추더니, 이윽고 향긋한 향기를 풍겨오기 시작했다.

나는 의아한 얼굴로 황태자를 바라보았다. 그러자 그는 기대해도 좋다는 듯이 씨익 웃으며 다시 마법을 발현시키는 데에 몰입을 하였다.

"아앗! 저건 꽃잎?"

갑자기 나의 주위로 날리기 시작한 예쁜 빛깔의 수많은 꽃잎들을 바라보며 감탄의 탄성을 내뱉었다. 그 꽃잎들은 마치 눈이 내리는 것처럼 굉장히 환상적인 분위기를 연출하며 하늘에서 아래로 휘날리며 떨어지고 있었다.

"와아~!! 정말 예뻐요! 되게 신기하네? 꽃으로 내리는 눈이라니……!"

내가 그렇게 쉴 새 없이 감탄을 해대며 신기해하자 황태자는 뿌듯하다는 듯이 나를 바라보더니, 이윽고 몸을 일으키고는 나에게 다가왔다.

"너를 만나게 된 기념으로 주는 나의 선물이다. 아! 이젠 가보아야 하겠군! 황태자란 직업이 워낙 바쁜 일이 많은 피곤한 직업이거든! 라비스, 앞으로… 열흘 후에 다시 보자! 그때는 나의 아름다운 신부로서."

그는 그렇게 속삭이듯이 말하더니, 나의 이마에 가볍게 키스를 하고는 사라졌다. 아마도 다시 공간 이동을 한 모양이었다. 그가 사라지자 사방에서 진동하던 꽃 향기도 점점 옅어지기 시작했다. 그리고 끝없이 떨어질 것 같던 아름다운 꽃잎들도 조금씩 그 수가 줄어들더니 이내 사라지고 말았다.

'흠… 황태자 녀석! 의외로 좋은 녀석인가 보네? 하지만 난 남자라구! 그의 첩은 될 수 없어! 미안하지만, 황태자! 앞으로 열흘 후에 너는 날 보지 못할 거야!'

도둑과 함께한 탈출!

도둑과 함께한 탈출!

새벽달이 뜨고 밤하늘을 가득 메우던 별들이 하나둘씩 그 빛을 잃어 갈 무렵.

나는 지금이 기회라는 것을 알 수 있었다. 이 시간 즈음이면 시녀들과 시종들은 모두 잠에 들었을 것이고, 게다가 고양이 모습으로 늘 붙어 있었던 아멘시타도 지금은 론티아 나무의 본체에서 아직 돌아오지 않고 있었다.

"그래. 여기서 나가자! 나가는 거야!"

마음을 굳게 먹은 나는 즉시 행동에 옮기기 시작했다. 아까 낮에 몰래 구해다 놓은 여행용 배낭과 간편한 여행복을 수납장에서 꺼내 들었다. 여행복은 남성용이라 약간 사이즈가 컸지만 지금은 옷의 치수를 따질 여유가 되지 못했다.

나는 입고 있던 잠옷을 벗고 여행복으로 갈아입었다.

"와아~! 오랜만에 가벼운 옷을 입었더니 몸이 가뿐한걸!"

이 세계에 있는 동안 계속 레이스가 달린 거추장스러운 옷만 입다가 간만에 간단한 옷을 몸에 걸치자 기분이 새로워지는 것 같았다.

옷을 갈아입은 나는 이제 본격적으로 짐을 싸기 시작했다. 값나가는 보석이나 액세서리, 그리고 몇 푼의 금화들을 가방 안에다가 쑤셔 넣었다. 그리고 낮에 창고에서 구해다 놓은 지도와 나침반 등을 가방 안에다가 모두 챙겨 넣고는 배낭을 등에다가 메었다.

옷가지들은 모두 부피가 나가는 드레스였기 때문에 챙기지 않아서 짐은 생각 외로 간단했다.

"휴우~!"

나는 긴장감을 애써 달래며 숨을 크게 내쉬었다. 그리고는 방문을 나서려 하는데…

끼익~

닫혀 있던 창문이 조심스럽게 열리는 소리가 들려왔다.

'헉! 이게 무슨 소리야?'

이것은 분명히 누군가가 밖에서 조심스럽게 창문을 열고 있는 소리였다. 그렇다면 이는 도둑이 틀림없을 것이다. 그렇지 않다면 아직 새벽이라면 이른 시각인 지금, 저기 방문이 아닌 창문으로 조심스럽게 들어올 리가 없었다.

그래서 나는 재빠르게 옷장 옆으로 가서 몸을 숨겼다. 비록 어설프게 몸을 숨긴 것이었지만 지금은 방 안이 어둡기 때문에 쉽게 알아채지 못할 것이다.

곧 누군가가 방 안으로 발을 들여놓았다. 나는 침을 꿀꺽 삼켜보았다. 은근히 겁도 나는 것 같았다. 그 도둑은 나의 침대 곁으로 다가가는 것 같았다. 하지만 그의 발자국 소리는 전혀 들리지 않았다. 아무리 조심스럽게 발을 디딘다고 해도 어느 정도는 미세하게 들릴 법도 했지만, 그 도둑은 놀라울 정도로 소리가 없었다.

'근데, 도둑이라면 수납장이나 옷장 같은 데를 뒤지지 않나? 왜 내 침대 곁부터 다가가는 거지?'

쥐 죽은 듯이 꼼짝하지 않고 그 도둑에게 신경을 곤두세운 채 고개를 갸웃거렸다.

"훗! 벌써 알아챈 건가?"

그렇게 나만의 상념에 빠져 있을 때 갑자기 그 도둑의 목소리가 들려왔다. 화들짝 놀란 나는 움찔거리면서도 스스로의 숨소리를 낮추려고 노력을 했다.

"거기에 숨어 있는 거 다 알아, 라비스 크로시벨. 이제 그만 나오시지? 난 숨박꼭질 같은 것은 취미없으니깐 말야."

비록, 톤은 낮은 편이었지만 제법 깨끗한 목소리가 그 도둑에게서 다시 흘러나왔다.

'어떻게 알았지, 저 도둑이? 근데, 내 이름을 알고 있잖아? 그렇다면 날 찾아왔다는 소리?'

나는 식은땀을 삐질삐질 흘리며 계속 그 도둑에게 신경을 곤두세웠다. 곧, 그 도둑이 나에게로 다가오는 소리가 들렸다. 아까와는 달리, 이제는 그의 가벼운 발자국 소리가 들려왔다. 나는 그가 나의 앞으로 다가오는 것을 보며 가쁜 숨을 몰아쉬어야 했다. 그의 목소리에 너무 놀랐던 나는 숨을 쉬는 것을 잠시 멈추고 있었기 때문이다.

"말을 안 듣는 아가씨이군. 라이트."

그가 마지막으로 말한 단어는 아마도 빛을 발현시키는 마법어였던 모양이다. 그가 말을 마치자마자 곧 그의 손에서 작은 빛 덩어리가 생겨났다. 그러자 한 치 앞을 분간하기 힘들었던 어둠은 가시고, 그 도둑의 얼굴이 나의 눈에 또렷이 들어오기 시작했다.

'엥? 누구지? 처음 보는 얼굴인데? 그런데 마법을 사용하는 도둑이라니! 이 세계는 마법이 대중화되어 있나?'

이제 갓 스물을 넘겨 보이는 흑발의 남자가 내 앞에 서 있었다. 그는 약간 날카로운 인상에 차가워 보이는 까만 눈동자를 가지고 있었는데, 한마디로 말하자면 그냥 쳐다보기만 해도 가슴이 쫄아들 것 같은 그런 얼굴이었다. 그렇다고 험악하게 생겼다는 것은 결코 아니었다. 그저 카리스마가 철철 넘쳐 보인다고나 해야 할까? 그 와중에서도 볼 건 다 뜯어보는 나였다.

"누, 누구세요?"

솔직히 말하기 창피하지만, 지금의 나는 겁에 잔뜩 질려 있는 상태였다. 라비스의 몸을 갖게 되었더니 겁도 무지하게 많아진 모양이었다.

내가 그렇게 온몸을 검은 천으로 도배하고 있는 도둑에게 질문을 하자, 그는 별로 자신의 신분을 가르쳐 주기 싫었는지 나의 질문을 아무렇지도 않게 씹고는 그의 할 말만 했다.

"흠, 복장을 보니 집에서 가출이라도 할 생각이었나 보지?"

정곡을 찌르는 그의 말에 나는 그저 삐질거릴 수밖에 없었다. 그러자 그는 도둑인 주제에 어이없다는 웃음을 흘리더니 할 수 없다는 듯한 표정을 지으며 다시 말을 이었다.

"할 수 없군. 사실 난 오늘 너를 납치하러 온 것인데, 네 스스로 가출할 참이었다면 더욱 잘된 일이야."

"네?"

나를 납치하러 왔다는 말을 당당하게 하는 그 도둑의 말에, 나는 황당해져서 그에게 반문을 했다.

"이렇게 짐까지 싸들고 있다면, 간단하네? 나가자! 내가 너를 데려가 줄 테니깐."

나는 그에게 벙쪄하는 표정을 지어 보였으나 그는 아무렇지도 않다는 듯이 나를 훌쩍 드는 것이었다.

"우앗!!"

나는 놀라며 버둥거려 보려고 했지만, 그는 나를 나무라는 듯이 입을 열었다.

"들키고 싶지 않으면 얌전히 있어!"

그는 그렇게 말하고는 창문으로 가볍게 걸어가더니 나를 어깨에 멘채로 아래로 뛰어내리는 것이었다.

"으아아악~!!!"

그가 나를 메고는 무려 3층이나 되는 높이의 창문에서 뛰어내리자, 무지하게 놀란 나는 여자로서는 별로 매력적이지 못한 톤으로 비명을 질렀다. 그러자 그 도둑은 나의 비명 소리에 무척 놀란 듯 나의 입을 얼른 손으로 막으며 낮은 목소리로 나에게 나무랐다.

"이봐! 그렇게 소리를 지르면 어떻게 해? 온 집안 식구들 다 뛰어나오겠구만!"

하지만 나는 이제까지 두 번이나 투신했던 경험이 있던 터라, 이제는 아래로 뛰어내리는 것이라면 뭐든지 다시는 경험하고 싶지 않은 일이었다.

"히잉! 죽는 줄 알았단 말야."

눈물을 질끔거리며 정말 놀랐다는 듯이 내가 말하자 그는 한숨을 푹 내쉬더니 입을 열었다.

"아아! 귀찮아! 내가 왜 이런 일까지 해야 되는 거지? 그나저나 네 비명 소리 덕분에 귀찮은 놈 하나 따라붙었잖아!"

그는 짜증난다는 듯이 그렇게 내뱉고는 나를 내려놓았다. 그리고는 나의 손을 덥석 잡더니 이렇게 외치는 것이었다.

"할 수 없군! 지금부터 죽을힘을 다해 튀는 수밖에… 어서 뛰어!!"

"에?"

하지만 그는 내가 그의 말을 마저 이해하기도 전에 나를 끌고 달리기 시작했다.

'이, 이게 아닌데… 내가 왜 오늘 첨 본 도둑과 죽을힘을 다해 뛰어야 하는 거지?

그렇게 생각하면서도 나는 그 도둑의 말대로 죽어라 달리기 시작했다. 왜냐하면 따라붙었다는 그 귀찮은 놈이 바로 에드였기 때문이다. 나는 가출이란 것을 시도하기도 전에 허무하게 붙잡히고 싶지는 않았다.

"라비스니임!!"

에드가 나를 절박하게 부르며 달려오고 있었다. 하지만 나는 그가 나의 이름을 애절하게(?) 부르면 부를수록 죽어라 달릴 뿐이었다. 그렇게 나를 납치하러 왔다는 생판 모르는 도둑과 같이 도망을 치는 것까지는 좋았는데 그 다음부터가 문제였다.

"아앗!!"

여자가 된 나의 육체는 운동 신경도 엄청 둔해졌는지, 뜀박질 하나 제대로 못하고 그만 발이 꼬여 앞으로 볼썽사납게 넘어지고 만 것이었다.

"이런!"

도둑의 낮은 외침 소리가 들려왔다. 나의 손은 그 도둑에게 잡혀 있는 상태라 넘어지는 것으로 인하여 많이 다치지는 않았으나, 달리는 속도가 늦춰진 우리는 금방 에드에게 따라잡히고 말았다.

"라비스님! 괜찮으십니까?"

에드는 역시 직업 정신이 투철한 나의 경호원답게 나의 안위부터 물었다. 그리고 내가 안전하다는 것을 확인한 그는 내가 대답하기도 전에 도둑에게로 고개를 홱 돌리며 그의 검인 롱 소드를 스르룽 꺼내 들고는 잡아먹을 듯이 노려보는 것이었다.

"넌 누군데 라비스님을 납치해 가는 거냐?"

에드의 눈에서 소름 끼치는 살기가 번뜩번뜩거렸다. 비록 나에게로 쏟아져 오는 살기가 아니었지만 괜스레 오한이 드는 그런 매서운 살기였다.

'에드가 저렇게 무서운 사람이었나?'

평소에는 결코 볼 수 없던 매서운 모습이라 나는 내심 놀랐다. 하지만 저 뻔뻔해 보이는 도둑은 얼마나 두꺼운 낯짝을 가지고 있는지 저런 살기를 대하면서도 여유로운 모습이었다.

"납치라니! 뭔가 오해를 한 모양이군. 난 사랑하는 나의 연인 라비스가 원하는 대로 같이 사랑의 도피를 한 것뿐이라구!"

'사, 사랑의 도피?'

나는 벙찐 얼굴로 그 도둑의 얼굴을 쳐다보았으나 그는 그저 알 수 없는 미소만 지어 보일 뿐이었다.

"사, 사랑의 도피라니? 거짓말 마라!!"

아마도 그의 말에 벙찐 사람은 나만이 아닌 모양이었다. 에드는 절대 그럴 리가 없다는 듯이 도둑에게 외쳤다.

"호오! 자신의 주인에 대한 믿음이 매우 강하시군. 하지만 이거 실망시켜서 어쩌나? 내 말은 모두 사실인데… 정 못 믿겠다면 라비스에게 직접 물어보지 그래?"

그러자 에드의 눈길은 나에게로 옮겨졌다. 진실을 말해 달라는 그의 눈빛이 나에게 전해졌다.

"에드, 그, 그게 그러니깐… 저기……."

내가 버벅거리는 모습을 보이자 에드의 눈은 의혹으로 가늘어졌다. 그러자 도둑은 답답하다는 듯이 나에게 말했다.

"라비스! 뭐 하는 거야? 설마 이대로 황태자의 후궁이 되고 싶다는 것은 아니겠지?"

그의 말에 나는 휘둥그레진 눈으로 그를 올려다보았다.

'저 도둑! 대체 누구길래……?'

내가 그렇게 놀란 얼굴로 바라보자 그 도둑은 빙긋 웃어 보이더니 다시 말을 이었다.

"그게 싫다면, 어서 저 충견에게 자신의 의지를 증명해 봐! 나는 내가 사랑하는 사람과 함께할 거라고!"

그 도둑의 연기력은 정말 뛰어났다. 정말 이 사람이 라비스의 연인이라도 되나? 하는 생각이 나에게도 들 지경이었다.

'어쩌면 좋지? 어쩌다 내 신세가 이렇게 되었을까? 난 영원히 라비스로서 살아가야만 하는 걸까? 이대로 내게 처음 주어졌던 삶을 포기해야 돼?'

하지만 나는 망설였다. 이런 식으로까지 거짓말을 해가면서 라비스의 정해진 운명에서 도망을 가면, 과연 내게 얻어지는 것이 무엇인지 회의가 들었다. 어차피 다시 내가 살던 고향으로 돌아갈 수 없다면.

다시 돌아갈 수 없다면……

잃어버린 내 본연의 자아에 대한 서글픔이 갑자기 밀려왔다.

"라비스… 왜 그렇게 슬픈 얼굴을 하고 있는 거지? 그리고 무얼 망설이는 거야?"

그때, 누군가의 부드러운 손길이 나의 얼굴로 다가왔다. 그 도둑이었다. 그는 나의 얼굴을 한 손으로 감싸더니 점점 나에게 얼굴을 가까이 댔다.

'응? 이 도둑이 왜 얼굴을 가까이 대는 거지?

내가 의아한 얼굴로 그를 보자 그는 입술을 나의 귓가로 가까이 대더니 낮게 속삭였다.

"여기서 무사히 빠져나가고 싶으면 내가 하는 대로 가만히 있어."

그렇게 속삭이고는 다시 스치듯이 그의 입술을 나의 입술에 살짝 대는 것이었다.

'으악!! 이 자식! 뭐 하는 거야? 이 죽일 놈이……!'

그렇게 내 머리 속은 이미 폭주 상태에 돌입을 하였으나 겉으로는 그저 약간 움찔하였을 뿐이다. 왜냐? 에드가 지금 쳐다보고 있었고, 그 도둑의 말대로 나는 이 도둑과 사랑의 도피 행각을 하는 연극을 해야 했기 때문이었다.

아무리 싫어도 지금은 싫은 내색을 할 수가 없었다. 그래서…

'키스 한번 한다고 죽지는 않겠지.'

눈물을 머금고 그의 능청스런 연기에 약간의 호응을 해주었다. 그러자 처음엔 가볍게 시작했던 키스가 점점 대담해지는 것이었다.

'여기만 빠져나간다면 이 도둑은 나한테 죽었어!! 그나저나 에드는 뭐 하는 거냐? 빨리빨리 반응 좀 보여라!'

내가 그렇게 생각할 때 즈음…

처음엔 경악한 얼굴을 하고 있던 에드는 점차 분노의 얼굴로 바뀌더니, 이내 침착함을 잃고는 그 도둑에게 덤벼들었다.

"이 노옴!! 감히 라비스님에게 무슨 짓이야?!"

도둑을 나에게서 떨쳐 내고 그의 멱살을 잡았다. 에드의 두 눈은 마치 불이라도 붙은 듯 화르르 타오르고 있었다.

'호오! 생각 외로 반응이 매우 격렬하잖아? 그럼, 지금이 내가 나설 적기로군!'

솔직히 에드에게는 무척 미안했지만 나로서는 어쩔 수 없는 일이었다. 여자들은 모두 간사한 족속이라더니, 내가 보아도 여자가 된 나는 너무 간사하고 이중적이었다.

"에드!! 이러지 말아요!"

에드와 그 도둑의 사이에 끼어들어 적당히 뜯어말리며 울먹이는 얼굴을 해 보였다. 그러고 보니 나 역시 연기 면에서는 만만치 않은 것 같았다. 이렇게 되자, 뭔가 복잡한 것 같기도 하고 낭패한 것 같아 보이는 에드의 얼굴에서 여러 종류의 표정이 빠르게 스쳐 지나갔다.

그를 만난 지는 얼마 안 되었지만 언제나 한결같았던 그의 얼굴…

그가 나를 보면서 무슨 생각을 했을까? 하는 생각이 들었다.

아무튼 에드는 그런 나의 행동에 많은 충격을 받았는지 힘이 빠진 듯 잡고 있던 도둑의 멱살을 스르르 풀었다.

"에드……."

그는 나와 눈이 마주치는 것이 두렵기라도 하는 듯 고개를 나에게서 돌리더니 무겁게 입을 열었다.

"가세요… 라비스님. 라비스님께서 자신의 손으로 행복을 찾고 싶으시다면… 전 잘 압니다. 라비스님께서 얼마나 외롭게 유년 시절을 보내오셨는지… 지금이라도 라비스님께서 선택한 행복을 잡기 위해 이렇게 떠나시겠다면… 저로서는 라비스님의 발길을 막을 권리가 없겠죠. 가세요! 전, 라비스님이 행복해지길 바랄 뿐입니다."

에드는 왠지 힘겨워 보이는 말투로 나에게 말하더니 다시 도둑에게로 고개를 돌렸다. 그리고 조금 전까지만 해도 아주 풍부한 표정을 나타내었던 그의 얼굴은, 그 도둑에게로 고개를 돌리는 순간 다 사라져버렸는지 아주 무표정한 얼굴이 되어 무미건조한 어투로 입을 열었다.

"당신이 라비스님의 운명을 책임지실 분이라면 성함이라도 기억하고 싶습니다."

에드는 이제 그가 나의 연인이라는 것을 완전히 믿어버린 모양이었다. 조금 전까지는 그를 향해 매서운 살기를 내뿜던 그였는데 지금은 비록 표정이 없는 얼굴이었지만 180도로 달라진 정중한 태도로 흑발의 도둑에게 이름을 묻고 있었다. 그러자 도둑은 피식 웃어 보이더니 짤막하게 자신의 이름을 밝혔다.

"내 이름은 엔카루스이다."

그러자 그의 이름을 들은 에드의 얼굴에서 약간 표정이 생기는 듯하더니, 그는 엔카루스에게 고개를 살짝 숙여 보였다. 그런 에드의 의외의 모습에 나는 눈을 동그랗게 떴다.

"라비스님을 잘 부탁합니다. 부디 행복하게 해주십시오! 하지만 만약 당신이 라비스님에게 상처 주는 일을 했을 경우… 저는 당신을 평생 용서하지 않을 것입니다."

지금까지 에드의 살기에도 여유로운 모습을 보였던 앤카루스는 비록 자신의 몸은 낮추었지만 결연한 태도를 보이는 에드의 모습에 찔끔하는 얼굴을 보였다. 그리고 그는 한동안 망설이는 듯하더니, 이내 뭔가 결심한 듯 에드에게 대답을 했다.

"좋아! 약속하지. 앞으로 너를 대신해서 라비스의 방패막이가 되겠다고."

앤카루스가 그렇게 다짐하는 맹세 비슷한 말을 하자, 에드는 그나마 안심이 되는지 굳었던 얼굴을 펴며 다시 한 번 그에게 고개를 숙였다.

"감사합니다."

하지만 앤카루스는 별로 기분이 썩 좋지는 않았는지, 아까의 여유로운 미소는 더 이상 짓지 못했다. 하긴, 앤카루스가 진정한 사내라면 자신이 다짐했던 약속의 말에 꽤나 꺼림칙했을 것이다. 만약, 그가 자신이 한 약속을 중시 여긴다면 싫더라도 그가 한 말에 책임을 져야 했기 때문이었다.

'쳇! 잘난 척하더니만, 결국 자기 꾀에 자기가 발목을 잡힌 것인가?'

하여튼, 본인의 의지가 아니었지만 이것으로 이상한 도둑 앤카루스는 아멘시타 다음으로 나에게 코 꿰인 두 번째 녀석이 되었다.

크로시벨 가 저택을 빠져나온 나는, 나의 가짜 연인(?) 앤카루스와 함께 어느 골목을 지나고 있었다.

톡! 데구르르~

이것은 심통이 난 나의 발길에 채인 돌이 구르는 소리였다. 단지 나의 발길에 닿는 지점에 있던 죄로 그 돌맹이는 나의 발에 채여 저만치 굴러 가 멈추었다.

"이봐! 지금 어디로 가는 거야? 그리고 나를 납치하러 왔다니! 네 정체가 뭐냐?"

어느덧 나는 그에게 반말을 쓰고 있었다. 나를 납치하러 왔다는 그에게 굳이 경어를 쓸 필요가 없기 때문이었다. 그러자 계속 옆모습만 보이며 묵묵히 길을 걷던 그는 나를 힐끔 바라보더니 나의 질문에 대한 대답 대신 엉뚱한 말을 꺼냈다.

"귀족가의 레이디가 그런 얌전하지 못한 말투라니. 이거, 겉보기와는 다른데?"

그의 웃음기 섞인 말투에는 약간 빈정거림이 담겨 있어 은근히 기분을 잡치게 했다. 그래서 나는 매끈한 이마에 힘줄 하나 돋은 얼굴로 그에게 소리쳤다.

"묻는 말에 대답이나 해! 이 망할 자식아!!"

드디어 나의 입에서 험한 말이 튀어나오기 시작했다. 그러나 엔카루스는 여전히 그 특유의 여유로운 태도를 유지하며, 약간은 과장된 듯하게 놀랍다는 듯한 표정을 지어 보였다.

"크로시벨 남작의 영애는 무척 얌전하고 교양있는 숙녀라고 들었는데, 이거 정말 실망이군! 그렇다면 그동안의 모습은 모두 내숭이었단 말인가?"

그렇게 말하고 그는 싱글거리며 웃는 것이었다. 이는 분명 나를 놀리며 재미있어하는 태도였다.

그런 그의 모습에 나는 열이 뻗치기 시작했다. 게다가 아까의 키스 사건도 생각이 나자 더욱 열이 났지만, 이대로 감정만 앞세워 그를 대한다면 내가 불리할 것 같았다. 그래서 애써 감정을 누르며 그에게 입을 열었다.

"그렇게 말하는 태도를 보아하니, 귀족들의 사교계에 대해서 아주 잘 아는 모양이네? 그렇다면 너는 도둑으로 가장한 귀족이겠군! 그렇지 않다면 귀족 행세를 하는 유능한 도둑일 수도 있겠고."

그러자 지금까지 그의 얼굴에 머물러 있던 장난스러운 미소가 사라졌다.

"호오! 제법 냉정한 판단을 할 줄 아는 아가씨로군. 여느 귀족가의 레이디 같았으면 진작에 꺅꺅거리며 도망을 치려 했을 텐데."

그가 그렇게 말하자 나는 걸음을 멈추며 그를 바라보았다. 그리고 씨익 웃어 보이며 입을 열었다.

"훗… 물론 나는 여느 레이디와는 다르지! 왠지 알아? 그건 내가 남자이기 때문이거든. 후훗!"

그러자 엔카루스는 황당하다는 얼굴로 나를 바라보며 뭐라 말하려 했다. 그러나 나는 그의 말을 가로채며 다시 말을 이었다.

"그래서, 난 말이지… 다른 레이디와는 다른 방식으로 이 상황에 대처하려고 해! 뭔지 가르쳐 줄까?"

내가 그 부분까지 말하는 동안에도 엔카루스는 여전히 황당하다는 얼굴을 고수하고 있었다. 하긴, 그로서는 황당하기도 할 것이다. 예쁘장한 귀족가의 레이디가 자신이 남자라고 주장을 하고 있으니, 그가 그러한 얼굴을 하는 것은 당연한 일일 것이다.

그가 그렇게 내가 한 말에 대해 갈피를 못 잡고 있는 동안, 나는 그의 육체 급소를 향해 세찬 발길질을 했다.

퍼억!!

"흐윽!!"

잠시 방심을 하고 있던 그는 그대로 공격을 당하고는 짧은 신음을 내뱉었다. 그 모습을 본 나는 이때다! 하며 뒤로 돌아 달리기 시작했다.

"앗! 거기 서!!"

물론 그가 서라 한다고 서야 할 이유는 나에겐 없었기 때문에 내가 달릴 수 있는 최대한 빠르기로 있는 힘껏 달렸다. 그가 나를 쫓아오는 것 같았으나 나는 그에게 잡히지 않도록 골목길이 많은 주택가로 도망을 쳤고, 그가 나를 찾을 수 없도록 여기저기 보이는 골목으로 들어갔다.

한참을 달린 나는 더 이상 엔카루스가 따라오는 기척이 느껴지지 않자 힐끔 뒤를 돌아보았다.

"헉헉, 안 보이네? 따돌린 것인가?"

내 뒤에 아무도 따라오지 않음을 확인한 나는 거친 숨을 몰아쉬며 중얼거렸다. 그리고는 내가 얼떨결에 들어온 곳의 주위를 두리번거리며 살피기 시작했다. 약간 미로와도 같은 골목길이 유난히 많은 주택가였던 터라, 나는 이곳이 어디 즈음인지 갈피를 잡을 수가 없었다.

"여긴 또 어디야? 제길!"

내가 들어선 곳은 굉장히 허름한 주택가였는데, 그 분위기가 모두 음침했고 집들은 모두 쓰러져 가고 있었다. 게다가 지금 시각이 새벽인지라 사람들의 모습은 코빼기도 보이지 않아 은근히 나의 간담을 서늘하게 하고 있었다.

냐옹~!

쓰레기가 널려 있는 지저분한 벽 쪽에는 도둑고양이들이 모여 있는데, 원래 고양이들을 질색하는 나였던 터라 더욱 기분이 나빠졌다.

'왠지 흑인가가 생각나네. 설마 여기도 그런 비스무리한 동네는 아

니겠지?'

그런 불안한 생각을 하며 이곳을 빠져나가기 위해 발걸음을 옮기려하던 차에…….

"크크큭!"

어디서 듣기 싫은 소리가 들려왔다. 기분 나쁘게 들려오는 낮은 웃음소리에 찔끔 놀란 나는, 소리가 들려온 쪽을 노려보았다. 하지만 아직 날이 밝아오려면 한참을 있어야 했기 때문에, 어둠은 여전히 한 치 앞을 분간하기 어렵게 스산하게 깔려 있었다.

"누, 누구냐?"

내가 그렇게 외치자 어둠 속에서 몇몇의 사내들이 어슬렁거리며 모습을 드러내기 시작했다.

'헉! 저들은 또 뭐다냐? 노숙자들인가? 아님, 깡패?'

그들은 금방 나의 주위를 에워싸며 탐욕스런 눈빛으로 나를 훑어보기 시작했다. 그들은 모두 하나같이 지저분하고 꾀죄죄한 모습이었는데, 족히 1년은 목욕을 하지 않은 것처럼 때 국물이 질질 흘렀다. 게다가 옷차림은 천 쪼가리를 수십 번은 기움질을 해서 대충 걸친 듯, 이미 정상적인 의복의 형태를 벗어나고 있었다. 한마디로 그들의 행색은 전형적인 노숙자나 상거지들의 모습이었다.

그들 중 왕초 격으로 보이는 한 남자가 침을 질질 흘리며 입을 열었다.

"흐흐흐, 제법 곱상이잖아? 얼굴에 귀티가 나는 것을 보니, 있는 놈의 자식인 모양이군."

그렇게 말하며 나에게 다가오는 것이었다.

'으엑! 코 썩는다. 이게 무슨 썩은 내야?'

그가 다가오면서 그와 함께 고약한 냄새가 나의 코를 찔렀다. 그래서 그에게서 최대한 떨어지기 위해 뒷걸음질을 쳤는데, 그는 내가 겁에 질려 그런 것이라 판단하고는 헤죽 웃어 보였다.

'더러운 자식! 그나저나, 나는 왜 이렇게 되는 일이 없지? 꼭 도망을 와도 이런 곳으로 오게 되다니……'

그 지저분한 노숙자(?)들이 점점 거리를 좁혀오자 나는 이 세계로 떨어진 후 처음으로 절망감을 느껴야 했다. 사실, 그동안 호신술을 배워놓은 것도 아니었기 때문에 여기서 저들을 때려눕히고 빠져나갈 방법이 없었다.

'이를 어째?'

"흐흐."

'흐억~ 하나님! 부처님! 예수님!! 여기 계신 모든 신님들… 제발 이 상황 좀 어떻게 해줘요!!'

나는 그동안 찾지 않았던, 생각나는 모든 신들의 이름을 부르짖었다. 그런데 그때! 여러 신들 중에서 한 분이 나의 기도에 응답을 하셨는지 무언가가 저 노숙자의 앞으로 뛰어나왔다.

카아옹~!!

조금 전까지만 해도 저 구석의 쓰레기 더미에서 저들끼리 놀던 도둑고양이들이 갑자기 노숙자들에게 한꺼번에 덤비기 시작한 것이었다.

"으악! 이 고양이들이 미쳤나?"

그 고양이들은 모두 지저분한 노숙자들의 얼굴에 달라붙어 필사적으로 얼굴을 할퀴대는 것이었다.

그 모습에 놀란 나는 도망갈 생각도 못하고 멍하니 노숙자들이 당하는 모습을 지켜보았다. 처음에 몇 마리에 불과했던 고양이들은 저들 중

제일 덩치가 큰 흑 고양이의 울부짖음을 들었는지, 온 동네의 고양이들이 총출동한 것처럼 어느새 수십 마리로 불어나 있었다.

'설마, 고양이 신이?'

고양이 떼의 현란한 몸짓을 보며 그런 황당한 생각을 하는 나였다.

"아이구~ 안 되겠다! 도망가자!"

결국, 고양이의 기세를 당해내지 못한 노숙자들은 뿔뿔이 흩어지며 꽁무니를 빼기 시작했다. 그렇게 노숙자들이 사라지자 수십 마리에 달하던 고양이들은 이내 아무런 일도 없었다는 듯이 다시 자기 갈 길로 가버렸고, 나는 이 황당한 사건에 대해서 이성적으로 생각해 보기 위해 열심히 머리를 굴렸다.

잠시 후, 아까의 덩치 큰 흑 고양이가 나의 앞으로 다가왔다.

"……?"

왠지 고양이의 표정이 한심하다는 듯이 나를 올려다보고 있는데… 그 표정을 본 나는 설마설마하며 말없이 그 고양이를 내려다보았다.

[가출을 하다니! 이게 뭐 하는 짓이야? 만약 내가 너를 발견하지 못했다면 어쩔 뻔했어!]

"아, 아멘시타?"

[그래! 나야!]

"어, 어떻게……."

[훗… 이 흑 고양이의 몸을 빌렸지! 이 고양이는 아마도 도둑고양이들의 두목이었던 모양이야. 세상의 모든 식물들과 동물들의 눈은 바로 나의 눈이 될 수 있거든. 마침 고양이들이 옆에 있어서 너를 금방 찾을 수 있었지!]

"그래? 정말 대단한 능력이네? 역시 신성한 론티아 나무의 정령이라니깐!"

사실 나는 가출했다는 지은 죄가 있어서 은근히 아멘시타를 치켜세우는 아부성의 발언을 했다. 그러자 아멘시타는 의외로 단순한 녀석이었는지 헤벌쭉한 표정을 지어 보였다. 하지만 그의 단순함은 오래가지 못했다.

[아! 내가 이럴 때가 아니지. 이도현! 어서 집으로 돌아가! 다니엘 남작이 네가 가출했다는 것을 알기 전에!]

"싫어!"

내가 일언지하에 거절을 하자, 아멘시타는 인상을 팍 쓰며 나에게 말했다.

[네가 지금 돌아가지 않으면 더욱 커다란 일에 휘말리고 말아!]

"날 협박할 생각 말아!"

나는 그가 일부러 겁주기 위해 한 말이라고 생각하며 그에게 소리를 쳤다. 그러자 아멘시타는 답답하다는 듯이 다시 입을 열었다.

[협박이 아냐! 정령은 협박 따윈 하지 않는단 말이야! 네가 지금 돌아가지 않는다면, 너는 다니엘 남작의 분노보다도 더욱 힘겨운 것을 가슴에 안아야 할 거야!]

"그게 무슨 말이야?"

내가 눈을 가늘게 뜨며 아멘시타를 응시하자 그는 못할 말을 입에 담은 것처럼 잠시 망설였다. 하지만 뭔가 결심한 듯 그는 체념한 얼굴로 나에게 입을 열었다.

[넌 드래곤의 분노를 받게 될 거야.]

"엑? 드래곤의 분노라니? 그건 또 무슨 황당한 소리야? 난 드래곤 따윈 알지 못한단 말이야!"

[이 나라의 왕비… 프레야 왕비님이 바로 드래곤이셔! 실버 일족이지. 지금은 비록 유희 중이시지만, 만약 그녀의 뜻을 저버린다면 그녀의 분노를 살지도 몰라!]

"드, 드래곤? 그럼, 황태자는 드래곤의 아들이겠네?"

[그래. 정확히 말하자면 하프 드래곤이 되겠지만.]

'그럼, 드래곤의 자식이랑 결혼을 해야 한단 말이야? 아악! 그, 그건 더욱 싫어! 황태자가 남자인 것도 싫은데, 게다가 반쪽 파충류이라니!!'

황태자의 신부가 되다!

황태자의 신부가 되다!

결국 나는 아멘시타의 말대로 크로시벨 가의 저택으로 돌아가기로 했다. 가출한 지 몇 시간도 안 돼서 다시 집으로 돌아가는 나를 보며 사내자식(?)이 저 모양이냐고 혀를 차실 분도 있을 것이다. 하지만 아멘시타의 말에 의하면 내가 왕실에 들어가기 직전인 요즘, 아멘시타가 나의 목숨에 대해 말하기를 '풍전등화'라 했다. 내가 그 이유를 물으니 아멘시타가 대답하기를.

[황태자에게는 한 분의 정실과 두 분의 측실이 계셔! 그녀들은 모두 네가 몸담고 있는 집안에 비해 무척 막강한 세력을 가지고 있지! 황태자비께서는 공작가의 영애이시고, 첫 번째 후궁이신 유리스님은 백작가의 영애이시고 두 번째 후궁이신 아사벨라님은 자작가의 영애이셔! 그녀들은 아마도 또 한 명의 후궁이 들어오는 것을 탐탁지 않게 생각할 거야. 그렇다면 그녀들이 취할

행동은 무엇이라 생각해? 아마도, 네가 왕성으로 들어오기 전에 막으려 할걸! 조금만 방심하면, 너는 누가 보냈는지 모르는 자객에게 피살되거나 납치되고 말 거야!]

그렇게 아멘시타는 나에게 무서운 말을 했던 것이다. 나는 남자랑 결혼하는 것도 정말 싫었지만—그렇다고 여자인 모습에서 여자랑 결혼하는 것도 그렇지만···—이런 이세계에서 쥐도 새도 모르게 죽는 것은 더욱 싫었다. 그래서 풀이 잔뜩 죽은 얼굴이 되어 저택으로 돌아온 것이었다.

'설마 정령이 나를 겁주기 위해 거짓말을 할 리는 없을 테니, 그의 충고에 따를 수밖에. 게다가 드래곤의 분노도 무시할 수는 없잖아?'

날이 어느 정도 밝아오기 시작하고 있었다.

"라비스님! 대체 어떻게 된 일입니까? 함께 가셨던 엔카루스님은 어떻게 된 거죠?"

처음에 내가 저택에 돌아왔을 때, 에드는 잔뜩 충혈된 눈으로 나의 방문 앞에서 멍하니 서 있었다. 얼마나 그렇게 서 있었는지는 모르겠지만, 아마도 내가 가출하겠다고 나간 뒤로 계속 그러고 있었던 것 같았다.

그렇게 정신 나간 사람처럼 있다가 나를 보더니, 무지 반가워하는 표정을 지어 보였다가 이내 다시 나를 꾸짖는 오라버니(?)의 얼굴로 표정을 탈바꿈하였다.

그가 그렇게 어리둥절한 얼굴로 질책하는 질문을 던졌을 때··· 나는 잠시 그의 얼굴을 말없이 바라보았다.

"라비스님?"

그의 표정이 점차 의아함으로 바뀌어갈 무렵 나는 만사 귀찮다는 말투로 입을 열었다.

"엔카루스와는 헤어졌어! 그는 얼굴은 잘생겼지만, 성격은 드럽거든. 게다가 손버릇도 나쁘고. 그냥 이대로 황태자 녀석의 첩이나 되지 뭐! 나 졸려~ 그만 자야겠어."

에드에게 일일이 설명하기 귀찮았던 나는 자조적인 어투로 대충 성의없이 대답을 해주고는 방으로 들어가기 위해 방문을 열었다. 그러자 무척 황당하다는 듯한 에드의 얼굴이 언뜻 보였지만, 나는 그의 황당함을 풀어주고픈 마음이 별로 없었다.

지금은 기분도 더러웠고 무척 피곤하였기 때문에, 아무 생각 없이 잠이나 자고 싶었다. 이젠, 고향으로 돌아가겠다는 희망도 나에겐 없었다. 어차피 영혼만 이 세계로 떨어진 셈이니 다시 돌아간다 해도 나의 원래 육체는 투신으로 인해 이미 망가져 있을지도 모르는 일이었다. 물론 운이 없을 경우의 일이겠지만, 나의 육신은 5층에서 떨어졌으니 멀쩡하지는 않을 것이다.

'훗… 어쩌면 나의 육신은 저 땅속 깊이 파묻혔을지도 모르지. 그래! 될 대로 되라지. 어쩌면 이것이 나의 운명일지도…….'

운명 같은 것은 결코 믿지 않았던 나이지만, 며칠이 지난 사이에 나는 어느덧 운명론자가 되어 있었다.

다시 리본과 레이스가 달린 실크로 정성스럽게 만들어진 잠옷을 갈아입은 나는 자조적인 웃음을 힘없이 지어 보였다.

'나는 라비스 크로시벨……. 그래! 이도현은 이미 죽었어……. 라비스, 네가 이긴 거야. 네가 나에게 떠넘긴 너의 운명! 이젠 내가 그 무게를 감당해야겠지? 후훗…….'

왠지 자포자기의 심정이 된 나는 침대로 가서 누웠다. 방의 한구석에는 아즈라엘의 몸속로 들어온 아멘시타가 나는 걱정스럽게 바라보고 있었다. 만약 양심이 있다면 그도 많이 괴로울 것이다. 자신의 실수로 인해 애꿎은 내가 이렇게 고통을 당하고 있으니……

　그로부터 정신없는 며칠이 흘러갔다. 나는 루이스의 도움을 받아, 라비스의 기억에 대해 열심히 공부를 해야 했고, 까다로운 왕실과 귀족의 예법도 익혀야 했다.
　그리고 귀족들의 필수라는 사교춤을 연마하는 데 엄청난 노력을 해야만 했다. 나에게 사교춤을 가르친 자는 루이스가 초빙한 키아르라는 춤 선생이었는데, 이는 황태자보다 몇 배나 느끼한 자였다.
　게다가 이 느끼한 춤 선생은 나에게 춤을 가르친다는 명목으로 야릇한 추파를 던지며 우연적인 스킨십을 유발시켜서 나는 춤을 배우는 것보단 이 사람에게 춤을 배워야 한다는 것에 더욱 곤욕을 느껴야만 했다.
　그래서 시녀들과 루이스가 나가고 키아르라는 작자와 단둘이 남게 되었을 때, 나는 그에게 그동안 쌓였던 분풀이를 약간(?)의 폭력으로써 풀었다. 그로 인하여 그 키아르라는 사람은 눈이 밤탱이가 된 얼굴로 매우 불쾌해하며 나에게 춤을 가르치는 것을 그만두었고, 나는 루이스에게 잔소리를 들어야 했다.
　'훗, 그래도 그에게 스트레스를 풀었더니 조금 기분이 나아지는걸!'
　루이스의 잔소리를 한쪽 귀로 듣고 한쪽 귀로 흘리며 나는 남모르게 슬쩍 미소를 지었다.
　그렇게 열흘이라는 시간이 왕실에 어울리는 완벽한 레이디(?)가 되기 위한 피나는 노력으로 후딱 지나가고…

왕성에서 사람이 나오기로 한 그날 아침!

"에휴~!"

오늘 왕성으로 가게 되는 날임을 기억해 낸 나는 침대에서 일어나자마자 한숨부터 내쉬었다.

똑, 똑!

태양이 완전히 얼굴을 들이 내밀기도 전인 이 시각에 나의 침실의 문을 두드릴 자는 루이스밖에 없었다.

"들어와요!"

나는 자리를 털고 일어나며 답했다. 그러자 곧 문이 열렸고 밤갈색의 곱슬머리를 단정하게 틀어 올린 루이스와 그녀의 일당(?)인 시녀들이 나타났다.

"오오! 라비스님, 오늘은 해가 서쪽에서 떴나요? 내가 문을 두들기기도 전에 이렇게 일어나 계시다니……."

그녀가 놀랍고도 신기하다는 듯이 말하자, 그녀의 뒤에 서 있던 몇몇의 시녀들도 수긍한다는 듯한 표정을 지어 보였다.

'쳇! 날 뭘로 보고. 그동안은 이 세계에 적응하느라 피곤해서 늦잠을 잔 것뿐이라고!'

나는 그렇게 속으로 변명 아닌 변명을 중얼거려 보았지만, 그녀들이 독심술을 할 리는 만무했기 때문에 나의 변명을 들어주지는 못했다.

"이따가 정오 즈음에 왕실 사람들이 올 거예요! 그전에 어서 차비를 마쳐야……."

"네에? 정오쯤에요? 왜 그렇게 빨리……."

오늘 정오이면 왕성으로 가야 한다는 말에 나는 얼굴을 잔뜩 구겼다. 그러자 루이스는 내가 자라온 이 저택을 떠나기 싫어서 그런 것이라 오해하고는 부드러운 미소를 지어 보이며 나의 등을 토닥였다.

"라비스님! 그렇게 서운해하실 필요는 없어요. 비록 라비스님은 크로시벨 가 저택을 떠나는 것이지만, 그래도 저와 에드는 라비스님을 따라가서 계속 보필을 하잖아요? 오늘 시집을 가는 아가씨가 그렇게 얼굴을 구기고 있으면 보기 안 좋아요."

그렇게 나를 달래는 그녀를 보자 나는 엄마가 생각났다. 내가 어릴 적 이렇게 투정 부리는 나를 엄마는 항상 부드럽게 달래주시곤 하였다.

"루이스! 그게 정말이에요? 왕성에서도 나랑 같이 있어준다는 거."

그녀의 모습이 엄마와 겹쳐 보이자 나는 문득 그녀에게서 위안을 얻고픈 생각이 들었다. 그래서 그녀의 품에 와락 안기며 말했다.

"물론이죠! 아가씨. 호호! 오늘은 웬일이실까? 의젓하기만 하신 라비스님께서 어리광도 다 부리시고… 호호!"

나의 이런 행동에 루이스는 싫지 않았는지 기분 좋은 웃음소리를 내었다. 그러자 우울했던 나의 기분도 한결 풀리는 듯한 느낌이 들었다. 나는 미처 깨닫지 못하고 있었지만 그동안 알게 모르게 루이스에게 많이 의지해 왔던 모양이었다.

그런 그녀가 아는 사람이라고는 황태자밖에 없는 왕성에 같이 가준다고 하니, 나는 내심 안심이 되는 것 같았다.

"자아, 자! 제인, 카나, 세라, 리나! 어서 서둘러라. 황태자 전하께서 한눈에 뻑 가시도록 라비스님을 최대한 아름답게 꾸며야지!"

'엑? 황태자가 나를 보고 한눈에 뻑 가다니……. 제발 그런 불상사는 없었으면 좋으련만…….'

이미 황태자는 라비스인 나의 모습에 홀딱 빠져 내가 왕성에 도착하기만을 애타게 기다리고 있다는 것을 알지 못하는 나는 활기차게 시녀들을 다그치는 루이스를 보며 속으로 중얼거렸다.

잠시 후.

능숙한 시녀들의 손길에 의해 나의 모습은 점점 다듬어져 갔다. 화장술에 일가견이 있는 라나에 의해 나의 얼굴은 곱게 단장이 되었고, 세라가 골라 온 에메랄드 빛의 풍성한 실크 드레스가 나에게 입혀졌다. 그 드레스가 나에게 입혀지기 전에 힘 좋은 루이스가 코르셋으로 나의 허리를 졸라맸는데, 그때 나는 그녀의 손에 의해 질식해서 죽는 것이 아닌가 했었다.

그리고 역시 라나가 나의 머리도 손질을 했는데, 고데기를 가져다가 정성스럽게 나의 머리를 말았다. 그 고데기라는 것은 요즘처럼 편하게 사용할 수 있는 기구가 아니었다. 그것은 웬 화롯불 같은 것에다가 금속으로 된 그것을 적당히 달군 다음 나의 머리카락을 지졌는데, 처음 라나가 그것을 들고 왔을 땐 기겁을 해야 했다.

그것으로 머리를 손질한다는 것을 몰랐던 나는 그녀가 나를 고문이라도 하려는 줄 알았다. 라나의 능숙한 손길에 의해 나의 머리 스타일은 일명 프랑스의 유명한 왕비 마리 앙뜨와네트 머리 모양이 되었고, 나는 신기해하는 얼굴로 거울을 이리저리 훑어보며 감탄을 해야 했다.

'와아~ 여자들은 정말 대단해! 이건 거의 신의 기술이야!'

화장을 안 했던 나의 얼굴은 청순한 미가 느껴지는 그런 깨끗한 미인의 얼굴이었는데, 지금은 나의 미모에서 카리스마가 느껴질 정도로 아찔한 미인의 얼굴이 되어 있었다.

'거참! 이거 신화에 나오는 자신의 얼굴에 본인이 반했다는 나르시스가 된 기분이잖아?

내가 그렇게 나의 얼굴에 감탄을 하고 있을 때, 어떤 시녀가 나의 방으로 호들갑스럽게 뛰어 들어왔다.

"라비스님! 루이스님! 도, 도착했어요. 왕성에서 사람들이 도착했어요!"

그녀의 말을 들은 나는 순간 나의 안면 근육이 경직되는 것이 느껴졌다.

'드디어 올 것이 왔구나……'

루이스와 에드, 그리고 여러 시녀들과 함께 나는 왕성 사람들이 와 있다는 저택의 입구로 불편한 걸음으로 나갔다.

비록 이번이 두 번째로 신어보는 하이힐이었으나 불편한 것은 여전했기 때문에, 왠지 모르게 어설픈 몸짓으로 걷게 되어 뒤에 따라오는 에드의 얼굴에 불안감이 돌게 하였다. 언제 삐끗하여 볼썽사납게 넘어질지 모르는 일이었기 때문이었다.

'에휴~ 정말 여자들은 대단하다니깐! 이런 하이힐을 신고 우아하게 걸을 수 있다니! 우엥~ 발 아퍼!!'

불편한 신발 때문에 자꾸 구겨지려는 얼굴을 억지로 펴며 불편한 내색을 하지 않으려 노력을 했다.

"오! 라비스님. 황실 소속의 에제크 기사단이 직접 라비스님을 호위하러 왔군요. 이렇게 영광스러울 때가……"

루이스는 뭐가 그렇게 감동스러운지 흥분을 감추지 못하며 입을 열었다. 과연 저택 입구에는 푸른빛의 갑옷을 늠름하게 차려입은 기사들이 차렷 자세로 반듯하게 서 있었다. 그리고 그곳에는 다니엘 남작이 이미 나와 있었는데, 그는 나를 보자 이렇게 말했다.

"라비스! 왜 이제야 나오는 것이냐? 이분들을 너무 기다리게 한 것 같구나!"

"죄송합니다."

그동안 루이스가 철저하게 나를 교육시킨 영향인지, 나는 조신하게 그의 말에 답했다. 하지만 속으로는 그에 대하여 온갖 흉을 보는 것은 루이스도 어쩔 수 없는 일일 것이다.

그때 에제크인지 뭔지 하는 기사단에서 누군가가 앞으로 걸어나왔다. 그는 다른 기사들과는 달리 은빛의 갑옷을 걸치고 있었다.

"만나뵙게 되어 영광입니다. 저는 에제크 기사단의 3부대 소속 부단장 지브린 록펠러입니다. 어서 마차 안으로 오르십시오!"

그는 생긴 것만큼이나, 무지 딱딱한 어조로 나에게 입을 열었다.

"그러지요!"

나는 그에게 고개를 살짝 끄떡여 보이고는 그들의 뒤쪽에 대기되어 있는 황금빛으로 치장되어 있는 마차로 걸음을 옮겼다. 그 마차의 앞에는 여섯 마리의 백마가 묶여 있는데 척 보기에도 모두 훌륭한 말이었다.

나는 어떠한 젊은 기사의 도움을 받으며 마차 안으로 들어갔고, 그 뒤를 이어서 루이스가 따라 들어왔다.

"와아~ 루이스! 이 마차 엄청 고급스러운데요?"

푹신한 가죽 시트가 깔린 의자를 보며 내가 감탄을 하자, 루이스는 그런 나의 모습을 보고는 웃으며 입을 열었다.

"호호! 크로시벨 가 소유의 마차와는 비교도 안 되지요? 라비스님, 왕성에서는 이런 마차뿐만 아니라 더욱 값지고 훌륭한 물건들이 넘쳐 흐른답니다. 라비스님은 황태자님의 총애만 얻는다면 세상 부럽지 않은 권력과 부를 얻을 수 있으실 거예요."

"엑! 루이스, 난 황태자의 총애 따윈 얻고 싶지 않아요! 그가 나에게 닭살스런 대사를 읊을 때마다 나는 닭살이 돋는다구요! 흠… 그나저나 저기 지브린이라는 기사 말이에요. 굉장히 멋있지 않아요?"

사실 나는 지브린이 이성으로서가 아니라 갑옷을 멋지게 입은 그 모습이 멋있다고 한 말이었는데, 나의 말에 오해를 한 루이스의 얼굴은 사색이 되었다.

"라, 라비스님? 그… 그게 무슨 큰일 날 말씀이세요? 라비스님은 황태자님의 후궁이 되실 몸이세요! 다시는 그런 생각 하지 마세요!!"

'쳇! 나도 저 기사처럼 멋지게 은빛 갑옷을 입고 싶단 말이야!'

루이스의 험해진 기세에 쫄은 나는 속의 말은 하지 못하고 뾰로통해진 얼굴로 입을 다물었다. 하지만 루이스는 뭐가 그렇게 걱정이 되는지 매우 어두워진 얼굴로 나를 지그시 바라보았다.

'설마 내가 황태자의 후궁의 몸으로 지브린이라는 기사와 불륜에 빠질 거라 생각하는 것은 아니겠지? 하긴, 지금의 나는 여자의 몸이니 그렇게 생각하는 것은 당연한 일이겠지…….'

잠시 후 마차는 출발을 했고, 내가 탄 마차를 호위하는 기사단들의 행렬들과 내가 가져가는 혼수용품(?), 그리고 몇몇의 시녀들과 시종들이 그 뒤를 따랐다.

그렇게 얼마간을 마차의 진동과 말발굽 소리뿐인 무료한 여행이 시작되었고 나는 마차의 창문을 내다보며 밖의 경치를 시큰둥한 표정으로 구경하고 있었다. 그런데, 그때!!

"아악!!"

누군가의 처절한 비명이 울려 퍼졌다. 갑작스런 비명에 놀란 내가 마차의 창문 밖으로 고개를 내밀려는 찰나에 에드가 다급하게 다가오더니 나에게 소리쳤다.

"라비스님! 위험합니다. 마차 안에서 꼼짝하지 말고 계십시오!"

슝! 슈웅~!!

그때, 에드 바로 옆에서 은빛의 빛무리로 이루어진 화살이 날아가는 것이 보였다.

"앗! 에드!"

내가 그렇게 외쳤을 때 또다시 어디선가 비명 소리가 들려왔다.

"으악~!!"

아마도 불시에 들어닥친 공격에 어떤 기사가 운없게도 당한 모양이었다.

'헉! 저 은빛의 화살들은 뭐지?'

내가 그렇게 생각하고 있을 때, 친절하게도 누군가가 나에 대한 궁금증을 해결해 주는 외침을 터뜨렸다.

"마법 도적단이다!! 어서 라비스님을 보호해!"

마법 도적단이라면 마법을 쓰는 도적단을 이르는 말인 모양이었다.

'마법을 쓰는 도적이라면… 혹시, 엔카루스?'

난데없이 도적단의 마법 공격을 받은 기사들의 대열은 순식간에 흐트러지고 말았으나 부단장인 지브린의 침착한 명령에 의해 기사들은 내가 타고 있는 마차 주위로 빙 둘러서서 방어하는 태세를 취했다.

아마도 그들은 매우 당황하였을 것이다. 비록 기사의 칭호까지 받은 그들이었으나 그들은 검을 쓰는 자들이었다. 난데없이 마법 공격을 받는다면 그들은 속수무책으로 당할 수밖에 없는 일이었다. 하지만…

"저들은 모두 마법을 쓸 줄 모른다. 두목급의 놈만 제외하면 나머지는 그저 도석에 불과한 놈들이니 흔들리지 마라! 게다가 방금 전에 쓴 매직 미사일 마법을 보니 그저 흉내만 낼 줄 아는 허접한 놈이 틀림없다! 지금쯤 지쳐서 당분간 마법을 쓰지 못할 테니 라비스님을 철저히 보호하라!"

지브린은 그들의 부하들을 독려하는 말을 외쳤다. 그러나 지브린의 말대로 저 마법을 쓰는 도적이 과연 허접한 놈일지는 아직 의문이었다.

슈웅~!!

그때, 또다시 서너 개 되는 빛으로 된 화살이 기사들 쪽으로 날아왔다. 그리고 많은 인간들이 우르르 몰려오는 소리가 그와 함께 들려왔다. 아마도 도적들의 직접적인 공격이 시작된 모양이었다.

챙챙챙!!

이윽고 금속으로 된 무기들이 부딪치는 소리가 들려왔다. 그리고 가끔가다 서걱서걱거리며 무언가를 자르는 소리가 소름 끼치게 들려왔다.

"욱! 저렇게 떼로 몰려올 줄이야! 저들은 재물을 목적으로 온 것이 아니야! 저들의 목적은 라비스님이다!"

역시나 그 와중에서도 계속 입을 놀리는 지브린이었다. 무슨 중계방송도 아니고…….

"오오! 라비스님. 이를 어쩌지요? 이는 분명 황태자의 후궁전이나 태자비께서 사주한 도적 떼들이 틀림없어요!"

사색이 된 루이스는 어쩔 줄을 몰라 하며 나에게 입을 열었다. 나 역시 혼란스러운 얼굴로 무의식 중으로 손톱을 물어뜯기 시작했다. 그러다 나는 무언가를 깨닫고는 소스라치게 놀라며 손톱을 물어뜯는 행동을 멈추었다.

'이… 이게! 난 손톱 물어뜯는 버릇 따위 없었는데… 내가 계집애처럼 손톱을 물어뜯고 있다니!'

이는 분명 라비스의 육체에 무의식 중에서 잠재되어 있는 버릇 중에 하나가 틀림없었다. 그렇게 갑작스런 혼란스러움으로 인하여 멍하니 있는데 갑자기 마차의 문이 벌컥 열어졌다.

"으헥?!"

화들짝 놀란 나는 기묘한 음성으로 낮은 비명을 내뱉으며 마차 문을 열어젖힌 이를 바라보았다. 그는 다행히도 에드였다. 에드는 한 손에 피가 잔뜩 묻은 롱 소드를 들고 있었는데, 그의 옷에도 누구 것인지 모를 붉은 피들이 붉게 물들어 있었다.

"라비스님! 여기를 어서 빠져나가야 됩니다."

"오! 에드, 어서 라비스님을……."

에드가 거칠어진 숨을 몰아쉬며 나에게 외치자, 루이스가 그런 그를 반기며 나를 데리고 어서 빠져나갈 것을 말했다.

"엑? 루이스는?"

이 상황에서 나만 빠져나가야 되냐고 그녀에게 묻고 싶었지만, 에드는 더 이상 나에게 말할 시간을 주지 않고 급하게 나의 손을 이끌었다.

결국 나는 에드에게 이끌려 마차에서 빠져나왔는데, 무지하게 튀는 빛깔의 드레스를 입은 나를 도적 중의 하나가 보았는지 외쳤다.

"저 여자다! 도망 못 가게 잡아!"

'에구구~ 나하고 무슨 원한을 졌길래…….'

그 도적의 외침에 기겁을 하며 에드가 이끄는 대로 발걸음을 옮겼다. 그러자 검정색의 일색인 천을 두른 도적들이 나에게로 우르르 몰려오기 시작했다.

'헉!'

챙챙!!

다행히도 푸른빛의 갑옷을 입은 기사들이 나를 보호하려 필사적으로 몸을 던지는 바람에 그들의 손길은 금방 나에게 닿지 못했고 얼마간의 시간을 번 에드와 나는 얼른 여섯 마리의 백마가 묶인 곳으로 가서 그중 한 개의 고삐를 풀어냈다.

"타십시오!"

에드는 내가 말에 올라타는 것을 도운 다음 자신도 잽싼 몸짓으로 나의 뒤에 올라탔다. 그리고…

"이랴!"

말의 배를 힘껏 걷어차며 달리기 시작했다. 어떤 도적이 그렇게 도망가려는 우리에게 공격을 가해왔지만 그때마다 에드는 들고 있던 롱소드로 그들의 공격을 막아냈다.

"젠장! 도망가잖아? 잡아!"

누군가의 열에 받친 목소리가 들려왔는데, 그 목소리는 매우 낯이 익었다.

'저것은 엔카루스의 목소리야! 도대체 왜 그러는 거지? 왜 그는 나를 납치하려는 거야?'

다각! 다각! 다각!

얼마간을 그렇게 쫓기는 신세가 되어 열나게 말을 몰았다. 뒤에서는 엔카루스로 보이는 남자 한 명과 그의 부하로 보이는 남자 두 명이 우리를 쫓고 있었다.

엔카루스는 마법을 쓸 줄 알았지만 지금은 지친 데다가 말을 모는 중이라 캐스팅(마법 주문 외는 일)을 할 수 없었던 모양인지 말을 죽어라 몰며 우리를 쫓는 데 열중하고 있었다.

"헉! 말이 지쳐 가나 봐! 이러다가 따라잡히겠어!"

아까보다 좁혀진 그들과의 거리를 보며 내가 숨넘어갈 듯이 외치자, 에드는 입술을 질끈 깨물며 나의 말에 답했다.

"곧 왕성입니다. 조금만 더 가면……."

하지만 점점 거리가 좁혀지더니, 이내 엔카루스와 그의 일당은 우리가 타고 있던 말의 양 옆으로 포위해 왔다.

"제길!"

우리가 타고 있던 말은 비록 좋은 말이긴 했지만, 두 사람이 타고 있어서 그런지 금방 지쳐 따라잡힌 모양이었다.

"여자를 내놓아라!!"

엔카루스의 일당(?) 중 하나가 에드에게 외쳤으나, 에드가 그의 말을 들을 리는 없었다. 에드는 그저 입을 굳게 다물고 끝까지 말을 모는 데 열중하기만 할 뿐이었다. 그러자 엔카루스는 번쩍이는 흑색의 검을 빼내더니 에드에게 공격을 가했다.

'온통 검은빛의 검이라니… 되게 독특한 검이네?'

곧, 검끼리 부딪치는 소리가 들려왔고 날카로운 검신이 한번씩 교차할 때마다 불꽃이 파바팍 일었다.

"윽……."

하지만 에드가 실력으로썬 조금 밀리는지 에드의 얼굴에서 힘겨워하는 표정이 나타났다. 그에 비해 복면을 한 엔카루스의 번뜩이는 까만 눈동자에서는 여유로움과 그의 특유의 거만함이 엿보이고 있었다.

챙~!!

몇 번의 부딪침 후에 결국 에드는 엔카루스의 마지막 일격으로 검을 놓치고 말았다. 아니! 검을 놓친 것이 아니라, 에드의 검이 두 동강이 난 것이었다. 엔카루스의 흑색의 검은 매우 좋은 명검이었던 모양이었다. 엔카루스는 그의 검을 높이 치켜들더니 에드에게 내려치려 했다.

사실 그의 실력으로 보자면 굉장히 뛰어난 검술을 지니고 있었다. 생각 같아서는 에드를 일찌감치 베어넘길 수 있었겠지만 아마도 나 때문에 그러지 못한 것 같았다. 에드와 나는 꼭 붙어 있었기 때문에, 무작정 공격을 감행한다면 그의 검에 나까지 베어질 수 있었기 때문이다.

아마도 엔카루스는 나를 납치는 하되, 죽이고 싶은 생각은 없는 모양이었다. 그런데…

"이런, 제길!"

엔카루스가 낮게 외치는 소리가 들려왔다. 그러더니 엔카루스는 치켜들었던 검을 거둬들이고는 그의 부하들에게 외쳤다.

"돌아가자!"

그가 그렇게 말하고 우리를 쫓는 것을 멈추자 그의 부하들도 우리를 뒤쫓는 것을 그만두었다.

'엥? 어떻게 된 거야?'

내가 그렇게 어리둥절해하자, 뒤에서 에드가 안도의 한숨을 내쉬며 입을 열었다.

"왕성이 눈앞에 보이는군요! 저들은 왕성 앞에서 일을 저지를 만큼, 막 나가는 도적들은 아닌 것 같습니다."

그렇게 구사일생으로 왕성 앞까지 당도한 우리들은 닫혀진 왕성의 입구 앞으로 다가갔다.

"문을 여시오! 황태자 전하의 세 번째 측실이신 라비스 크로시벨님께서 도착하셨습니다."

에드가 외치자 안에서 기사 한 명이 나왔다.

"아니! 이게 어찌 된 일이오? 크로시벨님을 호위하러 나갔던 에제크 기사단들은 어찌 되었소?"

"오는 도중에 마법 도적단을 만났습니다. 저는 라비스님을 경호하는 '에드워드' 라 하는데, 너무나 급한 상황이라 이렇게 라비스님만 구출해 왕성까지 달려온 것입니다."

에드가 그에게 정중한 태도로 상황 설명을 하자, 그 기사는 고개를 끄덕이더니 입을 열었다.

"저런! 그런 일이… 어찌 되었든, 다행이오! 나는 왕비님을 모시는 친위대장 '그레이 토머스' 라 하오! 왕비님의 명을 받고 크로시벨님을 기다리고 있었소!"

자신을 왕비님의 친위대장이라 소개한 토머스 경은 그렇게 말하더니, 그제야 나에게 눈길을 돌렸다.

"오! 일전에 왕성에서 크로시벨님을 뵌 적이 있었지요? 오늘 이렇게 가까이서 뵈니 정말 듣던 대로 아름다우신 분이군요! 만나뵙게 되어 영광입니다."

"아! 예……."

그가 그렇게 인사하자 나는 얼떨떨해하며 덩달아 그에게 고개를 숙이며 버벅거렸다. 그러면서 나는 그를 언제 보았는지 기억해 내기 위해 열심히 머리를 굴려보았다.

'왕성에서 내가 그를 마주친 적이 있었나? 아우~ 아리송하다! 갑옷 입은 기사들은 그 얼굴이 그 얼굴 같은데…….'

다행히 그 기사가 나의 얼굴을 알고 있어서 나의 신분을 확인하는 것은 그다지 어렵지 않게 끝이 났다.

에드와 나는 토머스를 따라서 왕성 안으로 들어갔다. 그리고 황태자궁이 아닌 왕비님이 있다는 중앙궁성의 옆에 있는 장미궁으로 가게 되었는데, 엄청나게 큰 궁성의 스케일을 보며 나는 속으로 혀를 내둘렀다.

"여기서 기다리십시오!"

에드는 신분상 더 이상 궁성의 깊숙이 들어가지 못하고 일층에 있는 응접실에서 기다리게 되었다. 그래서 나 혼자 시녀들을 따라서 왕비가 계시는 방으로 가게 되었다.

'아! 떨려. 여긴 무지하게 삭막한 곳인 것 같아…….'

하늘을 찌를 듯한 궁성의 위엄에 그만 압도되어 버린 나는 내심 쫄며 시녀를 따라갔다. 지금 내가 신고 있는 하이힐이 아까보다 유난히 불편하게 느껴졌지만 내색은 하지 않았다.

"왕비 전하! 라비스 크로시벨님께서 도착하셨습니다."

제법 지위가 있어 보이는 중년의 시녀가 굉장히 화려해 보이는 방문 앞에서 걸음을 멈추더니 엄숙한 말투로 내가 왔음을 왕비에게 알렸다. 그러자 방문 안에서 다소 우아해 보이는 여인의 목소리가 들려왔다.

"들어오시라 해라!"

왕비의 허락이 떨어지자 나를 안내했던 그 시녀는 여닫이 형식으로 되어 있는 두 개의 육중한 문을 조심스레 열었다. 그러자 굉장히 화려하게 꾸며진 침실 내부가 나의 눈에 들어왔다.

온통 백색과 은색으로 꾸며진 실내는 은은한 아름다움이 느껴졌는데, 실버 일족답게 역시 은빛을 선호하는 그녀의 취향을 짐작할 수가 있었다.

"어서 오시오! 라비스 양. 먼 길을 오시느라 수고했어요."

내가 안으로 들어서자 부드러워 보이는 은발을 우아하게 틀어 올린

한 여인이 나에게 아는 척을 했다. 그녀는 중년의 성숙한 미를 풍기는 근사한 미인이었는데, 이상스럽게도 그녀의 얼굴에는 주름살이 전혀 없어서 20대로도 보여, 나는 그녀의 나이를 대충이라도 짐작을 할 수가 없었다.

"왕비 전하께 인사드립니다."

나는 치맛자락을 양손으로 살며시 들어 올리고는 무릎을 살짝 굽혀 왕비에게 인사해 보였다.

"며칠 전에도 보았지만, 오늘 다시 보니 라비스 양은 역시 굉장한 미인이군요! 그리고 이렇게 우아한 자태라니… 미카엔이 아무래도 복이 많은 모양입니다."

그녀가 그렇게 웃는 얼굴을 하자, 나 역시 그녀의 장단에 맞추기 위해 어설프게 웃는 얼굴을 해 보았다. 그러자 왕비는 기분이 좋은 듯 여전히 화사한 미소를 머금고는 말을 이었다.

"피곤하실 텐데 우선 쉬도록 하세요! 이따 저녁때, 미카엔의 후궁임을 공식적으로 선포하는 연회가 열릴 것입니다."

왕비는 나에게 그렇게 말하고는 아까 나를 안내했던 시녀를 돌아보더니 그녀에게 입을 열었다.

"타냐! 라비스님을 동쪽에 위치한 나의 침실 중 하나에 모시거라! 그리고 라비스님을 위해 시중들 몇 명의 시녀들을 붙여주도록 하고."

"예! 알겠습니다, 왕비 전하!"

그렇게 해서 나는 연회가 열리기 전에 왕비의 침실 중 하나인 어떠한 커다란 방에서 몸을 쉴 수 있게 되었다. 왕비가 이렇게 손님 방이 아닌 자신의 침실 중 하나를 나에게 내주는 것은 나에 대해서 큰 호감을 가지고 있다는 것을 나타내는 것이었으나 나는 그것까지는 알지 못했다. 그저 내가 생각할 수 있었던 것은 왕비의 침실이 하나가 아니라 여러 개라는 것 정도였다.

"목욕 물을 받을까요, 라비스님?"

'타냐'라는 시녀가 내가 목욕을 할 것인지 말 것인지를 물었다.

"네, 그래 주시면 고맙겠네요!"

아까 말을 타고 달리느라 먼지를 많이 뒤집어썼기 때문에 목욕을 하는 것도 좋겠다고 생각했다. 그러다 나는 문득 한 가지 궁금증이 일었다.

"근데 저어… 왕비 전하께서는 지금 연세가 어떻게 되세요?"

"전하께선 올해 마흔셋이십니다."

"와아~ 그럼 스무 살 때 황태자 전하를 낳으셨나 보죠?"

"네에……."

"그럼, 왕비님 말구 다른 후궁 분들도 계시나요?"

"아닙니다. 현재 폐하께서는 왕비 전하만 계실 뿐입니다. 예전엔 몇 분이 계셨지만 모두 병약해서서 일찍 돌아가셨지요."

"으음… 그래요?"

나는 고개를 갸웃거리며 그녀의 말에 대충 응수하였다. 모두 병약하여 일찍 세상을 하직했다는 것은 왠지 석연치가 않았으나 나는 그냥 그러려니 하고 넘어가기로 했다. 그런 것을 골치 아프게 물고 늘어지며 생각을 해봤자 내 머리만 혹사시키는 것뿐이었다.

타냐가 준비해 준 목욕 물에 목욕을 마치고 난 나는 잠깐 눈을 붙일까 했으나 타냐가 연회에 가기 전에 치장을 위한 시간이 필요하다며, 은근히 압력을 넣는 바람에 나는 제대로 쉬지도 못하고 다시 화장이며 머리 손질이며 마사지 같은 것을 해야 했다.

처음엔 시녀라고 불리는 여러 명의 소녀들이 전신 마사지를 해주겠다고 해서 기겁을 하며 손을 내저어야 했다. 비록 여자의 몸이 되었다 하나 속은 남자였던지라 눈물을 머금고 그녀들의 호의를 거절했기 때문에, 그녀들은 부분 마사지로서 만족해야 했다.

"라비스님! 연회에 입고 나갈 드레스예요! 정말 이쁘죠?"

어떤 시녀가 새하얀 드레스를 들고 와 나에게 보여주며 기쁜 듯이 말했다.

'쳇~ 지가 시집을 가는 것도 아닌데 왜 네가 흥분을 하고 그러냐? 남은 지금 죽을 맛인데⋯⋯.'

속으로는 그렇게 울상을 짓고 있었으나 겉으로는 적당히 웃는 얼굴로 그녀에게 응수해 주었다.

"호호⋯ 정말 그러네요!"

우아해 보이는 나의 대답에 그 시녀는 감동이라도 받았는지 초롱초롱해진 눈으로 나를 선망의 대상 바라보듯이 바라보았다.

'히잉~ 그런 눈으로 보지 말란 말이야! 난 내가 행동하는 것에 닭살이 돋을 지경이란 말이야!'

나의 이중적인 행동에 넌더리가 나면서도 여전히 이중적인 태도를 취할 수밖에 없는 내가 가진 현실에 슬퍼하며, 그 시녀에게 살짝 미소를 지어 보였다. 그러자 그런 나의 미소가 결정타였는지 그녀는 깍깍거리며 나에게 수다를 늘어놓으며 시중이란 것을 들기 시작했다.

"라비스님은 어쩜 그렇게 우아하세요? 너무 아름다우세요! 어머나~ 이 하얀 살결 좀 봐! 라비스님의 미모라면 황태자 전하의 총애를 한 몸에 받으시고도 남으시겠어요!"

'엑? 왜들 그렇게 황태자의 총애가 어쨌느니 하며 그 딴 것을 운운

하는 거야? 난 황태자의 총애 따윈 필요없다구!'

"어머! 라비스님? 추우세요? 닭살이 돋으셨네요?"

나의 처절한 속을 알지 못하는 그녀는 눈치없게도 그렇게 질문을 하며 나의 속을 긁어놓았다.

새하얀 드레스를 입은 나의 모습은 정말 내가 보아도 우아해 보였고 아름다워 보였다. 시녀들에 의해서 또 다른 이미지로 아름답게 꾸며진 나의 모습을 보고는 놀라 거울을 본 채 입을 다물지 못했었는데, 그 모습을 보고는 아까의 눈치없던 그 시녀가 농담하듯이 나에게 이렇게 말했다.

"어머! 라비스님. 설마, 본인의 모습에 반하신 것은 아니시겠지요? 하긴, 라비스님은 아름다우시니 그럴 수도 있겠지만, 그래도 조심하세요! 그러다 황태자 전하보다 자신을 더 사랑하게 되면 어쩌시려구요?"

그녀는 가볍게 툭 내던지듯이 던진 말이었지만 나는 그녀의 말에 나도 모르게 찔끔하고 말았다.

"호호호! 농담이에요. 라비스님! 이젠 나가셔야죠? 아마도 마차가 밖에 대기되어 있을 거예요."

그렇게 해서 나는 마차를 타고 연회가 열린다는 크리스털 궁으로 가게 되었다. 크리스털 궁이란 연회만 주목적으로 개최될 수 있게 지어진 화려한 궁이었는데, 역시 연회가 열리는 궁성답게 다른 궁성과는 달리 건물의 모양이나 구조가 거의 예술의 경지라 해도 무방하였다.

"라비스님! 내리시지요."

곧, 장미궁에서 출발한 마차는 크리스털 궁으로 어느새 도착을 하였고, 마차의 문을 연 궁성의 시종이 나에게 내릴 것을 말하며 손을 내밀었다.

"어머나! 황태자 전하의 새로운 측실이 되실 분이 도착하셨나 봐!"

누군가가 내가 온 것을 알아차렸는지 외쳤고, 그 외침에 따라 아직 궁성 안으로 들어가지 않고 잡담을 나누고 있던 몇몇의 귀족들은 일제히 나를 향해 바라보았다.

'헉! 그렇게 한꺼번에 쳐다보면 부담스럽잖아?!'

오늘 저녁, 내가 여기 궁성 안에서 많은 관심을 받게 될 것이란 것을 잘 알지만 왠지 기대에 찬 그들의 눈길이 부담스럽게만 느껴졌다.

시종의 도움을 받아 마차에서 내린 나는, 이미 루이스에게서 혹독한 훈련을 받아 익숙해진 우아한 걸음걸이로 그들의 옆을 무심한 듯 스쳐 지나갔다.

"라비스 크로시벨님께서 도착하셨습니다."

타냐가 크리스털 궁의 책임 시종장에게 내가 왔음을 알리자, 그 중년의 시종장은 고개를 끄덕이더니 궁성 안으로 들어갔다. 그리고는…

"황태자 전하의 세 번째 후궁이 되실 라비스 크로시벨님께서 도착하셨습니다!"

쩌렁쩌렁한 음성으로 그렇게 홀 안에 있는 귀족들에게 내가 왔음을 선포한 것이다.

"들어가시지요."

타냐는 나에게 안으로 들어갈 것을 제안했고 나는 그녀에게 살짝 고개를 끄덕여 보였다. 그리고는 크리스털 궁의 홀 안으로 들어갔는데, 그곳에는 다양 각색의 귀족들이 저마다 화려함의 극치를 선보이며 잡담을 늘어놓고 있었다.

"저분이 이번에 황태자의 새로운 후궁이 되실 분인가요?"

"네, 그런가 봐요! 정말 듣던 대로 굉장한 미인이군요! 저 정도면 집

안의 뒷배경이 없더라도 능히 황태자비나 아사벨라님을 누르시고도 남겠는데요?'

내가 안으로 들어서자 그들은 모두 나에게 눈길을 주며 속닥대기 시작했는데, 귀가 밝은 편에 속하는 나는 그들이 하는 말들을 다 들을 수가 있었다.

'다 들려! 다 들려! 누가 누구를 누른다는 거야? 쳇!'

그렇게 나는 속으로 투덜대며 나를 보며 속닥대는 그들에게 눈길을 주고는 방긋 웃어 보였다. 그러자, 그들은 나의 화사한 미소에 넋이 나간 듯 그대로 얼어붙은 채 입을 다물지 못했다.

'으으… 나의 버릇이 또 나왔군!'

예전 내가 이도현이었던 시절에 나를 힐끔거리는 수많은 소녀들에게 형식적인 미소를 지어주고는 그녀들의 꺅꺅거리는 행동을 보며 즐기곤 하였는데, 지금 여자가 되어서도 나는 그 버릇을 버리지 못했던 것이었다.

"국왕 폐하, 왕비 전하께서 납십니다!"

그때, 또다시 시종장의 쩌렁쩌렁한 목소리가 들려왔다. 그러자 서로 안부 인사를 나누며 시끄럽게 떠들던 귀족들은 갑자기 조용해지더니, 왕과 왕비가 모습을 드러내자 모두 무릎을 굽히며 고개를 숙이는 것이었다. 그래서 나도 귀족들의 행동을 따라서 고개를 숙여 보였다.

"일어나시오! 모두들."

다소 엄숙해 보이는 국왕의 목소리가 들려왔고, 그만 일어나라는 국왕의 허락이 떨어지는 말에 그제야 귀족들은 똑바로 일어섰다.

"오늘 이렇게 연회를 주최하게 된 것은 황태자가 크로시벨 남작의 영애인 라비스 양을 후궁으로 맞아들이는 것을 선포할 목적에서 이 연회를 개최하였다는 것을 여러분들은 모두 잘 알고 있을 것이오! 음…
그대가 라비스 크로시벨인가? 이리 가까이 오게!"

국왕은 나에게 좀 더 가까이 오기를 명령하였다. 국왕의 명을 감히
거역할 수는 없는 일이라 나는 그에게 가까이 다가갔다.

'흠… 국왕이라길래 엄청 대단한 줄 알았더니 그저 그런 중년 아저
씨잖아? 황태자와는 하나도 안 닮았네!'

오늘 처음 보는 국왕의 얼굴을 보며 느낀 나의 감상이었다.

"그대는 오늘 이 순간부터 로히얀스의 다음 계승자 미카엔 투르타
덴 마르실리드 로히얀스의 세 번째 측실이 되었음을 짐이 선포하노
라!"

'엥? 이게 어떻게 된 거야? 나는 황태자와 결혼 행진곡을 들으며 식
이라도 치를 줄 알았는데… 게다가, 미카엔은 코빼기도 안 보이잖아?'

내가 황태자의 측실이 됨을 공식적으로 선포하는 자리가 아니라, 내
가 기사나 관리로 임명되는 자리인 것 같아서 왠지 웃긴다는 심정이
들었다. 하지만 나는 내색은 하지 않고 계속 국왕 앞에서 머리를 조아
리고 있었다.

"악단은 음악을 연주하라! 그리고 이 연회에 초대된 모든 귀족들은
오늘 밤 즐겁게 보내며 황태자와 크로시벨 양이 부부 인연을 맺은 것
을 경축하도록 하라!"

국왕의 말이 그렇게 떨어지자마자 왕실 소속 악단은 경쾌한 왈츠를
연주하기 시작했고 귀족들은 모두 쌍쌍이 되어 춤을 주기 시작했다.

'완전히 쌍쌍파티로군.'

"라비스 크로시벨, 그대도 이 연회를 즐기도록 하라!"

왕은 인자해 보이는 미소를 나에게 지어 보이며 조용하게 입을 열

었다.

"네에, 폐하."

조신한 태도로 그에게 대답을 한 나는 몸을 일으켰다. 그리고는 무심코 젊은 귀족들이 몇몇이 모여 있는 곳을 바라보았는데, 나는 무지하게 놀라며 헛바람을 삼켜야 했다. 그 이유는…

'헉! 저게 누구야?

화려한 예복을 단정하게 차려입고 윤기 흐르는 생머리의 흑발을 길게 늘어뜨린 엔카루스가 나를 쏘아보고 있었던 것이다. 그는 뭐가 그리 기분이 나쁜지 잠시 나를 노려보는 듯하더니 홱 몸을 돌려 어디론가 사라져 버렸다. 그리고…

그 근처에는 화려한 차림을 한 흑발의 여자와 밤갈색 머리의 여자가 나를 노려보고 있었는데, 그 여인들의 눈에는 적의가 담겨 있어 심히 불쾌하였다.

'내가 저 여자들에게 미움받을 짓을 했던가? 아무래도 초면인 것 같은데 되게 기분 나쁘네…….'

결국 무도회장의 홀을 배회하며 간혹 가다가 음식들을 집어 먹으며 시간을 때우고 있었다. 나의 주위로 수많은 귀족 신사들이 같이 춤을 추는 파트너가 되기를 요청해 왔고, 나는 그때마다 적당한 미소를 지으며 거절하곤 했다.

땡, 땡, 땡~

벌써 자정을 알리는 종소리가 은은하게 울려 퍼졌다. 일명 무도회라 불릴 수 있는 이 왕성의 연회는 그 분위기도 어느 정도 무르익어 가고 있었다.

'우엥~ 발 아퍼라! 얼른 쉬고파!'

국왕이나 왕비가 이 연회에 있는 동안에는 오늘의 주인공이라 할 수 있는 내가 먼저 자리를 떠서는 안 되었기 때문에, 나는 매우 피곤하였음에도 불구하고 눈물을 머금으며 재미없기 짝이 없는 이곳에서 적당히 시간을 때우고 있었다.

라비스로서의 나의 육체는 체력이 그다지 강한 편은 아니었는지, 나의 안색은 점점 핏기가 사라지고 있었다. 오늘 하루 종일 익숙하지 못한 하이힐을 신고 있었더니 내 발이 아프다고 계속 비명을 지르고 있었고, 게다가 아까부터 처음 보는 여인네들과 보이지 않는 신경전을 벌였더니 내가 이렇게 탈진 상태가 되어버린 것은 어쩌면 당연한 일이었을 것이다.

다행히 아까 나를 잠시 째려보던 엔카루스는 사라지고 난 후 다시 모습을 보이지 않았지만, 아까 나에게 적의를 보였던 흑발과 밤갈색의 여인네들이 나를 정신적으로 피곤하게 만들고 있었던 것이다.

그녀들은 내 주위에 맴돌면서 내 행동이 천박하다느니 어쨌다느니 계속 떠들어대고 있었는데, 그녀의 말들은 고스란히 내 귀로 들어와 은근히 나를 짜증나게 하고 있었다.

'쳇! 여자들이란… 저렇게 살벌한 적의를 나에게 갖는 것을 보니 황태자의 후궁이나 되는 모양인데, 저런 여자들이 한 명도 아닌 두 명이나 된다니. 나 같으면 피곤해서 못 살아!'

나는 속으로 혀를 차며 그녀들에게 다가갔다. 그러나 그녀들은 나에게 관심없는 척을 했지만 계속 신경을 쓰고 있었는지 미미하게 찔끔하는 것이 나의 눈에 들어왔다.

'훗… 한번 찔러나 볼까?'

이제까지 끊임없이 나에게 다가오는 귀족 신사들에게 시달리고 있었던 터라, 나는 무료함을 달랠 겸 그녀들에게 다가가서 말을 걸었다.

"안녕하세요? 혹시 아사벨라님과 유리스님이신가요?"

그러자 찰랑거리는 긴 흑발을 부분적으로 곱게 따서 컬러풀한 보석으로 된 머리 장식으로 화려하게 꾸민 소녀가 나를 돌아보았다. 그녀는 대충 19살 정도 되어 보였는데, 그녀의 인상은 차가워 보였고 매우 강렬해 보였다. 묘한 매력이 느껴지는 그녀였다.

'흐음… 누군가랑 이미지가 비슷해 보이는데…….'

그런 그녀를 보자, 그녀와 비슷한 이미지의 누군가를 내 머리 속에 떠올랐다.

"제가 아사벨라예요. 저에게 무슨 볼일이 있으신가요, 라비스님?"

그녀는 거만하게 눈을 내리깔며—사실은 내리깔지는 못했다. 키는 내가 더 컸으니까—나에게 대꾸했는데, 그 거만한 말투도 누군가와 많이 비슷하다고 생각되었다.

"훗… 물론 아사벨라님께 볼일 따윈 없지만 아까부터 저의 주위를 자꾸 맴도시기에 혹시 저와 통성명이라도 하고 싶은 것이 아닌가 해서 이렇게 말을 걸었습니다. 뭐, 아니라면 할 수 없고요!"

방긋방긋 웃는 얼굴로 그녀에게 그렇게 말하고는 그 옆에 서 있는 밤갈색 머리의 여인에게 눈을 돌렸다. 그리고는 어서 너도 자신의 이름을 밝히라는 무언의 눈길을 그녀에게 보냈다. 그러자 그녀는 아사벨라와는 달리 쭈뼛거리는 태도로 나에게 입을 열었다. 아마도 그녀의 성격은 소심한 모양이었다. 그렇다면 아까 나를 보며 째려볼 수 있었던 것은 아사벨라의 영향이 컸으리라 사료되었다.

'보나마나 뻔하군! 이 여자는 아사벨라의 곁에서 호구 노릇이나 하는 것이 틀림없어.'

"전 유리스예요."

겨우 자신의 이름만 밝히고는 그녀는 입을 다물었다.

"호호, 역시 그러셨군요! 두 분이 많이 친하신 모양이죠? 측실끼리는 친하기가 쉽지 않은데. 아사벨라님께서 아~ 주 잘해주시나 봐요! 훗, 제가 봐도 아사벨라님은 인상이 퍽이나 좋더군요!"

나는 사근거리는 말투로 그녀들에게 말했지만 이것은 은연중에 비꼬는 말이었다. 특히 아사벨라가 인상이 좋다는 말을 했던 것은 그녀의 인상이 매우 더러워 보인다는 것을 살짝 내비친 말이었다.

역시 내가 말한 의도를 충분히 알아들었는지 아사벨라는 표정이 굳어졌지만, 그녀는 자기 컨트롤이 강한 여자였는지 금세 아까의 거만하고도 누군가를 비웃는 듯한 얼굴로 다시 돌아와 있었다.

'쳇! 재미없어. 열 좀 돋우어주려 했더니만…….. 그나저나 나도 지금 뭐 하는 짓인지 모르겠네? 내가 여자들의 심기를 다 건드리다니! 하지만 지금은 워낙 심심하니…….'

왠지 계집처럼 그녀들의 속을 긁어놓고 있는 나를 보며 애써 그렇게 변명과 같은 생각을 하였다. 아니! 분명 무료함과 저조한 컨디션이 그 원인일 거라 나는 생각했다.

"쿡! 얌전하게만 보았는데, 의외로 붙임성이 있으신가 보네요? 저희들에게 이렇게 먼저 말을 걸어주시다니… 지금 나이가 몇이시죠? 내가 보기엔 적어도 나보다 2살은 어려 보이는데… 의외로 당찬 구석도 있으시군요! 호호, 라비스님의 말대로 저는 인상이 좋다는 말을 간혹 듣는답니다. 그 말씀을 하신 분은 지금까지 딱 두 분이셨지만… 황태자 전하와 라비스님… 뭐, 전하와 라비스님이 말씀하신 뜻은 서로 다르겠지만 말이에요."

'흐음… 나이도 어린것이 건방지게 까분다 이거지? 그리고 황태자가 자신을 총애하고 있다는 말을 은연중에 나에게 자랑하는군! 뭐, 나야 황태자가 누구를 총애하든 상관은 없지만……'

서로 그렇게 반어법을 이용하여 상대방을 갈구는 대화를 유리스는 곧이곧대로만 받아들였는지 다소 어리둥절한 표정을 지었다. 그러자 왠지 웃음이 슬며시 나왔다.

"훗… 역시 황태자님이 아사벨라님을 총애하실 만하시군요! 이렇게 상냥한 분이시라니! 앞으로 친하게 지내도록 하지요? 그리고… 아사벨라님은 매우 매력적인 분이세요. 제가 만약 남자였다면 꼬셨을 타입이지요! 호호."

그러자 아사벨라의 얼굴 표정이 기묘하게 일그러졌다. 게다가 내가 꼬신다니 어쩐다니의 천박한 대사를 할 줄은 몰랐는지 버벅거리며 입을 다물지 못하고 있었다.

'난 의외로 꼬인 성격인 것이 틀림없어! 상대방이 당황하는 모습에 이렇게 즐거워지다니.'

나중에 나의 성격에 대해서 깊이 고찰해 봐야 하겠다는 생각을 하며 나는 그녀에게 예의 바른 태도로 마지막 인사를 했다.

"그럼, 전 이만 가보아야 하겠군요! 아사벨라님, 그리고 유리스님과 더 이야기를 나누고 싶지만 제가 지금 너무 피곤해서……."

그렇게 끝을 맺은 나는 타냐를 불러 크리스털 궁을 나왔다. 조금 전, 왕과 왕비가 중앙궁으로 돌아간 것을 보았기 때문이었다. 밖에는 이미 황태자궁으로 향할 마차가 대기 중이었다.

'음… 왠지 신데렐라 이야기가 생각나는데? 자정을 가르키는 종소리가 울리고, 나는 저 짜증나는 쌍쌍파티를 하는 궁성에서 나와 마차를

탄다라……. 그리고 저 두 여자들은 계모의 두 언니가 되겠지? 훗! 이
대로 신데렐라처럼 집에나 갔으면 좋겠지만… 아! 구두 한 짝은 벗어
놓고 가야 하나?

Change Of Destiny ◆ 제5장

첫날밤(?) 보내기

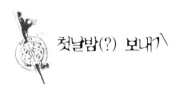

첫날밤(?) 보내기

내가 탄 마차는 황태자궁으로 향하긴 했지만 황태자가 머무는 궁성보다 조금 더 들어간 별궁에서 멈추었다.

'아아! 이제야 발 뻗고 편히 쉴 수 있겠군!'

나는 찢어져라 하품을 하면서 어기적어기적 시녀가 안내하는 대로 별궁 안으로 따라 들어갔다. 그리고 타냐는 왕비를 모시는 시녀였기 때문에 별궁의 시녀에게 몇 가지 당부하는 말을 하고는 다시 마차를 타고는 장미궁으로 향했다.

나를 안내하는 시녀는 20대 중반쯤 되어 보이는 평범한 금발의 여인이었는데, 그녀의 머리카락 빛깔은 나처럼 순수한 황금빛이라기보다는 그저 그런 노란색에 가까웠다.

"저기요… 여기는 무슨 궁이죠?"

아직까진 귀족의 생활에 익숙치 못한 나였기 때문에, 나는 나보다 연상으로 보이는 그 시녀에게 여전히 경어체로써 궁금한 것을 물었다. 그러자 그녀는 싱긋 웃어 보이더니 나에게 입을 열었다.

"말씀 낮추세요, 라비스님. 여긴 앞으로 라비스님이 머무실 황태자 궁성 중 하나인 백합궁이라는 별궁이에요."

'백합궁? 웬 궁성 이름들이 꽃 이름이다냐? 그나저나 여기 왕성에는 궁성들이 모두 몇 개나 되는 거야?'

측실이 머물 수 있게 지어진 별궁이라 그 규모는 작았지만, 그래도 이 황태자궁성에 딸린 별궁만 해도 무려 5개 정도는 되었기 때문에 나는 이곳 왕성의 규모에 혀를 내둘러야 했다.

'그렇다면… 황태자는 측실들을 무려 다섯 명이나 얻을 수 있다는 얘기인가?'

아까 마차를 타고 오면서 별궁들을 대충 세어봤기 때문에 나는 대략 별궁의 개수를 짐작할 수가 있었다.

"라비스님, 목욕 물을 준비해 드릴까요?"

어느덧 침실에 당도했는지 시녀는 어느 방문을 열면서 나에게 물었다.

"아함~ 지금은 너무 졸리고 피곤해. 그냥 세수만 할게."

그녀에게 하대를 하는 것이 왠지 어색했지만 어쨌든 나는 그녀의 상전이었기 때문에 계속 경어를 쓴다는 것은 이곳에서는 이치에 맞지 않은 일이었다. 그래서 그녀의 말대로 나는 어색하더라도 그녀에게 하대를 하기로 결심했다.

'으음… 여기가 내 침실인가?'

고급스럽게 꾸며진 널찍한 방은 크로시벨 저택에서 내가 쓰던 침실보다 더 넓어 보였고 가구들의 화려함과 고급스러움은 웬만한 예술품

들과 함께 가치를 매겨도 될 만큼 대단해 보였다. 하지만 그런 가구들
은 안타깝게도 나의 눈길을 별로 끌지 못했다. 너무 피곤하기만 한 나
의 눈에는 그저 한 가운데에 떡하니 버티고 있는 원형의 대형 침대만
눈에 들어올 뿐이었다.

앞으로 내가 사용할 그 침대는 온통 새하얀 실크 천으로 꾸며져 있
었는데, 역시 공주틱한 분위기가 나게끔 안이 비칠 정도의 얇은 하얀
천의 커튼이 침대의 바깥 부분에 쳐져 있었고 푹신해 보이는 쿠션들이
여기저기 나뒹굴고 있었다.

'흐음… 내 취향은 아니지만 멋진 침대로군!'

나의 몸을 쉴 침대가 굉장히 푹신해 보인다는 점에서 나는 이 침대
를 꾸민 그 누군가에게 감동을 느꼈다.

털썩!

오늘 하루 종일 나를 괴롭히던 하이힐을 아무렇게나 벗어 던지고 침
대 위로 가서 털썩 몸을 누웠다. 그러자 시원하고도 부드러운 이불의
감촉이 느껴져 기분이 좋아졌다.

"앗! 라비스님, 우선 잠옷부터 갈아입으셔야지요!"

"아~ 귀찮아. 이대로 꼼짝도 하기 싫어."

"라비스님! 그렇게 잠드시면 안 된단 말이에욧! 잠시 후면 황태자 전
하께서 오실지도 모르는데……."

스르르 잠에 들려던 나는 시녀의 마지막 말에 화들짝 놀라며 눈을
떴다.

"뭣?"

"오늘은 황태자 전하께서 바쁘셔서 아까 연회에 참석을 못했지만 지
금쯤 일을 마치고 이쪽으로 오고 계실 거예요! 어쩌면 다른 측실의 별

궁으로 가실지 모르지만, 오늘은 라비스님을 측실로 맞아들인 첫날이
니 아무래도 이곳으로 오시겠지요!"

"아! 그렇네. 난 측실이었지… 어쩌지? 아! 고양이!!"

"네?"

황태자가 이곳으로 올지도 모른다는 말에 어쩔 줄 몰라 하다가 나는
불현 듯 아멘시타가 머리에 스쳤다. 그래서…

"이름에 뭐지?"

"전 '앤시아' 라 합니다."

"앤시아! 지금 당장 고양이나 강아지… 아무거나 빨리 구해와!"

"네? 라비스님! 그게 무슨……."

"시간이 없어! 황태자가 오기 전에 아무거나 한 마리만 구해서 나에
게 갖다 줘! 부탁이야."

그녀는 여전히 의아함을 얼굴에 담았으나 내가 급하게 다그치자 그
녀는 나에게 이유를 묻는 것을 포기하고는 나의 황당한 요구에 고개를
끄덕이며 말했다.

"그럼, 아카시아궁의 시녀장님이 기르시는 고양이를 빌려와야 하겠
군요!"

"아카시아궁? 거기가 어딘데?"

"바로 이 근처예요. 아사벨라님이 머무시는 별궁 이름이죠."

"그래? 다행이다! 빨리 그 고양이를 구해다 줘!"

"네에. 그럼 다녀오도록 하겠습니다."

그렇게 앤시아를 다그쳐서 내보낸 다음 나는 안절부절한 몸짓으로
방 안을 왔다리 갔다리 하기 시작했다. 그런데 그때!

"황태자 전하 납십니다!"

방 밖에서 황태자가 도착했음을 알리는 목소리가 들려왔다.

"엑? 뭐야? 벌써 오다니… 이거 큰일 났네!"

앤시아를 보낸 지 얼마 되지 않았는데 황태자가 이곳에 도착하자, 나는 급속도로 얼굴에 핏기가 사라지는 것을 느꼈다.

'에잇! 모르겠다. 어찌 됐든 시간이나 끌어보자!'

나는 입술을 잘근잘근 씹으며 비장한 얼굴로 방문을 열었다.

"오랜만이군! 라비스."

황태자는 나의 침실로 들어서자마자 그를 따라온 궁인들을 모두 내치고는 나에게 다정한 말투로 입을 열었다.

그는 간편해 보이는 바지와 헐렁한 셔츠를 입고 있었는데, 화려함을 추구하는 그의 어머니와는 달리 그의 옷차림은 의외로 수수한 편이었다. 하지만 그의 상의는 흰색의 부드러워 보이는 천에 은색의 테두리가 기하학적으로 장식된 심플한 디자인이라서, 그는 어머니와 마찬가지로 백색 계통의 색상을 선호한다는 것을 어느 정도 알 수 있었다.

"……."

"라비스? 왜 나를 보고도 말이 없지? 으흠… 나를 오랜만에 보고 감격이라도 해서 말을 잇지 못하는 건가?"

은은한 보랏빛으로 빛나는 그의 눈동자가 문득 장난기가 스쳐 지나갔다.

'흐음… 자수정을 닮았군! 인정하긴 싫지만 이쁜 건 이쁜 거니깐……. 미카엔! 차라리 여자로 태어나지 그랬냐? 그랬다면 오히려 내가 너를 총애(?)했을 텐데……. 아! 지금의 난 여자이지! 그렇다면, 나는 남자를 좋아해야 되는 건가? 아우~ 어떻게 해야 되는 거야? 그럼,

난 이젠 연애 한번 못해보고 죽어야 되나? 에엑! 그건 진짜 싫어!'

황태자를 앞에 세워둔 채 내가 나만의 고민에 골똘히 빠져 있자, 황태자는 이내 의아한 표정을 지어 보였다.

"뭘 그렇게 생각해? 그리고 날 언제까지 이렇게 세워둘 작정이야? 이거 정말 실망인데……."

그는 정말 실망했다는 듯이 표정을 지어 보이더니—정말 표정이 풍부한 녀석이었다—그는 내 침실의 구석에 위치한 소파에 털썩 앉았다. 그는 내색은 하지 않는 것 같지만 왠지 피곤해 보인다고 생각되었다.

'피곤해 보인다라… 그러면 그를 잠에 들게 하는 것도 손쉽겠군! 하지만 지금은 아멘시타가 없으니 어쩐다? 술이나 떡이 되도록 먹여볼까?

나 역시 피곤했기 때문에 더욱더 잘 굴러가지 않는 머리를 열심히 굴려가며 머리를 쥐어짜 보았다. 그렇게 내가 끙끙대고 있을 때 황태자의 목소리가 들려왔다.

"라비스! 우리 이야기나 할까? 그래도 오늘 정식으로 너와 인연을 시작한 부부인데 넌 지금 너무 뻣뻣한 것 같아! 아무래도 내가 서먹해서 그렇겠지?"

'으휴~ 저 부부라는 단어 좀 제발 쓰지 말아주었으면… 자꾸 닭살이 돋는단 말이야! 게다가 난 며칠 전까지만 해도 19살의 남자였는데… 씨잉~!

그렇게 속으로 울상을 지으며, 나는 황태자의 말대로 그의 맞은편에 앉았다. 역시 앤시아가 고양이를 데리고 올 때까지 그와 얘기나 하고 있는 것이 나을 것 같아서였기 때문이었다.

"저어… 한 가지 물어볼 게 있는데요!"

내가 그렇게 입을 열자 황태자는 내가 입을 열어준 것이 너무 반갑다는 듯이 환해진 얼굴로 입을 열었다.

"그래! 뭐든 물어봐! 드디어 라비스의 예쁜 목소리를 듣는군!"

"황태자 전하는… 음, 그러니깐… 영혼이란 것이 있다고 믿으세요?"

갑작스럽게 내가 질문한 내용이 너무 뚱딴지 같았는지, 황태자는 잠시 내 얼굴을 빤히 응시하더니 이내 쿡! 하며 낮게 웃음을 터뜨렸다.

"쿡쿡! 난 또… 라비스가 엄청 심각한 얼굴로 뭔가를 물어본다기에 잔뜩 긴장했더니, 그런 질문이었어? 뭐, 라비스가 궁금하다면야 내가 대답 못할 이유가 없지! 흐음, 영혼이라… 어쩌면 존재할 수도… 있을라나? 있겠지? 이런, 내가 대답하겠다고 해놓고선 아리송한 대답밖에 못하겠군! 아무래도 뭐라 단정하기는 어려운 질문인 것 같아. 그런데 그건 갑자기 왜 묻지?"

그는 그렇게 말하며 한쪽 다리를 꼬고 몸을 왼쪽으로 살짝 기대었다.

"그냥 한 가지 궁금한 것이 있어서요. 흠… 그러면, 영혼이란 것이 어느날 갑자기 육체가 뒤바뀌는 일이 있을 수 있다고 생각하세요?"

그러자 약간 장난기를 띠었던 황태자의 자수정빛 눈동자는 조금이나마 진지한 기색을 보이기 시작했다.

"어느 날 갑작스럽게 육체가 뒤바뀐다라… 그런 일이 만약 있다면 정말 특이한 경우가 되겠군. 하지만 그런 경우는 현실에서는 불가능하지 않을까? 아이들이 좋아하는 황당한 이야기 속이라면 몰라도……."

"왜 불가능하다고 생각되지요? 이 세계에서는 눈에 보이지 않는 신비한 일들도 많잖아요? 예를 들면, 나무나 꽃들에게 스며들어 있는 정령들 같은 거 말이죠! 아! 물이나 바람에도 정령들이 존재한다죠? 그렇다면 우리의 눈에는 보이진 않지만 영혼들이 존재할 수도 있고, 불가능할 것 같은 일들이 우리가 모르는 어디선가 벌어질 수도 있잖아요?"

나는 그에게 따지듯이 열변을 토했다. 황당한 이야기 속에서나 일어나는 얘기라… 황당하긴 했지만, 그렇다고 그렇게 단정 지어버리는 것에 왠지 화가 났다. 나는 지금 그 황당한 얘기 속의 주인공이 되어 있기 때문이었다.

"글쎄… 정령과 영혼은 서로 다른 개념인 것 같은데? 흐음… 내가 현실적인 사람이라서 그런가? 어쩌면 라비스 네 말대로 그러한 일들이 우리가 보이지 않는 곳에서 벌어지고 있을지도 모르지. 하지만 지금은 그러한 것이 중요한 게 아냐! 내가 왜 라비스와의 첫날밤에 영혼에 대해서 토론을 해야 하는 거지? 그런 진지한 내용보다는 좀 더 부드러운 내용의 대화를 하자고!"

잠깐 진지해지려던 황태자의 얼굴은 금세 다시 풀어지고 말았다.

'휴~ 마법사라기에 어쩌면 믿어줄지도 모른다고 생각했는데… 왠지 내가 말해 봤자 믿어주지 않을 것 같아! 아니, 그게 아닌가? 저 녀석은 지금 진지한 대화 따윈 아무 관심이 없는 것 같아!'

내가 그렇게 생각에 잠기려는데 방문 밖에서 구세주와 같은 앤시아의 목소리가 들려왔다.

"라비스님! 고양이를 데리고 왔는데요?"

그녀의 목소리에 나는 반색을 하며 얼른 대답을 했다.

"들어와!"

그러자 회색 빛의 얼룩무늬를 가진 고양이를 품에 안은 앤시아가 조심스러운 태도로 안으로 들어왔다.

"갑자기 웬 고양이지?"

황태자가 의아한 얼굴로 묻자, 앤시아는 당황한 표정을 지어 보였다. 그래서 나는 얼른 황태자의 질문에 대답을 했다.

"아하하… 제가 고양이를 굉장히 좋아하거든요! 그래서 앤시아를 시켜서 고양이 한 마리를 구해오라고 했어요! 와아~ 정말 이쁜 고양이이네? 냐옹아~"

고양이라면 질색을 했던 내가 아즈라엘보다 훨씬 못생긴 뚱뚱한 고양이를 보고는 이뻐서 어쩔 줄 모르는 연기를 해내야만 했다.

나는 그 고양이를 안아 들고 쓰다듬으며 꺅꺅거리는 행동을 해 보였으나 이놈의 망할 고양이는 나의 눈물겨운 심정도 몰라주고 나의 품에서 벗어나려 발버둥을 쳤다.

'괘씸한 것 같으니… 나두 너 싫어! 평소 때 같으면 너를 발로 차주었을 거야!'

나는 그 고양이를 은밀하게 매서운 눈길로 쏘아보았다. 그러자 그 고양이는 나의 강렬한 눈길에 압도되었는지 더 이상 발버둥을 치지 못하고 나를 가만히 응시했다.

'그래, 그래! 그래야 착한 고양이지! 이젠 아멘시타를 불러내 볼까?'

나는 그 고양이의 귀에 얼굴을 가까이 대고는 아주 낮게 속삭였다.

"아멘시타, 부탁이야! 제발 나에게 와줘! 지금 나의 모습을 보고 있다면 어서 빨리……."

고양이를 끌어안고 뭔가를 속삭이는 나의 모습이 황태자는 요상하게 보였는지 나에게 말했다.

"라비스? 지금 뭐 하는 거야?"

그의 목소리에 나는 움찔해 보이며 황태자가 있는 쪽을 돌아보았다.

그리고는 어설프게 헤쭉 웃어 보였다.

"헤헤… 고양이가 너무 귀여워서요!"

나는 그렇게 말하며 안고 있던 고양이의 털을 쓰다듬어 보았다.

"라비스! 이제 그만 고양이를 내려놓는 것이 어때? 설마 그 고양이를 끌어안고 잘 생각은 아니겠지? 난 이제 그만 잠자리에 들었으면 해, 아름다운 라비스."

'에엑? 자, 잠자리?'

"아하하… 졸리면 먼저 주무세요!"

황태자가 그만 자자는 말에 내가 할 수 있는 대답은 겨우 이 말이었다. 왠지 거북한 공기에 나는 고양이를 끌어안고 있던 손에 나도 모르게 힘을 주었다. 그러자 고양이는 놀랐는지 듣기 싫은 비명 소리를 내며 내 손아귀에서 빠져나왔다.

키야옹~!!

"어?"

결국은 황태자로서는 정말로 황당한 일이 나의 침실에서 벌어지기 시작했다. 그것은…

앤시아가 나가고 황태자와 나만 남았던 침실이라는 공간에서 고양이와 내가 쫓고 쫓기는 상황이 연출되기 시작한 것이었다.

"야아! 너, 거기 안 서?"

나아옹!

귀족의 레이디로서는 도저히 불가능한… 평민의 소년이나 행할 수 있을 법한 그런 거친 행동이 우아한 드레스를 입은 나에게서 나왔다.

우당탕~!!

고양이가 쇼파 있는 쪽으로 도망을 가길래 나는 그 고양이를 잡기 위해 과감히 탁자 위로 올라서서 그 위에 있던 장식물을 떨어뜨리기도 하고, 고양이가 침대 쪽으로 도망을 가면 나는 침대 위로 풀쩍 올라서서 푹신한 시트 위에서 달리기도 했다.

"라아비스!!"

결국 참다못한 황태자는 나의 이름을 외쳤다.

'허걱!'

황태자의 쬐끔 화가 난 듯한 목소리에 나는 찔끔하며 침실을 헤집고 달리던 행동을 멈추었다. 하지만 때마침 고양이의 목덜미는 나의 왼손에 꽉 움켜잡혔는데, 그 상태에서 행동을 멈추고 커다란 눈을 깜빡이며 황태자를 바라보는 나의 모습이 웃겼는지 결국은 짐짓 엄한 표정을 짓고 있던 황태자는 쿡쿡거리며 웃음을 터뜨리고 말았다.

"풋! 하하하!"

정말 웃겨 죽겠다는 듯이 허리를 숙이고 웃어 보이는 그를 보며, 나는 그 다음 행동을 어떻게 취해야 할지 몰라 그저 삐질거리며 그를 바라보았다.

잠시 후, 그렇게 한참을 웃던 황태자는 갑자기 자리에서 일어나더니 나에게로 다가왔다.

'헉! 뭐야?'

황태자는 성큼성큼 나에게 다가오더니, 내 앞에 당도하자 발걸음을 멈추고는 내가 들고 있는 고양이를 내려다보았다.

"아무래도 이 고양이가 있으면 내가 편하게 잠이 들 수가 없을 것 같군!"

그렇게 중얼거리듯 입을 열더니, 내가 든 고양이를 빼앗아 들고는 방문을 향해 걸음을 옮기는 것이었다. 그리고는 겨우 잡은 그 고양이를 방문을 살짝 열어 내보내며 이렇게 소곤거렸다.

"미안하지만 내일 다시 찾아와라!"

물론 고양이는 얼씨구나! 하며 밖으로 나가 버렸고 나는 울상을 지을 수밖에 없었다.

'히잉~ 아멘시타를 불러야 되는데……'

"라비스? 그렇게 표정을 구길 필요 없어! 오늘은 널 건드리지 않을 거니깐! 난 싫다는 여자에겐 억지로 강요하고 싶진 않아! 하아~ 그나저나 나를 거부하는 여자가 있다니! 정말 충격이 크군."

내가 얼굴을 잔뜩 구기고 있었던 것이 그렇게 표가 났는지, 황태자는 한숨을 푹 내쉬며 그렇게 말했다. 그리고는 다시 침대로 향하더니 그는 피곤했는지 침대에 눕자마자 그대로 잠에 들었다.

그런 그를 보며 나는 생각에 잠겼다.

'역시 이대로는 안 되겠어! 내가 이렇게 황태자나 다른 이들에게 쩔쩔매는 것은 내가 혼자 설 수 있는 힘이 없어서야! 그리고, 그들을 이길 힘이 없지… 나도 뭔가 능력을 키워야만 해! 근데 지금은 너무 졸립다! 잠은 자야 하겠는데 침대는 저거 하나밖에 없으니 할 수 없지!'

결국 나는 화장을 지우고 좀 더 간편한 복장—잠옷 비슷한 원피스 형 드레스—으로 갈아입은 다음, 이미 세상 모르게 잠들어 있는 황태자의 옆자리로 가서 잠을 청했다. 물론 그와는 최대한 떨어져서 말이다.

그리고 그 다음날 아침!

나는 창밖에서 나는 듯한 쨱쨱거리는 새소리를 들으며 눈을 떴다.

"음?"

왠지 몸을 꼼짝을 못하겠다는 느낌이 들어 정신을 차려보니 나를 꼬옥 안은 채로 잠들어 있는 황태자의 말끔한 얼굴이 바로 코앞에서 보였다.

"헉! 이게 뭐야? 왜 미카엔의 얼굴이 이렇게 가까이……?"

놀란 나는 쌔근쌔근 잠들어 있는 황태자를 힘껏 밀었다. 그랬더니…

우당탕— 쾅~!!!

요란한 소리와 함께 한 박자 뒤늦은 황태자의 비명 소리도 들려왔다.

"아야앗~!!"

나의 팔에 힘이 너무 들어갔는지, 그는 침대 밖으로 밀려나서 1큐빗(45~50cm) 정도 되어 보이는 아래로 굴러 떨어졌다.

결국 약간 난폭한(?) 방법으로 잠에 깨워진 황태자는 얼굴을 잔뜩 찡그리고 몸을 일으켰다. 그리고는 정말 아파 죽겠다는 표정으로 나를 쳐다보았는데, 나는 내심 찔끔했지만 내색은 하지 않고 그에게 당당한 얼굴로 입을 열었다.

"황태자님! 잠버릇이 무지 안 좋으시네요. 괜찮으세요?"

'그래! 이런 상황에서는 뻔뻔하게 나가는 거야!'

짐짓 그에게 걱정해 주는 표정을 지어 보이자, 황태자는 자신의 잠버릇으로 인하여 침대에서 굴러 떨어진 것이라 믿었는지 고개를 끄덕이며 다시 침대로 올라왔다. 그리고는 아침나절부터 나에게 낯뜨거운 대사를 읊기 시작했다.

"아, 이거 참! 라비스랑 맞는 첫 번째 아침부터 스타일을 구기게 되었군. 그나저나 잘 잤어? 나의 신부… 이렇게 아침에 보니 더욱 아름다운 것 같군."

나에게 아침 인사를 하며 그는 미소를 지어 보였다. 원래 깨끗한 외모를 지닌 그였지만 그렇게 해맑아 보이는 미소를 지어 보이자 왠지 천사 같다는 느낌이 들었다.

'쳇! 남자 주제에… 뭘 믿고 저렇게 이쁜 거야? 그나저나 저 끝도 없는 닭살 대사는 정말 못 말리겠군!'

Change Of Destiny　　제6장

경국지색?

경국지색?

황태자의 후궁이라는 신분은 정말 따분하기 그지없는 직책(?)인 것 같았다. 도대체 아침에 눈을 뜬 순간부터 지금 정오가 되는 시간까지 내가 할 수 있는 일은 그 어느 것도 없었다.

황태자비 같은 경우는 귀족의 알현을 받거나 약간의 정사에 간접적으로 참여를 할 수 있어 결코 무료하지 않는 시간을 보낼 테지만, 후궁일 경우에 할 수 있는 일은 그저 황태자의 총애를 얻기 위해 자신을 더 아름답게 가꾼다거나 교양있는 취미 활동을 하는 것이 전부였다.

물론 후궁이라고 다 같은 것이 아니었다. 전형적인 후궁이라고 말할 수 있는 여자는 첫 번째 후궁인 유리스에 해당되었고 두 번째 후궁인 아사벨라는 조금 달랐다. 그녀는 가끔 가다가 쟁쟁한 입김을 가진 귀족과도 접촉을 하였는데, 그녀 주변에는 그녀를 뒷받침하는 보이지 않는 세력들이 있어 황태자비도 그녀를 함부로 하지는 못했다.

"더럽게 심심하네……."

나는 아침을 먹은 이후로 계속 침대에서 뒹굴뒹굴하고 있었다. 그럴 수밖에 없는 것이…

무료함에 몸을 떨다가 하다못해 내가 잡일 비슷한 일을 손수 하려 들면 시녀들은 기겁을 하며 나를 만류했다. 게다가, 그녀들은 내가 할 수 있는 기본적인 일마저도 따라다니며 대신해 주니, 그런 시녀들의 지대한 공헌으로 나의 무료함은 반나절 만에 최고치에 달하고 말았다.

"으아아~ 심심해애~! 뭐, 재미난 일 없을까?"

나는 그렇게 침대에서 뒹굴뒹굴하면서 무료함에 대한 몸부림을 치다가 벌떡 일어났다. 그리고는 그대로 방문을 박차고 나서자, 마침 지나가던 앤시아가 나를 불렀다.

"라비스님! 어디 가세요?"

"앤시아! 여기 혹시 서재 같은 데 없어?"

"음… 전에 백합궁을 쓰시던 후궁께서 책을 좋아하셔서 서재가 있긴 있는데, 그분께서 돌아가신 후 지금까지 출입을 안 해 전부 오래되고 낡은 책들뿐일 거예요!"

"그래? 그럼, 책이나 읽으며 시간을 때울까나? 앤시아! 나 그곳으로 안내해 줘!"

"그러죠!"

그녀는 나의 말에 빙긋 웃으며 답했다.

'흐음… 앤시아는 비록 평범한 얼굴이지만 성격은 좋은 것 같군.'

"앤시아!"

"네?"

내가 부르자 앤시아는 고개를 돌리며 나의 얼굴을 쳐다보았다. 그러자 그녀의 초록빛 눈동자가 나의 눈에 들어왔다. 그녀의 머리카락 색과 잘 어울리는 색이었다.

"앤시아는 결혼했어?"

그러자 앤시아는 약간 쑥스러운 표정을 지으며 잠시 뜸을 들이더니 이내 입을 열었다.

"아직 결혼은 하지 못했어요. 정말 부끄러운 일이지요? 제 나이라면 벌써 결혼을 해서 가정을 갖고 아이들도 있어야 하는 나이인데 말이에요!"

"지금 앤시아의 나이가 몇인데?"

"스물다섯이에요!"

'으흠… 스물다섯이라… 내가 살던 곳에서는 스물다섯이면 아직 창창하다고도 할 수 있는 나이잖아? 그런데, 여기는 대체 결혼 적령기가 몇 살인 거야?'

아무래도 이곳에서는 20살 전후로 결혼이 이루어지는 모양이었다. 물론 귀족들의 정략결혼은 더욱 낮은 연령층에서 이루어지는데, 나는 17살이니 약간 이른 감도 있지만 적당한 시기에 결혼이 성사된 셈이었다.

나는 그녀에게 더 이상 말을 걸지 않고, 그녀가 안내하는 대로 따라갔다. 서재는 3층에서도 제일 구석에 위치한 복도의 끝 방에 있었다. 앤시아는 조금 전에 창고 비슷한 곳에 들러서 가져온 열쇠 꾸러미로 서재의 자물쇠를 열었다.

"저는 그만 가보도록 할까요?"

"아니! 그냥 나랑 같이 있어."

안으로 들어서자 조금은 음침하게 느껴지는 서재의 내부가 내 눈에 들어왔다. 관리를 한 지 매우 오래되었는지 먼지가 족히 1cm는 쌓여 보였다.

'정말 굉장하군!'

책의 종류는 매우 많아 보였다. 하지만 기이하게도 내가 살펴보는 책들은 전부 드래곤에 관한 책들이거나 마법에 관한 책들투성이었다.

"흐음… 전에 있던 후궁은 드래곤이나 마법에 대해 굉장한 관심을 가지고 계셨나 보지?"

"그, 글쎄요. 아마도 그러셨겠죠!"

대답하는 앤시아의 말투가 약간 이상하다고 느껴졌으나 나는 깊이 생각하지 않았다. 마법의 입문에 대한 책을 몇 개 고른 나는 탁자에다가 놓고 대충 읽어보기 시작했다. 그러나 마법에 대해 전혀 지식이 없는 나로서는 대체 이 책에 쓰여 있는 내용들이 무엇을 의미하고 무엇을 뜻하는지 전혀 이해할 수가 없었다.

'엑! 머리 아파~ 뭐가 이렇게 어려워?'

결국 몇 장을 보지 못하고 나는 책을 덮고 말았다.

"풋!"

책을 보며 오만상을 찌푸리는 나의 모습이 웃겼는지 앤시아의 낮은 웃음소리가 들려왔다. 그래서 나는 얼굴을 들어 그녀를 바라보았는데, 그녀는 은은한 미소를 머금고 나를 마치 동생 바라보듯이 바라보고 있었다.

"쳇! 왜 웃는 거야?"

"아! 죄송해요."

미간을 살짝 찌푸리며 내가 그렇게 묻자, 앤시아는 얼른 웃음기를 거두며 답했다.

"죄송할 것까지는 없어. 휴~ 정말 따분하군! 앤시아, 뭐 재미있는 이야기라도 해주겠어?"

"재미있는 얘기요? 음… 그럼, 라비스님! '크리스티나 아르젠' 이라는 이름 알아요?"

"크리스티나 아르젠? 잘 모르겠는데… 이름으로 보아 여자 이름, 그 것도 귀족의 이름인 것 같은데 유명한 사람인가 보지?"

내가 그렇게 갸웃거리며 말하자, 앤시아는 빙긋 미소를 지어 보이며 입을 열었다.

"네! 그분은 아주 오래전에 어느 나라의 왕비이셨는데, 미의 여신 '크리시아나' 에 견줄 미모를 가지신 매우 아름다운 분이셨어요! 그래서 그분은 여신의 이름을 본따서 '크리스티나' 라고 불려졌다고 그러더군요. 그분에게는 그러한 아름다운 미모뿐만 아니라 마력과 같은 매력을 가지셨는데, 글쎄 그분을 한 번 이상 본 남자는 그녀에게 사랑을 느끼고 만다고 하더군요."

그녀가 거기까지 말했을 때 나는 놀라워하며 그녀의 말을 잠시 자르고 말을 꺼냈다.

"엑? 그게 정말이야? 에이~ 말도 안 돼! 그렇다면 그녀를 사랑하게 되는 남자는 시종들부터 시작해서 신하들까지 수백 명… 아니! 그냥 스쳐 지나가는 사람까지 따진다면 수천 명이나 되겠네?"

"호호… 그렇게 되나요? 아마도 이어져 내려온 그녀에 대한 전설이 많이 과장되었을지도 모르죠! 아무튼, 방금 생각해 본 건데… 물론, 얼굴을 직접 뵌 분은 아니지만 라비스님은 크리스티나 아르젠과 왠지 닮으신 것 같다는 느낌이 들어요. 라비스님도 마력과 같은 매력을 지니신 것 같거든요!"

마력과 같은 매력이라니… 내가 인기가 조금 있었기는 했지만 그 정도까지는 아니었다. 아마도 지금 나의 육체인 라비스의 완벽에 가까운 외모를 두고 이르는 말이 아닐까 나는 생각했다.

"마력과 같은 매력?"

"그러니깐… 사람들을 끌어당기는 매력이 있다고 해야 할까요? 물론 라비스님은 아름다우시니 남자 분들이 라비스님에게 반하는 것은 당연하겠죠! 하지만 라비스님은 그 아름다운 미모를 더욱 뛰어넘어서 뭔가 사람들을 반하게 하는 어떠한 요소를 지니신 것 같아요! 그것은 어쩌면 성별을 초월해서 여자들도 라비스님에게 빠지고 말 거라는 느낌이 드네요!"

"그래?"

약간 성의없는 듯한 말투로 나는 시큰둥하게 답했다. 성별을 초월하는 매력을 갖는다라… 어쩌면 남자의 영혼에 여자의 육체를 가진 나의 황당한 경우에 대한 결과일지도 모른다는 생각이 들었다.

앤시아는 계속 말을 이었다. 하지만 그녀는 뭔가 자신만의 생각에 잠긴 듯 목소리가 약간 잦아들어 있었다.

"그리고… 크리스티나 아르젠은 아름다운 자신의 미모로 인하여 대륙의 삼 분의 일을 차지하며 융성했던 나라가 기우뚱했었대요! 그 이유는 어떤 블랙 드래곤도 그녀를 탐했다는데, 아마도 그 드래곤으로 인하여 나라가 뒤흔들렸겠죠? 아무튼 그로 인해서 이런 말까지 생겨났답니다. '아르젠은 미모 하나로 나라를 흔들고 드래곤을 사로잡았다'. 왠지 재미있지 않아요?"

조용한 줄 알았던 앤시아는 의외로 다른 여느 여자들처럼 수다 떠는 것을 좋아하는지 한번 열린 말문이 매우 길게 이어졌다.

'으흠… 아르젠? 왠지 경국지색이라는 한자성어가 생각나네!'

갑자기 짓궂은 생각이 든 나는 그녀에게 씨익 웃으며 입을 열었다.

"앤시아! 나도 그 아르젠이란 여자처럼 나라를 뒤흔들어 볼까? 나도 경국지색이라는 말이 왠지 듣고 싶어!"

그러자 앤시아는 얼굴이 새하얘져서 나의 말에 답했다.

"라비스님! 나라를 뒤흔들다니요? 그런데 경국지색이란 말이 뭐죠?"

"라비스님! 첫날밤을 그냥 보내셨다니요? 그래 가지고 어떻게 황태자님의 총애를 얻으시려고 그러세요?"

이것은 아까부터 나의 침실에서 설교를 늘어놓는 루이스의 목소리이다. 두 시간 전에 백합궁에 도착한 이후, 다시 재회한 반가움도 잠깐… 지난밤의 일을 묻는 루이스의 질문에 솔직하게 답해 주었더니 루이스는 펄펄 뛰며 계속 잔소리이다.

"루이스! 묻겠는데, 왜 그렇게 황태자의 총애에 집착하는 거야? 물론 그의 측실이 되면 총애를 받는 것을 바라는 것은 당연하다지만, 이건 도가 지나치잖아?"

루이스에게도 이제 하대를 하기 시작한 나였다. 아무튼 내가 정곡을 찌르는 말을 하자 루이스가 미미하게 움찔하였고, 나는 그것을 놓치지 않았다.

'헤에~ 루이스가 당황하는 모습은 처음 보는데?'

그래서 나는 뭔가가 있구나! 하며 그녀를 더욱 다그치기 시작했다. 그녀가 나를 다그치는 순간에서 다시 상황이 역전되어 내가 그녀를 몰아세우기 시작한 것이었다.

"흐음… 루이스! 왜 당황하는 거지? 나에게 뭐 찔리는 거라도 있어?"

"그, 그건……."

"말해! 솔직히 말해 줘! 루이스."

나는 두 눈을 반짝이며 정말 궁금하다는 얼굴로 루이스의 얼굴을 바라보자 그녀는 한숨을 푹 내쉬더니, 망설이듯 나의 눈을 한동안 바라보았다. 그러다가 무언가 결심한 듯 그녀는 무겁게 그 입을 열었다.

"네, 말씀드리죠! 라비스님… 제가 라비스님을 그동안 정말 제 딸처럼 소중히 해왔다는 거 라비스님도 아실 거예요! 말하자면 길어지겠지만 짧게 말해 드리죠! 예전엔 저에게도 젖먹이 딸이 있었는데, 크로시벨 가에 들어오기 전에는 생활이 무척 궁핍해서 끼니도 잇기가 무척어려웠죠! 결국은 태어났을 때부터 허약했던 제 딸은 제대로 못 먹었던 것과 생활을 꾸려 나가야 했던 저의 소홀함으로 얼마 안 가서 죽고 말았답니다. 그래서 저는 자식을 잃은 슬픔에 빠져 정신 나간 듯 거리를 배회했었는데, 그때 라비스의 어머니가 타고 있던 마차에 치일 뻔했었죠! 그렇게 해서 라비스의 어머님을 만나게 되었는데, 그분은 정말저를 진심으로 아껴주셨답니다……."

루이스는 옛날 생각이 나는지 허공에다가 못 박아둔 그녀의 눈빛은 슬픔과 그리움, 그 모든 감정들이 복합되어 나직한 목소리로 계속 말을 이어나갔다.

"…그때가 암흑뿐이었던 제 인생에서 처음으로 빛이 나가온 순간이었죠! 라비스의 어머님은 정말 아름다우신 분이었어요! 그리고 마음씨또한 비단결 같은 분이셨죠! 그분은 저에게 기꺼이 자신의 따님을 맡기셨어요! 그 따님이 바로 라비스님이시랍니다. 정말 천사같이 어여쁜아이였지요! 전, 그때 라비스님을 보며 결심을 했어요! 앞으로 제게 남은 삶을 크로시벨 가와 라비스님을 위해서 바치기로……."

루이스는 내가 나온 대목에서는 정말 따스한 눈빛으로 나를 그윽하게 바라봄으로 해서 나를 뭉클하게 하였다. 그런데 거기까지 말한 루이스는 갑자기 결의에 찬 눈빛이 돌변하더니 나에게 이렇게 말하는 것이었다.

"라비스님! 꼬옥, 황태자님의 총애를 얻어야만 해요! 이미 황태자의 측실이 된 라비스님이 행복해질 수 있는 방법은 황태자 전하의 총애를 얻어내는 것뿐이에요! 그렇지 않다면, 끝내 불행해지고 마는 것이 왕실의 측실이에요! 라비스님, 제 말이 무슨 말인지 아시겠지요?"

루이스는 나의 손을 덥석 붙잡은 채 결연하게 말했다.

'도대체 라비스의 어머니는 어떤 여자였기에 죽은 후에도 이렇게 이들에게 많은 영향을 끼치고 있는 걸까? 아멘시타도 부족해서 이젠 루이스까지라니…….'

내심 라비스의 어머니인 셀레나에 대해서 궁금증이 치솟는 나였다.

"알아… 루이스의 마음… 이젠 알겠어! 하지만 또 한편으로는 내가 황태자의 총애를 얻어야 하는 이유가 크로시벨 가를 위한 것이겠지?"

"라비스님……."

"알았어! 알았어! 루이스가 나를 생각하는 마음은 충분히 알고 있으니깐… 그 얘기는 여기까지만 하자구!"

나는 손을 내저으며 그녀의 입을 막았다. 황태자의 총애를 얻어야만 내가 행복해질 수 있다는 그녀의 말이 나를 우울하게 했다. 지금 루이스의 말로는 나의 행복이 황태자란 녀석의 손에 전적으로 달려 있단 소리였다. 그렇다면 내가 행복해지기 위해서는 싫어도 황태자에게 잘 보여야 한다는 것일까?

나는 이곳 여자들은 물론 남자들까지 그들이 하는 사고방식에 대해 짜증이 났다. 아무리 보수적이고 고리타분한 상류층의 모습이라지만, 여자들의 행복과 운명은 모두 남자의 손에 달려 있다는 꽉 막힌 생각들이 정말 한심하게 느껴졌다. 나는 얼마 전까지 남자였다가 여자가 된 것이지만, 내심 이들 여자들에게 일말의 동정심이 느껴졌다.

그러다가 나는 나의 생각에 대해서 한 가지 모순 점을 발견하였다. 나 역시 예전까지는 여자들에게 그리 커다란 의미를 부여하지 않았었던 것이다. 그저 가볍게, 남자로서 내 주위에 있던 여자들을 좋아했을 뿐… 그녀들을 대하는 나의 태도도 일반적인 고정관념에 벗어나지 못했었다.

그러고 보니 나 역시 여기 사람들이 생각하는 것과 그다지 다르지 않았었다. 그런데 지금의 나를 보자면, 결국 내가 여자가 되어서야 겨우 여자의 입장에서 세상을 바라보고 있는 것 같았다.

'휴~ 인간이란 간사한 존재라는 것이 지금 나를 통해서 여실히 나타나는 것 같군.'

나는 속으로 한숨을 내쉬며 방향을 바꾸어 이곳 세계에 대해서 많은 생각을 해보았다. 어차피 이곳이 판타지와 같은 그러한 세계라면, 이곳은 내가 살던 현실의 세계가 아니니, 그저 꿈속의 세계로 치부해 버려도 되지 않을까? 생각해 보았다. 그렇다면 그동안 내가 가지고 있던 조심스러움과 신중함, 그리고 죽음에 대한 두려움 같은 것에 연연해하지 않아도 되지 않을까?

그러다 예전에 아멘시타가 나에게 했던 말이 생각났다.

[이도현! 물론 너에게 알기 쉽게 설명하느라 이곳을 판타지 세계라 설명한 거야! 그러니 네가 라비스로서 숨 쉬고 있는 이 세계를 부디 가볍게 생각하지

말아주었으면 해! 네가 차원 이동해 온 이곳이 너에게는 현실 세계가 아닌 꿈에 불과한 판타지 세계일 수도 있겠지만, 이곳 사람들이 만약 네가 존재하는 세계를 알게 된다면, 그 사람들한테는 이곳이 현실이 되고 그곳을 꿈속의 세계쯤으로 생각하게 될 거야! 그러니 네가 지금부터 숨 쉬게 될 이곳을 너의 현실로 받아들여! 이것이 어쩌면 너에게 예전부터 주어졌던 운명일 수도 있으니깐…….]

나는 아멘시타의 말을 속으로 곱씹으며 루이스를 바라보았다. 그리고 싱긋 웃으며 입을 열었다.

"루이스! 이것이 나에게 주어진 운명이라면, 만약 그것을 거스르려 한다면 나는 불행해지겠지? 좋아! 내가 경국지색의 진면목을 보여주지! 나라를 뒤흔드는 미인 말이야! 하하하……."

그러자 루이스는 동그래진 눈으로 나를 보며 아까 했던 앤시아와 비슷한 반응을 보였다.

"아니, 라비스님! 나라를 뒤흔드는 미인이라니요? 그게 무슨 말이지요? 그리고 경국지색은 또 무슨 말이에요?"

어느덧 창밖에 비친 하늘은 점점 색이 짙어지고 있었다. 조금 전까지는 붉게 물들어 있더니, 루이스가 가져온 저녁 식사를 마치고 그녀와 잡담이나 나누고 있을 무렵엔, 조그만 초승달이 그 모습을 드러내고 몇몇 별들이 서로 앞을 다투며 빛을 발하기 시작했다.

한마디로 말하자면, 오늘 하루도 저물어간다는 말이었다.

어쨌든 나는 밤이 되자 한 가지 걱정거리가 나의 머리 속에 맴돌기 시작했다. 그건 황태자가 나의 침실로 찾아오는 것에 대한 문제였는데,

나는 측실의 신분으로서 그와 밤을 보내야 한다는 것이 나에게는 엄청난 부담감으로 다가왔다.

아무리 내가 여자의 육체를 가지고 있다지만 나의 영혼은 얼마 전까지만 해도 남자로 살아왔었다. 그런데 남자와 사랑을 한다느니, 어쩐다느니 하는 것은 심한 거부감이 들었다. 물론 지금의 나는 완벽한 여자였지만… 어쨌든 나는 여러 가지로 골치가 아파졌다.

그래서 나는 한 가지 결심을 하고는 루이스에게 수면제를 구해달라고 부탁을 했다. 그러자 루이스는 과도하다 싶을 만큼 화들짝 놀라며 나에게 반문을 했다.

"라비스님! 수면제는 또 어디다가 쓰시려구요?"

하긴, 그녀가 그렇게 과민 반응을 보이며 그렇게 나에게 반문을 하는 것은, 예전에 수면제를 잔뜩 털어 먹고 자살 시도한 라비스의 전적이 있으니 루이스로서는 그런 반응을 보이는 것이 당연한 일일 것이다. 그래서 나는 그녀를 안심시키기 위해 변명을 해야만 했다.

"요즘 스트레스 때문인지 며칠째 잠을 못 잤어! 부탁해, 루이스!"

"그게 정말이죠?"

루이스는 그렇게 몇 번이고 나의 대답을 확인하고 나서야 몇 알의 수면제를 구해 가지고 왔다. 그 수면제를 받아 든 나는 루이스가 나가고 드디어 침실에 혼자 남게 되자 한숨을 내쉬며 중얼거렸다.

"에휴~ 설마 밤마다 이 짓을 해야 하는 것은 아니겠지?"

그리고 앤시아를 시켜 황태자가 올 즈음에 차를 내오게끔 말해 두었다.

'미카엔! 웬만하면 여기로 오지 말고 다른 후궁이나 황태자비에게로 가라! 왜 네 조강지처를 놔두고 이곳으로 오겠다고 한 거냐구?'

아침에 황태자가 나의 볼에 키스를 하며 오늘도 이곳으로 오겠다고 했던 황태자의 말을 떠올리고는 한숨을 내쉬었다.

지금은 자정이 되려면 세 시간 가량 남은 시각이었다.

'아직 그가 오려면 멀었겠지?'

그렇게 생각하며 나는 아까 서재에서 가져온 몇 권의 책을 펼쳐 들었다. 그런데…….

"황태자 전하 납십니다."

시종의 우렁찬 목소리가 방문 밖에서 들려왔다.

'엑! 오늘은 왜 이렇게 일찍 온 거야? 젠장할…….'

침실에 들어선 황태자는 뭐가 그리 기분이 좋은지 생글거리는 얼굴로 나를 보자마자 손을 잡아끌더니 침대 쪽으로 이끌었다. 그리고 침대에 털썩 앉더니 나에게 입을 열었다.

"라비스! 오늘 내가 뭘 갖고 온지 알아?"

"글쎄요……?"

나는 살짝 미소 지으며 그의 말에 답했지만 속으로는 '그걸 내가 어떻게 아나?' 하며 궁시렁거렸다. 그러자 약간은 상기된 얼굴로 그는 안쪽 주머니에서 무언가를 꺼내 보였다.

"짜안! 후훗, 내가 라비스에게 이걸 주려고 만사 제치고 달려왔지!"

"그게 뭔데요?"

"드워프제 다이아 목걸이지! 내가 이걸 하루빨리 구하려고 드워프의 족장을 엄청 닦달했었거든! 이 목걸이 정도면 라비스와 아주 잘 어울릴 거야!"

그는 어울리지 않게 천진한 미소를 지으며 나의 목에 직접 걸어주었다.

'흠, 드워프가 만든 다이아 목걸이라… 엄청 비싸겠는데?'

"…그리고 그 목걸이에다가 보호 마법을 걸어놨어! 종류는 두 가지. 빙계열의 실드, 그리고 전격 공격 마법! 항상 목에 걸고 있어. 알았지?"

그의 말에 나는 고개를 끄덕였다. 역시, 돈 많은 남자—직업이 황태자이니 돈은 많을 것이다—들은 여자들에게 다이아몬드를 선물하는 것이 일반적인 모양이었다. 내가 다이아몬드가 박힌 액세서리를 받는다는 것이 왠지 아이러니하게 느껴졌지만, 비싼 물건이니 그가 주는 공짜 선물을 거절할 이유가 없었다.

나는 황태자에 대한 감동 따위는 뒷전으로 한 채, 이 다이아를 팔면 현금이 얼마나 될까? 생각하며 나의 목에 걸린 목걸이를 만지작거렸다.

똑, 똑!

그때 노크 소리가 들려왔다.

"들어와!"

내가 대답하자, 앤시아가 두 잔의 차를 가지고 조심스레 들어왔다.

"황태자님! 혹시 론티아의 꽃잎으로 우려낸 차를 좋아하세요?"

"론티아라면 굉장히 희귀하다는 신성한 론티아 나무를 말하는 건가? 그 나무는 자신이 원할 때만 꽃을 피워낸다고 하던데… 흠, 굉장히 좋은 향이 나는군!"

낮에 루이스가 가져온 론티아의 꽃잎으로 앤시아에게 차를 끓이게 한 것이었다. 론티아 꽃잎의 차는 매우 귀한 것이라서 왕족이나 간신히 향을 맡아볼 수 있었다.

나는 앤시아에게서 두 잔의 차를 받아 들고는 쇼파로 가서 탁자 위에 놓인 꿀이 담긴 그릇의 뚜껑을 열었다. 그리고 은으로 만들어진 티스푼으로 미리 수면제를 넣은 꿀을 황태자의 잔에 탔다.

그가 보는 데에서 수면제를 탈 수는 없는 일이었기 때문이다―론티아 꽃잎 차는 매우 쓰기 때문에 설탕이나 꿀을 약간 타서 먹는다―그리고 나는 그 옆에 있는 설탕 그릇에 담긴 설탕을 한 스푼 떠서 나의 잔에 탔다. 물론 나의 그러한 행동을 황태자는 별 생각 없이 바라보았고, 아무런 의심 없이 차를 홀짝대며 마셨다.

'과연 효과는 있을까?

그가 하프 드래곤인 것을 감안하여 수면제를 보통 양보다 조금 더 넣었지만, 그에게 효과가 있을지는 아직 미지수였다.

"라비스! 마법에 대해 관심이 있는 모양이지?"

그는 아까 나의 침대 옆에 놔두었던 책을 보았는지 그렇게 물었다.

"네, 관심은 있지만 배우기는 매우 어려울 것 같네요."

그러자 그는 빙긋 웃어 보이더니 찻잔을 내려놓고 입을 열었다.

"그럼 내가 가르쳐 줄까? 나한테 배운다면 아마도 1년 안에 3서클은 이룰 수 있을걸?"

"어? 정말요? 3서클 정도의 마나를 이루려면 몇 년은 걸리는 줄 알았는데……?"

"물론 그만큼의 레벨을 올리는 것이 쉽지는 않지! 아마도 머리 나쁜 사람은 몇십 년이 가도 배우기가 어려울걸? 하지만 라비스에게는 내가 있잖아? 필요하다면 내가 라비스에게 마법을 걸어줄 수도 있지! 마법을 빨리 배울 수 있도록 말이야."

"와아~ 정말요?"

내가 기뻐하는 표정을 지어 보이자, 황태자는 만족스러운 미소를 지어 보이더니 자리에서 일어났다.

"하지만 맨입으로는 안 되지!"

"엑? 그럼, 어떻게 해요?"

그의 말에 나는 불안감으로 표정을 팍 구기자, 그는 다소 짓궂은 웃음을 터뜨리더니 나에게 말했다.

"쿡! 라비스, 그렇게 표정 좀 구기지 마! 그럴 때마다 나는 상처 입는다구! 걱정 말고 이리 와. 잡아먹지는 않을 테니……. 음, 라비스의 안마나 받아볼까?"

하지만 그는 상처 입기는커녕 재미있다는 얼굴이 되어 있을 뿐이었다. 내가 어쩌다 저런 녀석의 안마나 해주는 신세로 전락했는지……. 나는 그의 어깨를 안마하며 입을 열었다.

"전하! 혹시 졸리지 않으세요?"

나는 그에게 수면제의 효과가 나타나는지가 궁금하여 질문을 하였지만, 그는 졸리지 않다는 뜻으로 어깨를 으쓱해 보였다. 그러다가, 그는 자수정빛 눈동자를 나에게 고정시켰다.

"그건 왜 묻지? 아! 이제 그만 자고 싶다는 뜻인가?"

그러자 나는 핏기 사라진 얼굴로 얼른 고개를 세차게 가로저었다.

'히잉~ 역시… 수면제는 안 되는 모양이네!'

결국 나는 팔자에도 없는 황태자의 어깨를 안마하는 신세가 되어, 표정을 구긴 채로 묵묵히 있다가 한 가지 궁금한 것이 생각난 나는 그에게 다시 입을 열었다.

"그런데 황태자님이 예전에 쓰셨던 텔레포트 마법 말이에요. 그거 혹시 용언 마법 아니었어요? 주문없이 그냥 하던데……."

"그래, 맞아. 용언 마법. 라비스는 용언 마법에 대해서도 알고 있었나 보지?"

"네, 예전에 책에서 읽은 적이 있었거든요! 그런데 용언 마법은 드래곤들만의 특권이 아니었나요?"

물론 책에서 봤다는 말은 거짓말이 아니었다. 그 책이 판타지 소설책이라는 것이 조금 문제였지만……

"그렇긴 하지. 하지만 나는 태어나면서부터 특별했는지 어렸을 적부터 마법에 큰 재능을 보였다가 성년이 된 후로 용언 마법을 행할 수가 있었어. 어떻게 보면 인간이 드래곤의 능력을 갖는다는 것이 황당한 일이기도 하지만 멋진 능력이니 그리 나쁘지는 않더군!"

그런 식으로 말하는 것을 보아하니 그는 스스로가 하프 드래곤임을 인식하지 못하는 것 같았다. 그렇다면, 자신의 어머니가 드래곤이라는 것도 모를 테지…….

아무튼 그는 말을 마치고는 고개를 돌려 나를 바라보았다. 그의 자수정을 닮은 은보랏빛 눈동자가 나의 얼굴을 지그시 바라보았다. 하지만 그의 눈빛이 평소 때보다는 강하게 느껴졌고 보이지 않는 무언가가 담겨져 있는 것 같았다.

그러자 나의 몸이 약간 굳어지는 것 같은 느낌이 들며 입을 뻥긋 조차 하기가 힘들어졌다. 마치 호랑이 앞의 토끼가 된 기분이랄까? 하지만 내가 느끼는 이 기분은 두려움인 것 같기도 하고 아닌 것 같기도 했다.

'헉! 뭐야? 드래곤 피어인가? 아닌데… 두려움하고도 다른 느낌……. 그런데 왜 이렇게 꼼짝을 할 수가 없지?

저 녀석이 대체 무슨 수작을 하고 있는 거지? 하며 나도 마주 보았다. 과연 황태자의 얼굴은 웬만한 미녀들도 통곡하고 갈 만한 단아한 얼굴이었다. 그런데 그 아름다운 얼굴이 나에게 점점 가까이 다가왔다.

'우엥~ 왜 그런 얼굴로 이렇게 가까이 오는 것이야?'

"무서워할 것 없어, 라비스."

나의 굳어진 얼굴을 보며 황태자는 싱긋 웃는 듯하더니, 키스라도 하려는 듯 얼굴을 가까이 댔다. 하지만 그의 얼굴이 내 앞으로 10cm 정도 떨어진 거리까지 다가온 순간, 그의 눈꺼풀이 스르르 감기는 듯하더니 갑자기 내 가슴 안쪽으로 푹 쓰러지는 것이었다. 그리고 나의 귀에 황태자의 쌔근쌔근하는 규칙적인 숨소리가 들려왔다. 참으로 황당하다면 황당한 상황이 아닐 수가 없었다.

수면제를 먹고 계속 멀쩡한 듯이 얼마간 있더니, 갑자기 이렇게 약효가 나타나다니… 하지만 나에게는 다행스러운 일이었다.

"으… 되게 무겁네~ 잠들 거면 진작 좀 잠들 것이지!"

나는 그를 구석으로 밀어붙이며 낮게 중얼거렸다.

Change Of Destiny ◆ 제7장

마법 배우기

마법 배우기

백합궁의 후원.

이름은 백합궁이건만, 정원에는 장미를 비롯한 이름 모를 화려한 꽃들이 흐드러지게 피어 있었다. 초여름이라는 이름의 계절이 이곳에도 다가오려는지 날씨는 무척 무더워져 있었다.

며칠째 요즘 나는 마법을 배우는 일에 재미를 붙이고 있었다. 황태자는 시간이 날 때마다 나에게 와서 마법을 가르치는 일을 했는데, 나에게도 마법에 대한 소질이 있었는지, 그는 마법에 대해 이해가 빠르다며 나에게 침이 마르도록 칭찬을 했다. 물론 칭찬에 약했던 나는 들뜬 마음으로 마법에 재미를 붙이게 되었는데, 그로 인해 자연히 마법을 이해하는 속도가 빨라진 것이었다.

나는 얇은 천의 심플한 드레스를 입은 채, 정자 비슷한 곳에서 책을 읽고 있었는데 누군가가 다가오는 소리가 들려왔다.

"미카엔?"

나는 황태자님에서 어느덧 미카엔으로 호칭을 바꾸고 있었다. 물론 황태자는 내가 자신의 이름을 불러주는 것이 좋다며 계속 이름을 부르게끔 했고, 나 역시 딱딱한 황태자 전하라는 호칭보단 이름을 부르는 것이 나았기 때문에 그의 이름을 부르고 있었다.

"······."

나는 책에서 눈을 떼지 않고 그렇게 황태자의 이름을 불러보았으나 다가오는 그 누군가는 아무런 대꾸가 없었다. 이때 즈음이면 황태자의 맑은 목소리가 들려올 법도 한데······.

고개를 돌려 그 누군가를 바라본 나는 흠칫 놀랐다.

"엔카루스?"

그러자 긴 흑발을 단정하게 묶은 엔카루스는 피식 웃더니 나직한 목소리로 입을 열었다.

"여어! 오랜만이군. 그런데 황태자의 이름을 그렇게 다정하게 부르다니······. 요즘 사이가 좋은 모양이지?"

나는 경계의 눈초리로 그를 노려보며 입을 열었다.

"왜 왔지?"

"왜 왔냐니? 이거 섭하군! 당연히 라비스의 얼굴이 보고 싶어서 왔지! 우리는 찐한 키스뿐만 아니라 사랑의 도피도 감행했던 사이잖아?"

"웃기고 있네."

왠지 이 녀석과 더 이상의 대화를 하면 나만 불리해질 것 같다는 느낌에 나는 책을 덮고 벌떡 일어섰다. 그러나 엔카루스는 나의 손을 꽉 잡더니 확 잡아당겼다. 결국 나는 다시 주저앉게 되었고, 그런 나를 보며 엔카루스는 빙긋 웃어 보였다.

"이게 무슨 짓이야?!"

나는 그를 최대한 매섭게 째려보며 소리쳤다. 그러나 이런 나의 눈빛이 그에게 먹혀 들어가지 않았는지 그는 여전히 두꺼운 낯짝을 하고는 나에게 입을 열었다.

"왜 그렇게 매몰차게 구는 거지? 난 그저 잠깐 얘기나 할까 하려는데."

"그래? 아사벨라가 시켜서 온 것은 아니고? 너, 아사벨라의 오빠 맞지?"

"아하! 그거 때문에 혹시 삐친 건가? 그나저나 벌써 눈치 채고 있을 줄은 몰랐군. 맞아! 황태자의 두 번째 측실, 아사벨라가 나의 여동생이지."

"그래? 그렇다면 그때 나를 납치하고는 어떻게 하려고 했었지?"

"처음엔 간단하게 죽일까 했었는데 널 보고는 생각이 바뀌었어! 이렇게까지 네가 예쁜 줄은 몰랐지! 그래서 나의 첩으로 삼을까 생각했었는데 그런 식으로 네가 도망을 가버릴 줄이야……."

결국 나는 분을 참지 못하고 주먹을 그의 얼굴에 날렸다. 그러나 엔카루스가 가만히 앉아서 나의 주먹에 맞아줄 리는 없었기 때문에 그는 나의 손목을 꽉 움켜잡았다. 나는 연약한 소녀의 육체를 가지고 있기 때문에 그의 힘을 당해내지 못했다.

"이거 놔! 곧 있으면 에드가 올 거야!"

"에드? 그 허약한 녀석 말인가? 훗… 그 녀석이라면 내가 아까 올 때 잠시 잠재워 놨는데?"

"뭐?"

"걱정 마! 그냥 잠만 재웠을 뿐이니깐."

"어?"

그때, 그의 얼굴 뒤로 무언가가 나의 눈길을 끌기 시작했다. 그것은 근처에 서 있던 평범한 나무였는데, 그 나무가 갑자기 무시무시하게 빠른 속도로 자라나기 시작한 것이었다. 그것도 한쪽 방향으로……

자라난 그 나무의 줄기는 곧장 엔카루스에게로 뻗어왔고, 엔카루스의 팔과 다리를 친친 동여매기 시작했다.

"아앗!"

나무줄기는 마치 거대한 구렁이가 되어 꿈틀대는 것처럼 엔카루스를 사정없이 동여매었고, 너무 순식간에 일어난 일이라 미처 검을 뽑아내지 못한 엔카루스는 마법을 쓰기로 했는지 뭔가 중얼중얼대며 캐스팅을 하기 시작했다.

"파이어 에로우!!"

캐스팅을 마친 그는 낮게 마법의 시동어를 외쳤다. 그러자 세 개의 불의 화살이 그의 근처에서 생기더니 그에게 묶인 나무줄기를 공격했다.

화르르~!!

불이 붙은 나무줄기는 움찔하는 듯한 모양새를 잠시 보였고, 이로 인해 잠시 틈이 생긴 것을 틈타 엔카루스는 검을 뽑아내어 나무줄기들을 싹뚝싹뚝 잘라내기 시작했다. 그러나 나무줄기들은 계속 자라났고, 이번에는 나무줄기 중 하나가 엔카루스의 목을 향해 순식간에 다가왔다.

물론 정신없이 쏟아져 나오는 나무줄기들을 잘라내느라 엔카루스는 그것을 미처 피하지 못했고, 결국 목이 졸리고 말았다.

"크흑!!"

"아… 아멘시타?"

나는 새하얗게 질린 얼굴로 이 나무에 아멘시타가 들어온 것을 짐작하고는 낮게 그의 이름을 불러보았다. 하지만 대답은 없었다.

잠시 엔카루스의 목을 조르는 듯하던 나무줄기는 어느덧 힘이 빠졌는지 스르르 풀려나게 시작했다.

"아! 죽었어……."

나는 나직이 중얼거렸다.

"뭐?"

죽다 살아난 엔카루스는 자신의 목을 어루만지며 나의 말에 반문했다.

"저 나무, 죽었어… 자신의 수명을 잔뜩 써서 한순간에 자라나 버린 탓에 죽어버렸어! 히잉~ 네 탓이야! 저 나무에는 아멘시타가 들어와 있을 텐데… 나를 구하려다 죽어버렸단 말이야! 돌려줘, 이 자식아! 우에엥~"

불에 타고 토막난 나무줄기를 보며 내가 울어버리자 엔카루스는 당황한 표정을 지으며 어쩔 줄을 몰라 했다.

"라비스! 그게 무슨 말이야? 아멘시타가 저 나무에 들어와 있다고? 혹시 아멘시타라는 존재가 나무 정령이야?"

"흐어엉……."

화려한 꽃들이 만발한 후원 안의 정자에 두 남녀가, 그것도 한창나이의 청춘의 두 남녀가 단둘이 있으면서, 여자는 울고 있고 남자는 어쩔 줄을 몰라 하고 있다면, 사정을 모르는 다른 이들은 무슨 상상을 할까?

게다가 하늘은 푸르름을 자랑하며 화창하게 개어 있었고 은은한 꽃

향기가 섞인 실바람까지 불어 나를 주위로 한 배경은 정말 로맨틱한 분위기를 한껏 연출하고 있었다. 다만⋯ 조금 문제가 되는 것이 있다면, 그것은 내가 서 있는 주위로 아무렇게나 굴러다니는 나무토막들이었다. 아니! 아멘시타가 잠시 몸담았던 나무의 잔해라고 해야 되나?

지금까지 두꺼운 낯짝으로 어느 것에도 흔들림이 없을 것 같던 엔카루스의 뻔뻔한 얼굴은 무척이나 당황스러운 얼굴로 나에게 뭐라 말하지도 못하고 그저 바라보고만 있었다.

"어떻게 할 거야? 아멘시타는 내가 의지했던 몇 안 되는 존재 중 하나였는데! 네가 죽였어!"

내가 표독스럽게 소리치자 이번만큼은 그는 미세하게 움찔해 보였다. 그러나 나에게 뭔가 할 말이 생긴 듯 입을 열려고 하였으나 나는 그에게 말할 기회를 주지 않았다.

"당장 꺼져! ×자식! 다시는 내 앞에 나타나지 마!!"

그러자 그는 그의 특유의 무표정하고도 잘난 척하는 듯한—흔히들 재수없는 표정이라 말하죠!—차가운 얼굴이 되더니, 나에게 입을 열었다.

"좋아! 라비스, 네 말대로 당장 네 앞에서 사라져 주지! 하지만 이것만은 말해야 하겠군! 네가 말하는 아멘시타가 만약 나무 정령이라면 아멘시타는 죽지 않았어. 쿡! 어쨌든, 오늘 내가 너를 찾아온 보람은 있군!"

"그게 무슨 소리야?"

아무리 얄미운 엔카루스였지만 궁금한 것은 궁금한 것이었기 때문에 나는 의아한 얼굴로 그에게 물었다.

"방금 태자궁의 시녀가 이곳을 지나갔지! 물론 우리 둘의 다정한 모습도 보았고. 얼마 안 있으면 꽤나 흥미로운 스캔들이 이곳 태자궁을 돌겠는데?"

　나로서는 황태자가 나와 엔카루스의 사이를 의심한다 하더라도 별 상관은 없었지만, 그것은 내 생각처럼 그리 간단한 일이 아니었다.

　며칠 전에 나는 앤시아로부터 한 가지 이야기를 들었었는데, 프레야 왕비가 황태자비였고 지금의 왕이 황태자였던 시절에 왕에게는 여러 명의 측실이 있었다고 했다. 그런데 그중 하나가 어떤 기사와 바람을 피우는 바람에 이에 노한 왕은 그 후궁과 기사를 사형에 처했다는 어처구니없는 이야기였던 것이다.

　그래서 나는 목숨을 보전하기 위해서라도 그런 스캔들에 휘말려서는 안 되었기 때문에 부글부글 끓는 화를 억지로 누르며 낮은 목소리로 그에게 입을 열었다.

　"엔카루스! 나에게 이런 일을 하는 이유가 뭐지? 네 동생 때문이야?"

　"글쎄… 잘 모르겠는데? 하지만 분명한 것은… 나는 네가 황태자와 잘 사는 꼴은 못 본다는 거지! 의미는 네 마음대로 생각해! 아, 이만 가 봐야겠군."

　그는 애매모호한 말을 하고는 그대로 돌아서서 발걸음을 떼기 시작했다. 하지만 나는 그에게 더 할 말이 남아 있었다. 그래서 그의 등을 향해 약간 높인 음성으로 입을 열었다.

　"만약 그런 소문이 돌아 황태자의 귀에 들어간다면 너 역시 무사하지 못할 텐데?"

　그러자 그는 발걸음을 멈추고는 돌아서서 나를 바라보았다.

　"아! 그렇군. 역시 라비스는 영리하다니깐! 후훗… 난 당장 눈에 보이는 것만 생각하는 성격이라서… 만약 황태자의 불호령이 너와 나에게 떨어진다면 그때 가서 생각해 보도록 하지! 그럼, 다음에 또

보자구!"

그렇게 무책임한 말만 늘어놓고는 그는 그대로 돌아서서 가버렸다.

'무슨 속셈이지? 엔카루스… 정말 신경 쓰이는 놈이야!'

*　　　　*　　　　*

나는 나의 침실의 침대 위에서 한 시간째 정좌를 하고 앉아 있었다. 그동안 책에서 배운 대로 공기 중에 어딘가에 퍼져 있는 마나를 느끼기 위해서였다.

꼬르르…….

저녁도 먹지 않고 계속 이 짓을 하고 있었더니 뱃속에서 아까부터 밥 달라고 난리를 치고 있었다.

'웅~ 배고파! 루이스에게 밥 좀 갖다 달라고 할까나?'

그렇게 생각하며 나는 자리에서 일어났다. 그리고는 화장대 앞으로 걸어가서 묶어놓은 황금빛 머리채를 풀어 빗으로 빗어내리기 시작했다. 살짝 웨이브가 진 나의 머리카락이 촛불의 빛에 반사되어 화려하고도 매혹적인 황금빛으로 빛나고 있었다. 마치 순금 가루를 머리카락에 뿌려놓은 듯했다.

"훗… 이젠 이런 나의 모습에도 적응을 한 것인가? 하는 짓이 정말 계집애가 다 되어 있군! 입고 있는 드레스도 이젠 너무나 익숙하고… 역시, 영혼은 육체에 몸담고 있는 동안은 그 육체의 속박을 받는 것일지도…….."

그렇다면, 남자의 영혼도 여자의 육체로 들어간다면, 전에 있던 성격과 기질과는 관계없이 완벽한 여자가 된다는 것일지도 모른다는 생각이 들었다.

'휴우~ 그러면, 나는 이 육체에 있는 동안은 계속 여성화가 되겠네. 그러다 언젠가는 영혼마저도 완전한 여자가 되고 말겠지! 이건 정말 슬픈 일인데… 이젠 익숙해져서 별다른 감흥도 못 느끼겠어! 제길… 제길!'

그때, 다소 다급하게 느껴지는 익숙한 시종의 목소리가 방문 밖에서 들려왔다.

"황태자 전하 납……."

하지만 그가 말을 미처 끝맺기도 전에 침실의 방문이 벌컥 열어젖혀졌다.

'후유~ 역시 그가 뭔가를 듣고 온 모양이군.'

나는 차분한 태도로 황태자를 향해 고개를 돌리고는 평소보다 더 화사한 미소를 방긋 지어 보이며 그를 맞았다.

"미카엔! 오늘은 무지 일찍 오셨네요?"

하지만 그는 웬일인지 나의 말을 씹고는 그대로 나를 지나쳐 쇼파로 걸어가서 털썩 앉았다. 항상 부드럽기만 한 그에게서 썰렁한 기운이 풀풀 나는 것이 왠지 불길하기 짝이 없었다.

"라비스? 내가 왔으니 어서 론티아 꽃잎 차를 내와야 하겠지?"

"네?"

그의 착 가라앉은 목소리에 나는 식은땀이 다 났다. 그가 그러한 말을 한 것을 보니 내가 그동안 론티아 꽃잎 차로써 그를 재워왔다는 것을 알아챈 모양이었다. 그렇다면 나의 죄가 한 가지 더 추가되는 셈이었다.

나의 얼굴이 창백해지는 것 같았다. 그러한 나의 핏기없는 얼굴을 황태자는 무표정한 얼굴로 말없이 바라보았다. 나 역시 그의 표정없는 눈길을 말없이 받아내며 한동안 그렇게 있었다. 그리고 그가 다시 입을 열기를 나는 기다렸다.

그가 다음에 말할 내용이 어쩌면 나의 운명을 좌우할지도 몰랐다. 이럴 때에는 보통 여자들은 자신이 살기 위해서 황태자에게 온갖 애교를 떨지도 모른다. 하지만 나는 말없이 그저 그의 눈길만 담담히 받아낼 뿐이었다.

그렇게 무겁게만 느껴지는 얼마의 시간의 흘러가고 드디어 황태자의 입이 열렸다.

"역시 넌 달라! 후훗… 그런데, 라비스! 론티아 꽃잎 차는 향은 좋은데 마시고 나면 너무 졸려서 말이야! 훗… 아무래도 이젠 차는 마시지 말아야 하겠어! 라비스의 아름다운 얼굴을 보는 시간이 줄어들잖아? 하아~ 그나저나 나도 정말 큰일이군! 아무리 언짢은 일이 있더라도 라비스의 얼굴만 보면 이렇게 풀어지고 마니……."

그렇게 나를 한동안 바라보던… 아니! 나 역시 그를 마주 보았으니 잠시 동안 눈싸움을 했다고 표현해야 더 어울릴 것이다. 어쨌든 냉랭한 황태자의 얼굴에서 점차 표정이 생기는 듯하더니, 이윽고 낮은 웃음소리를 내며 나에게 말을 한 것이다.

'뭐, 뭐야? 저 표정 변화는… 그렇다면 나를 용서하겠다는 뜻인가?'

그의 말에 나는 약간의 혼란스러움을 느껴졌지만 내색은 하지 않고 그를 말없이 바라보았다. 그러자 황태자는 무거웠던 분위기를 바꾸려 함인지 화제를 일상적인 것으로 바꾸었다. 그가 이렇게 금방 태도를 바꾼 것이 나로서는 이해가 가지 않았지만 어쨌든 좋은 것이 좋은 거라고 불안한 심기를 죽이며 그를 계속 바라보았다.

"아! 근데, 마나 느끼는 일은 잘 되어가?"

"아니요."

나는 고개를 가로저으며 그의 말에 답했다. 그러자 황태자는 빙긋 웃더니 입을 열었다.

"저런! 라비스의 시무룩한 표정이라니… 마나가 잘 안 느껴져서 많이 속상한 모양이지? 아무래도 오늘 밤은 라비스의 마법 선생이 되어야 하겠군!"

꼬르르…….

그때, 주책맞게도 분위기 파악을 못한 나의 뱃속이 또다시 밥 달라고 아우성이었다.

"풋! 라비스, 아직 저녁을 안 먹었어? 으흠… 저녁부터 먹는 것이 좋겠군! 사실 나도 저녁은 굶었거든."

그는 그렇게 말하더니, 나의 침대 옆에 매달려 있는 어떠한 끈을 잡아 흔들기 시작했다. 그 끈은 바로 옆방의 루이스의 방과 연결되어 있기 때문에 그 끈을 잡아 흔들면 루이스의 방에 있는 작은 종이 울리게 된다. 이것은 웬만한 귀족 집에서 하녀나 하인을 부르기 위해 사용하는 일종의 호출 시스템(?)으로써, 전화기나 핸드폰이 없는 이곳에서는 널리 애용(?)되고 있었다.

곧, 루이스가 왔고 황태자는 그녀에게 저녁 식사 2인분을 가져올 것을 명령했다.

루이스가 가져온, 저녁 식사 상을 사이로 황태자와 나는 마주 보며 앉았다.

깨작깨작.

조금 전까지는 배가 고팠던 나였지만 황태자의 눈치를 보느라 입맛이 싹 달아난 나는 먹는 둥 마는 둥 하고 있었다.

"라비스! 왜 그렇게 못 먹어? 내가 먹여줄까?"

어느덧 장난기가 자수정빛 눈동자에 가득 맺힌 황태자는 나에게 그렇게 물었다. 물론, 그는 내가 안색이 변하며 그의 제안을 거절할 것이란 것을 잘 알고 있었기 때문에 일부러 그런 질문을 했을 것이다.

"에엑! 미카엔, 혼자 먹을 수 있어요!"

그리고 그의 기대에 어긋나지 않고, 나는 펄쩍 뛰며 그의 호의를 거절했다. 그러자 황태자는 그런 나의 모습이 재미있다는 듯이 웃음을 터뜨리며 입을 열었다.

"킥킥~! 역시 라비스는 너무 귀여워! 먹는 모습도 너무 예쁘고… 한 가지 흠이라면 애교 면에선 빵점이란 거지."

'그래… 애교가 없어서 퍽도 미안하다! 그런데 저 녀석의 심중을 알 수가 없네? 분명히 더러워진 기분으로 모든 일도 팽개치고 이곳을 찾은 것 같은데… 이대로 안심해도 될까?'

조금 전 냉랭했던 기운은 말끔히 사라지고 평소의 그의 모습으로 돌아와 있는 모습을 보며 나는 조심스레 입을 열었다.

"미카엔? 왜 나한테 이렇게 잘해주는 거죠?"

그러자 황태자는 여전히 웃음기를 지우지 않은 채 나에게 말했다.

"남편이 사랑스러운 아내에게 잘하는 것은 당연한 것이지! 설마 라비스! 내가 너에게 잘하는 것에 대해 불만있는 것은 아니겠지?"

"하하… 불만은 없지만……."

물론 그가 나에게 한마디 한마디를 할 때마다 내가 닭이 될 것 같다는 말은 하지 못했다. 나의 운명을 쥐고 마음 내키는 대로 행동할 수 있는 황태자의 앞에선 무조건, 조신하게 행동하는 것이 앞으로 내가 살

길이었기 때문이었다.

하지만 언제까지 이렇게 살 수는 없는 일이었다. 그러기 위해서는…

'나도 강해져야 하겠지? 물론 드래곤을 한 방에 때려눕히는 것까지는 안 바래도 나의 몸을 지키고 숨길 줄은 알아야 하겠지……'

만약 그렇게 나의 힘이 강해진다면, 저 느끼한 황태자 녀석의 눈을 피해 다른 나라로 피신해 가서 위대한 현자나 마법사 노릇을 하는 것도 좋을 것 같다는 생각을 해보았다. 그렇게 허황된 생각을 하며 마음을 잡은 나는 황태자에게 방긋 웃어보이며 입을 열었다.

"미카엔! 오늘 밤은 미카엔이 나의 마법 선생이 되어준다면서요!"

"물론 라비스가 원한다면 기꺼이 그대의 마법 선생이 되어드리지! 하지만 조건이 있어!"

'에휴~ 절대로 공짜는 없는 녀석이군! 흐음… 근데 이상한 것을 요구하면 어쩌지?'

내심 불안감이 느껴지긴 했지만 짓궂은 생각이 든 나는 내가 먼저 선수를 치기로 마음먹었다. 그래서…

"조건이라니요? 그럼, 제가 키스라도 해드릴까요?"

그러자, 황태자의 투명함을 자랑하며 뽀얗던 얼굴이―남자 주제에 웬만한 여자보다 피부가 더 좋다―확 달아오르더니 잘 익은 홍당무가 되어 순간 당황하는 모습을 보였다. 그는 내가 이렇게 나올 줄 몰랐을 것이다.

'흐음… 엔카루스 못지않게 뻔뻔할 줄 알았는데 그게 아니었네? 훗! 잼있다.'

예전 이도현이었던 시절이었을 때도 나는 나의 말 한마디에 상대방이 당황하는 모습을 은연중에 즐기곤 했는데, 지금 라비스가 되어서도 나는 그 버릇을 버리지 못하고 있었다.

"황태자님! 얼굴이 붉어지셨네요? 더우세요?"

나는 천연덕스럽게 놀라는 표정을 지으며 그에게 묻자, 그는 더욱 얼굴을 붉히며 나에게 심통난 듯이 입을 열었다.

"붉어지긴 누가 붉어졌다는 거야? 흠, 그런데 방 안 공기가 좀 덥군! 환기나 시킬까?"

그렇게 말하면서 슬쩍 자리에서 일어나 창밖 베란다 쪽으로 걸어갔다. 물론 황태자의 의외의 반응에 재미를 붙인 나는 그의 뒤를 따라나갔다.

황태자는 뒷모습을 보이며 수많은 별들이 총총히 떠 있는 하늘을 올려다보고 있었는데, 그는 어느새 침착함을 되찾았는지 다소 고요해 보이는 얼굴이 되어 있었다.

그때, 약간 선선한 바람이 불어와 황태자의 가느다란 은빛 실 같은 머리카락을 휘날리게 했다.

"정말 멋진 하늘이지?"

황태자는 계속 하늘을 올려다보며 나에게 입을 열었다.

"그렇네요……."

"사실 난 너에게 마법을 가르쳐 주는 게 썩 내키지가 않아……. 너에게 날개를 달아주면 저 하늘로 날아 올라가 버릴 것 같거든……. 하지만 라비스는 마법 배우는 것을 원하지?"

"……."

"가르쳐 줄게… 처음엔 그저 라비스의 기뻐하는 얼굴이 보고 싶어서 마법을 가르쳐 준다고 한 것이었는데, 지금은 왠지 불길한 생각이 들어. 너에게 마법을 가르쳐 주면 언젠가는 꼭 후회할 것 같거든……."

그는 그렇게 말하고는 돌아서서 나를 바라보았다. 그리고는 싱긋 웃
더니 계속 말을 이었다.

"라비스… 눈 감아봐!"

그의 말에 나는 별 생각 없이 눈을 감았다. 그러자 사락거리며 그의
옷깃이 스치는 소리가 나더니 무언가 부드러운 것이 나의 입술에 와
닿았다.

놀란 나는 눈을 떠보았고, 곧 신비한 광경이 나의 눈앞에 펼쳐지기
시작했다. 예전에 한번 본 적이 있었던 은빛의 빛무리가 회오리치듯
나의 주위로 휘몰아치기 시작했고, 그 빛들은 모두 나에게 빨려들 듯
몰려들더니, 나의 육체로 스며들기 시작했다.

"미… 카엔?"

나의 육체를 꽁꽁 얼려 버릴 듯한 기운들이 갑자기 내 몸 안에서 요
동을 치기 시작했고, 그것을 견디지 못한 나는 힘을 잃고 쓰러지면서
그의 이름을 가까스로 불러보았다.

이제 막 돋아난 듯한 연녹색의 신록이 부드러운 바람에 살랑거리고
있었고, 푸른빛을 띠기 시작한 잔디는 그 싱그러움을 자랑하고 있었다.
경쾌한 새소리가 나의 귓가를 즐겁게 해주었고, 꽃 향기가 섞인 봄내음
이 나의 코끝을 간질였다.

"라비스! 이리 온. 까하하… 다니엘, 정말 예쁘지 않아요?"

이곳은 굉장히 익숙했다. 그리고 나를 부르는 저 여인의 목소리도
어쩐지 익숙하게 들렸다.

'아! 여긴 크로시벨 가의 후원……'

나는 나를 부르는 여인에게로 달려갔다. 하지만 지금의 나는 너무

어려서 뛰어봤자 뒤뚱거리는 걸음걸이 이상은 빨리 뛸 수가 없었다.

"엄마아~!!"

나이를 많이 먹어 보이는 나무의 굵은 가지에 그네를 매달아놓았는데, 그녀는 그곳에서 그네를 타고 있었다. 황금빛 긴 머리카락에 황금빛 눈동자… 라비스의 모습과 굉장히 닮아 있었지만 그녀는 더욱 성숙해 보였다.

내가 그렇게 그녀의 품으로 뛰어들자 그녀는 나를 안아 들었고, 나의 얼굴을 부비부비하며 끊임없이 웃음소리를 내었다.

"하하하… 셀레나! 그러다 라비스의 얼굴이 닳아지고 말겠소!"

그녀의 뒤에 서 있던 다니엘의 얼굴이 보였다. 그는 지금보다 10년 이상은 젊은 얼굴을 하고 있었다. 그리고 평소 그에게서 결코 볼 수 없었던 따뜻한 미소가 얼굴 전체에 머물러 있었고 부드러운 눈길로 나를 바라보고 있었다.

"그래도 너무 이쁜걸요! 나는 라비스를 이 세상에서 제일 행복한 숙녀로 키울 거에요!"

*   *   *

"라비스님? 흐흑… 정신 좀 차리세요!"

'이건 루이스의 목소리?'

나는 감았던 눈을 천천히 떠보았다. 그러자 눈에 눈물이 고여 있었는지 눈을 뜨자마자 주루룩 눈물이 볼을 타고 흘러내렸다.

"추워, 루이스……."

정신이 어느 정도 들자, 나는 온몸이 바르르 떨리는 극심한 추위를 느끼며 그녀에게 입을 열었다.

"아니! 이런 초여름의 날씨에 솜이불을 잔뜩 뒤집어 쓰셨는데도 추우세요? 이를 어째? 도대체 무슨 일이 있으셨길래……. 라비스님! 제가 따뜻한 수프를 끓여왔으니 어서 먹고 기운을 차리세요!"

"응, 근데 루이스! 나 이상한 꿈을 꾼 것 같아! 그것 때문에 눈물이 나온 것 같은데… 왜 이렇게 잘 생각이 나지 않지? 뭔가 행복한 꿈을 꿨던 것 같은데……."

그러자 루이스는 자상하고도 포근해 보이는 미소를 나에게 지어 보이며 나를 토닥였다.

"아마도 라비스님의 어머니에 대한 꿈을 꾸셨겠지요! 라비스님은 어릴 적부터 말씀하시곤 하셨죠. 어머니의 꿈을 꾸는 날이면 그날은 정말 행복하다고……."

"아! 그리고 보니 굉장히 그리운 느낌의 꿈이었던 것 같아!"

"호호… 그러셨어요? 행복한 꿈 이야기도 좋지만 수프가 다 식겠어요! 얼른 드세요!"

루이스는 은접시에 담긴 수프를 들고 나를 채근하기 시작했고, 그런 그녀를 보며 나는 피식 웃었다.

"알았어! 루이스."

뜨거운 수프가 나의 뱃속으로 들어가자 나의 체온도 따라 올라가는지 추위도 어느 정도 가셨다. 나의 몸 안에서 휘몰아치는 듯한 차가운 기운도 이제는 잠잠해진 듯 몸과 마음이 평안해졌고, 그로 인해 기분까지 괜스레 좋아졌다.

"앗! 라비스님, 천천히 드셔야죠! 스푼은 놔두고 그냥 마셔 버리시면 어떡해요?"

"잘 마셨어! 루이스… 음, 이젠 몸도 거뜬해졌으니 일어나야겠어!"

접시를 그녀에게 주며 나는 몸을 벌떡 일으켰다. 약간 어질했지만 내가 몸을 움직이는 데에는 그리 문제될 것은 없을 것 같았다.

"어? 벌써 해가 중천에 떴네? 앗! 그리고 보니, 미카엔 녀석! 어제 마법 가르쳐 준다고 해놓고 가르쳐 주기는커녕 나에게 무슨 짓을 한 거지? 가르쳐 주기 싫으면 말로 할 것이지! 괜히 술수 써서 나를 기절시킨 거냐고!!"

그제야, 어젯밤에 창밖 베란다에서 기절했던 것이 생각난 나는 황태자에 대한 험담 비슷한 말을 늘어놓으며 뒤늦게 분개했고, 그런 나의 모습을 본 루이스는 까무잡잡했던 얼굴이 하얗게 질리며 나에게 말했다.

"라비스님! 황태자님께 그런 불경한 말씀을 하시다니요? 그러다 누가 듣기라도 한다면……."

"흥! 듣긴 누가 듣는다고 그래? 아웅~ 그냥 마법 공부나 해야겠다."

그녀에게 그렇게 시큰둥한 얼굴로 대충 응수해 주고는 나는 베란다에 의자를 하나 갖다 놓고 그곳에서 책을 펼쳐 들었다. 그러자 제법 따가워진 햇살이 나의 피부에 와 닿았다.

"라비스님! 그곳에서 책을 보시면 피부가 상하고 말 거예요!"

"나도 알아! 하지만 밖의 공기를 쐬면서 하고 싶어."

그녀에게 그렇게 말하고는 기이한 문자들이 어지럽게 쓰여진 책을 들여다보았다. 그리고 나름대로 집중을 하며 그 문자들을 이해하려고 노력을 하고 있는데, 밑에 시녀들이 지나가면서 떠드는 소리가 문득 들려왔다.

"요즘 아사벨라님 정말 고소하다는 생각이 들지 않니? 그동안 혼자 잘난 척, 황태자비님마저도 무시하고 그랬었잖아?"

"맞아! 정말, 게다가 성격도 좋지 않아서, 아사벨라님에게 당한 시녀들도 한둘이 아닐걸?"

"킥킥! 그동안 황태자님이 몇 번 찾아주셨다고 그의 총애를 얻은 것처럼 으스대더니 정말 안되었어! 라비스님이 들어오신 뒤로 황태자님은 매일같이 라비스님만 찾으시잖아?"

"하지만 황태자비님이 너무 가련하지 않아? 이젠 황태자님의 얼굴 구경조차 하기 힘들어졌을 거 아냐?"

"하긴, 그래……."

붉은 머리 소녀의 말 끝으로 그녀들의 말소리는 멀어져 갔다.

'흐음… 그러고 보니, 난 아직 황태자비의 얼굴을 보지 못했네? 언제 한번 안부 인사 겸, 찾아가 볼까?'

그렇게 생각하며 나는 다시 책에 몰입을 했다. 그러기를 두 시간…….

"앗! 마나의 흐름이 느껴지네? 드디어 찾아냈어! 우와~ 신기해! 그럼, 이젠 매직 미사일의 스펠(마법 주문)을 완성해 볼까?"

나는 흥분을 감추지 못하며 마나의 흐름과 성질에 맞는 스펠을 만들어가기 시작했다. 물론 기초 마법에 속하는 매직 미사일을 만들어내는 일이었지만, 나는 30여 분 간을 끙끙거리며 머리를 쥐어짜 내었다. 잘 돌아가지 않는 머리… 쥐가 날 지경이었다.

"히잉~ 수학의 미적분 푸는 일보다 수천 배 어려운 일인 것 같아! 새삼 마법에 탁월한 소질을 보이는 미카엔이 존경스러워지네!"

스펠을 다 완성한 나는 그것을 나직히 읊조렸다.

"후훗… 이젠 시동어만 외치면 되겠군! 그런데 어디에 쏘아 보낼

까나?"

나는 잠시 고민하다가, 그냥 정면의 허공 위로 쏘아 올리기로 맘을 먹고 첫 번째 마법 시동어를 외치는 역사적인 이 순간을 잠시 기쁜 마음으로 누렸다.

"나가라! 매직 미사일~!"

그냥 매직 미사일이라 외쳐도 되지만 조금 폼나게 하고 싶었던 나는 매직 미사일이란 단어 앞에 '나가라!' 라는 단어를 멋지게 덧붙였다. 그러자 내가 서 있는 근처의 허공에서 마나로 보이는 은빛의 작은 빛무리가 결집되더니 금세 한 개의 화살 형태로 형상화되었다.

"꺅! 멋져! 내가 마법을 쓰다니! 역시 난 천재였던가?"

그렇게 흥분을 나는 자화자찬하며 수선을 피웠다. 그러나 어느덧 한 개의 화살 형태를 갖춘 그것은 내가 발동한 매직 미사일이 아니라 아이스 미사일이었다.

슈웅~!

그것은 단숨에 날아가더니, 황태자궁 중에서 가장 높아 보이는 건물의 지붕으로 날아가 파박! 소리를 내었다. 그리고 그와 함께 홈집이 난 지붕의 부스러기가 떨어지며 나를 경악으로 치닫게 만들었다.

"허걱! 저게 뭐야? 난 아이스 미사일을 만든 적이 없는데? 게다가 황태자궁의 지붕에 가서 맞다니! 난 이제 죽었다."

여기는 왕비가 머무는 장미궁.

역시 왕비가 머무는 궁이라 그런지 다른 후궁전하고는 비교도 되지 않을 만큼 그 크기가 어마어마했고 건축물의 정교함과 우아함, 그리고 화려함이 극치를 이루고 있었다. 게다가 보는 이로 하여금 주눅에 들게 하는 위엄마저 서려 있어, '로히안스 왕국'에서 여인으로서는 제일 가는 권위를 지닌 왕비가 머물고 있음을 은연중에 나타내었다.

지금 내가 머물고 있는 곳은 그러한 장미궁의 응접실…….

프레야 왕비는 나를 비롯한 황태자비와 아사벨라, 그리고 유리스를 불러 한자리에 모아놓고 우아함 몸짓으로 차를 마시고 있었다. 아마도 그녀의 며느리(?)들과 함께 티타임을 즐기고 싶었던 모양이었다.

"황태자비! 그대는 요즘 바깥 출입을 거의 안 하는 것 같더군. 혹여, 건강이 좋지 못한가?"

"황공하옵니다. 제가 요즘 감기 몸살이 있어서 그동안 왕비 전하를 자주 찾아뵙지도 못했습니다. 용서하세요."

약간 가냘프다는 느낌을 주는 붉은 머리의 여인이 왕비에게 변명 비슷한 말을 아뢰며 머리를 조아려 보였다. 그러자 왕비는 살짝 미소를 지으며 입을 열었다.

"감기 몸살이라니… 쯔쯧, 그대는 몸이 허약한 편이니 몸조리에 신경을 좀 더 쓰도록 하시오."

"망극하옵니다."

'흠… 사극에서나 나오는 단어들이 여기서 불쑥불쑥 튀어나오는군! 그런데 저 황태자비라는 여자… 왠지 가냘퍼 보여서 남자들이 지켜주고 싶어하는 타입인데 왜 황태자의 관심을 그리 못 받는 것이지? 얼굴도 저 정도면 중간 이상은 되고… 몸매는 날씬하긴 한데 너무 밋밋하군!'

왕비와 황태자비의 대화를 들으며 나는 그렇게 잡생각에 빠져 있는데…….

"…비스! 그대는 무슨 생각을 그리 골똘히 하는가?"

어느덧 왕비의 시선이 나에게 옮겨져 있었는지, 나를 질책하는 듯한 왕비의 목소리가 들려왔다. 그녀의 목소리에 퍼뜩 놀란 나는 헤헤 웃으며 슬쩍 넘어가는 말을 했다.

"황태자비님께서는 정말 품위있으시고 아름다우신 분이라 생각하고 있었습니다. 그런데 건강이 좋지 못하시다니… 하루빨리 쾌차하시길 빌겠습니다."

빨리 쾌차하라는 부분에서는 황태자비를 향해 고개를 돌려 그녀에게 방긋 웃어 보였다. 그러자 그녀는 고맙다는 의미의 미소를 나에게 살짝 지어 보였다. 가냘픈 그녀의 인상답게 성품도 매우 얌전한 모양이었다.

"호호… 황태자비가 품위와 여인으로서의 덕목을 갖추긴 했지만 미색으로서는 그대가 출중하지! 그대라면, 예전에 여신의 미모를 갖았다는 크리스티나 아르젠하고도 비교할 수 있지 않을까?"

그런 그녀의 말에 나는 살짝 얼굴을 붉히며 조신하게 입을 열었다. 물론 나의 이러한 행동은 왕비에게 잘 보이기 위한 연기에 불과했다.

"과찬이시옵니다, 왕비 전하!"

'에구~ 내가 지금 뭐 하는 짓이다냐?'

퍽이나 여성스러운 나의 행동에 치를 떨면서도, 나는 조금도 내색을 하지 않았다. 연기는 이왕 할 거면 완벽해야 하니… 역시 표정 관리에 뛰어난 나답게 연기에도 능숙했다. 얼굴을 일부러 붉히는 일이란 아무나 할 수 있는 일이 아니었기 때문이다.

아무튼 나는 옆에 앉아 있는 아사벨라를 힐끔 보았다. 그러자 왕비가 나를 칭찬하는 말을 한 것이 배가 아픈지, 별로 좋지 못한 얼굴을 하고 있는 아사벨라의 얼굴이 눈에 들어왔다.

'그나저나 여기 온다고 했을 때 괜히 떨었네! 그냥 차만 마시는 것뿐 이잖아?'

처음 왕비가 나를 찾는다는 말을 앤시아가 전했을 때 무지하게 긴장 했었다. 황태자궁의 지붕에 흠집을 내놓은 직후라 내심 찔렸던 나는 왕비가 내가 저지른 일에 대해 추궁하려는 것이 아닌가 했었다.

그 이유는, 내가 쏘아 보낸 아이스 미사일 때문에 왕성이 한바탕 뒤 집어졌었기 때문이다. 그 덕분에 왕실 마법사들이 총출동을 했었고, 왕실 기사들이 우왕좌왕했었으며, 몇몇 왕실 치안을 담당하는 관리들 이 왕에게 추궁을 받았다.

그때, 왕실 마법사 중에서 마스터 급으로 보이는 흰색 로브의 마법 사가 이러한 말을 해서 나를 더욱 웃기게 하였다. 그의 말로는…

"누군가가 황태자궁에 경고성의 공격을 한 것이 틀림없습니다. 지금까지 조사한 바로는, 그는 아무래도 인페르디아 국의 첩자로 보입니다. 그는 황태 자님이 쓰시는 빙계 마법과 매우 비슷한 성질의 마나를 사용하였는데, 그로 인해 추적이 불가능합니다. 이렇게 왕성 중심부까지 잠입하여 그런 기술을 쓴 것으로 보아 매우 대단한 마법사임에 틀림없습니다."

물론 그러한 일들은 모두 내가 대충 보고 시녀들에게 들은 내용들이 었다. 어쨌든 내가 친 사고는 그렇게 황당하게 끝을 맺게 되었고, 지금 은 이렇게 여유있게 장미궁에서 차를 마시고 있는 것이다.

"…그런데 왜 그대들에게 미카엔의 후사가 없는지 정말 걱정이오! 이제 미카엔의 나이도 스물셋이나 되는데……."

내가 또 그렇게 잡생각에 빠져 있는데, 왕비의 한숨 섞인 말소리가 들려왔다.

'엥? 이렇게 부인들이 많은데 자식이 아직 아무도 없어?'

게다가 황태자비는 황태자의 정실이 된 지 3년이나 지났기 때문에 그녀에게 아직 자식이 없다는 것이 조금은 의아하게 생각되었다.

그래서 황태자비를 비롯한 후궁들의 얼굴을 슬쩍 바라보니, 그녀들은 매우 민망한 표정들을 짓고 있었다. 하지만 나는 그녀들이 왜 그런 표정을 짓고 있는지는 알 길이 없었기에 그저 풀리지 않은 궁금증으로 가슴에 묻어두어야 했다.

"음… 벌써 날이 저무는군! 그대들은 이만 물러가도록 하시오!"

"네에……."

왕비의 말에 황태자의 부인(?)들은 모두 자리에서 일어났다. 나 역시 그녀들과 함께 자리에서 일어나 응접실을 나오려 하는데…

"라비스!"

왕비가 나를 불러 세웠다. 그래서 걸음을 멈추고 그녀를 바라보니, 그녀는 몸을 일으켜 천천히 나에게 다가오더니 나직히 입을 열었다.

"라비스! 그대는 미카엔의 사랑을 받는 유일한 인간이다. 난 그대를 지켜볼 것이니… 처신을 잘하도록 하시오! 미카엔, 그에게 받는 것이 많아질수록 그대가 받는 질투와 미움도 커질 것이란 것을 그대는 유념하도록 하시오."

그렇게 매우 의미심장한 말을 나에게 하는 것이었다. 게다가 그러한 말을 하는 그녀의 표정 역시 지금까지의 엄숙하고 자애로운 얼굴이 아니었다. 뭐라고 말해야 할까? 굉장한 카리스마적인 아름다움이 느껴지는 그러한 젊은 여인의 얼굴이랄까? '남자'라면 누구나 매혹되어 버릴 아름다움과 두려움이 동시에 그녀에게서 느껴졌다.

나는 절로 후들거리며 떨리는 다리를 간신히 지탱해 서며 그녀의 눈을 똑바로 쳐다보았다. 프레야 왕비가 자신의 드래곤 피어를 살짝 담아 나를 바라보고 있다는 것을 알지 못했던 나는 지금 그녀에게서 느껴지는 두려움에 대해 의아해했다.

'혹시 이 여자도 이중인격의 소유자가 아닐까?'

나는 그러한 생각을 해보았다. 왕비는 핏기 사라진 나의 얼굴을 보며 계속 말을 이었다.

"너에게서 미카엔의 기운이 느껴지는군!"

왕비는 눈을 내리 깔고 잦아드는 목소리로 나에게 말했다. 그런 그녀를 보자 나는 이미 황태자비와 후궁들이 나가서 왕비와 나만 남게 된 응접실이 문득 갑갑하게 느껴졌다.

"왕비 전하?"

떨리는 목소리로 그렇게 내가 입을 열자, 왕비는 갑자기 표정을 바꾸더니 원래의 엄숙한 얼굴을 하였다.

"아! 내가 라비스의 시간을 너무 빼앗은 것 같군. 이제 그만 돌아가도록 하시오!"

그녀는 말을 마치고는 나에게 빙긋 미소까지 보여주었다. 물론 나는 그녀의 행동에 대해 의아해했지만, 그녀에게 따질 수도 없는 노릇이었기 때문에 고개를 숙여 그녀에게 인사를 하고는 그대로 응접실을 나왔다.

백합궁으로 돌아온 나는 서재에 들러 드래곤에 대한 책들을 모조리 골라내었다. 그리고 젊은 시종 두 명을 시켜 그 책들을 나의 침실로 옮기도록 하였다. 오늘 원래 계획은 1서클의 마나를 이루기 위한 첫발을 내딛는 것이었지만 약간 그 계획을 수정하기로 했다.

나의 방에다가 책들을 쌓아놓는 것을 본 루이스는 눈을 동그랗게 뜨고는 입을 열었다.

"아니! 라비스님… 설마 이 책들을 다 보시게요?"

"응!"

"이 책들을 보니 전부 다 드래곤에 관한 내용인 것 같은데… 이것들을 모두 읽어서 뭐 하시게요? 드래곤을 연구하는 학자가 되실 것도 아니고……."

"훗… 갑자기 드래곤에 대해 잘 알아두어야 할 일이 생겼거든! 적을 알고 나를 알아야 백전백승이라는 말도 있잖아?"

"네에? 전 무식해서 그런지 적을 알고 나를 알아야 백전백승한다는 말은 처음 들어보는데요?"

"그래?"

나는 그녀에게 대충 응수하고는 침대에 올라가서 가장 편안한 자세로 털썩 누운 다음 책을 펼쳐 들고 읽기 시작했다.

"으음… 골드 드래곤은 현명하고 사려깊은 존재… 어쩌고저쩌고… 인간 세상에 나타나 마법사나 현자들과 마법, 혹은 세상의 진리에 대해 토론하는 것을 즐기며… 그들은 지혜롭지만 자존심과 자부심이 다른 드래곤들보다 더 강하다? 흐응… 한마디로 인간 세상에 짜안 하고 나타나서 잘난 체하기를 좋아한다는 말이군! 그리고 그들은 선함과 악함을 넘어서서 언제나 중립을 고수하며… 에잇! 실버 드래곤 부분부터나 읽어보자! 실버 드래곤은… 대체적으로 친절하고 부드러운 성품을 가지고 있지만, 반면 드래곤들의 특징인 냉철함과 잔인성도 지니고 있어 약간 이중적인 모습을 가진 드래곤이다… 그들이 인간의 모습으로 세상에 나와 인간들을 대할 때에는 언제나 친절한 모습이지만, 그들은 다른 드래곤보다 훨씬 냉정한 성격을 가지고 있기 때문에 누구에게도 진실함을 보이지 않는 경우가 많다… 으음… 왕비는 그렇다 치고, 미카엔도 이런 이중적인 성격일까?'

그렇게 데굴데굴 침대 위에서 구르며, 책을 읽고 있으려니 졸음이 몰려왔다. 요즘 들어서 잠이 많아진 나였다. 그래서 그렇게 엎드린 채로 깜박 잠에 들었는데, 누군가가 나의 머리를 부드럽게 쓰다듬는 것을 느끼고는 퍼뜩 잠을 깨며 눈을 떴다.

"음, 미카엔? 언제 왔어요?"

흘렸던 침을 쓰윽 닦으며 내가 그렇게 묻자, 미카엔은 씨익 웃어보이더니 고급스러워 보이는 술병 하나를 나에게 보였다.

"라비스! 벌써 잠들면 어떻게 해? 오늘은 내가 너와 한잔하려고 이렇게 좋은 술까지 가지고 왔는데… 이게 뭔지 알아? 100년 가까이 묵은 최고급 레드 와인이지! 굉장히 맛있을 거야."

술이라는 말에 귀가 번쩍 뜨인 나는 벌떡 일어났다. 나는 '애주가'까지는 아니었지만 술을 종종 즐기곤 하였기 때문에 미카엔이 들고 온 와인이 매우 반갑게 느껴졌다. 게다가 아주 오래된 최고급 와인이라니… 나로서는 그동안 냄새도 못 맡아봤던 그런 고급 술이었기 때문에, 나는 금방 헤벌쭉해진 얼굴로 실실 쪼겠다.

미카엔은 두 잔의 크리스털 와인 잔을 진열대에서 꺼내오더니 쇼파에 털썩 앉아 피빛의 붉은 술을 잔에 또르르 부었다.

"와아~ 이거 굉장히 귀한 술일 텐데… 그냥 이렇게 마셔도 괜찮아요?"

"음, 괜찮아! 게다가 이건 라비스와 나를 위한 것이니깐 이왕이면 특별한 술을 마셔야겠지? 그리고……."

미카엔은 거기까지 말하더니 말끝을 흐렸다. 게다가 그에게 어울리지 않게 침울한 듯한 분위기도 감돌고 있어, 의아해진 나는 갸웃거리며 그에게 물었다.

"무슨 일 있어요? 표정이 영 아닌데……."

내가 그렇게 묻자, 미카엔은 땅이 꺼져라 한숨을 푹~ 내쉬더니, 무겁게 입을 열었다.

"나, 내일 루젠다르에 가게 될 거야……."

"루젠다르? 거기가 어디인데요?"

내가 여전히 갸우뚱하며 그에게 묻자, 미카엔은 그것도 모르냐는 얼굴로 나에게 답했다.

"루젠다르는 우리 나라 위쪽에 위치한 나라잖아? 여기서 엄청 떨어진 곳이지. 아마, 그곳에서 외교 사절로서 임무를 마치고 돌아오려면 시일이 꽤 오래 걸릴 거야……. 그렇게 되면 라비스의 얼굴을 얼마간 보지 못하게 될 텐데……."

그는 그렇게 말하며 표정을 잔뜩 구겼다.

"흐음… 그럼, 공간 이동으로써 갔다 오시지 그러세요?"

"물론 마법을 써서 갔다 오려면 금방 갔다 올 수 있겠지… 하지만 그곳으로 텔레포트를 하려면 웬만큼 정확한 좌표를 지정해 주어야 하는데, 난 그곳의 길을 전혀 모르잖아? 게다가 '루젠다르' 하고 우리 나라는 사이가 별로 좋지 않아서, 그동안 왕래가 거의 없었기 때문에 어차피 국경 근처까지만 공간 이동을 해야 돼! 하지만 그것도 인원이 몇 명으로 한정되어 있을 경우나 해당되는 말이지! 이번 사절의 일행이 호위 기사들과 마법사들을 포함해서 수십 명이 되기 때문에 나 혼자 그들을 몽땅 그 먼거리를 이동시키는 것은 정말 버거운 일이야."

그는 그렇게 말하고는 또다시 한숨을 내쉬었다. 무척이나 가기 싫은 모양이었다. 나야 뭐, 그가 어디를 가든 말든 상관은 없었지만—솔직히, 오히려 그가 잠시 떠나 있음을 반기는 입장이었다—그가 저렇게 죽을상을 하고 있으니 그의 기분에 맞추어야 했다.

"그래도 돌아오면 다시 볼 수 있잖아요? 그러면 오늘 이 술은 잠시 헤어지는 이별주가 되겠네요. 그런데 루젠다르에 가게 된 것은 갑자기 정해졌나 봐요?"

"응… 사실 내가 아니라 재상이 가기로 되어 있었는데, 루젠다르에서 황태자나 왕이 직접 오기를 요구했다는 거야! 그래서 결국은 내가 가게 되었지! 어쨌든, 오늘은 라비스를 마지막으로 보는 거니깐… 우선, 건배나 할까?"

미카엔은 들고 있던 잔을 나의 잔에 살짝 부딪치더니 잔을 입으로 가져갔다. 나 역시 와인을 홀짝대며 그 맛과 향을 천천히 음미해 보았다.

"하! 정말 맛있어요. 역시 좋은 와인이네요!"

"그래? 하지만 맛이 좋다고 너무 많이 마시지는 마! 이거 의외로 도수가 꽤 높으니깐……."

"걱정 마세요! 저 보기보다 술 잘 마시니깐요!"

하긴, 나는 술을 잘 마시는 편이었다. 하지만 그것은 이도현이었을 때 일이라는 것을 나는 그만 간과하고 말았다.

세 잔째 마시는 와인에서 나는 정신이 알딸딸해지는 것이 느껴졌다.

"라비스? 너, 얼굴이 붉어졌어! 설마 취한 것은 아니겠지?"

"응? 이상하다… 벌써 취할 리가 없는데……."

나는 중얼거리며 자리에서 일어나려 했다. 그러나 눈앞이 갑자기 팽글팽글 돌더니 볼썽사납게도 자리에서 일어난 순간 휘청하였고, 다시 소파에 푹 주저앉았다.

"이런. 너, 술 엄청 약하잖아? 벌써 이렇게 취하다니……."

미카엔은 맞은편 쪽에 앉았던 자리에서 일어나 나의 옆자리로 옮겨와 앉았다. 그리고는 나를 감싸 안으며 나의 얼굴을 보더니, 약간 원망 섞인 듯한 목소리로 나에게 말을 했다.

"아니! 라비스… 벌써 잠들어 버리면 어떻게 해? 오늘 후로는 오랫동안 얼굴을 보지 못할 텐데……."

물론 나는 그의 목소리가 몽롱한 중에서도 언뜻 들렸지만, 다시 눈을 뜨기 귀찮았던 나는 그의 품에서 완전히 잠들어 버리고 말았다.

Change Of Destiny ◆ 제8장

왕실 마법사가 되다!

왕실 마법사가 되다!

그 다음날.

나는 언제 침대로 옮겨졌는지 대자로 누워서 정신없이 자고 있었다.

"라비스! 일어나!"

누군가가 나를 흔들며 깨우고 있었지만, 나는 아직 눈을 뜨고 싶지 않았기 때문에 돌아누우며 얇은 비단 이불을 얼굴 위로 끌어당겨 덮었다.

"우웅~ 내버려 둬! 귀찮아."

나를 깨우는 그 누군가가 바로 미카엔이며, 그가 황태자란 신분임을 인식하지 못한 나는 정말 귀찮다는 듯이 웅얼거렸다.

"뭐? 귀찮아?"

쬐끔 열받은 듯한 미카엔의 목소리가 들렸지만, 나는 여전히 잠에 취해 쌔근쌔근 숨소리만을 낼 뿐이었다.

"라아비스~!! 얼른 일어나지 못해? 안 그러면 확 덮쳐 버린다?"

결국 나는 벌떡 일어나고 말았다. 높아진 미카엔의 목소리에 잠이 달아났다기보다는, 그가 말한 내용에 정신이 번쩍 들었던 것이었다.

'으이그… 내 팔자야! 내가 저런 말에 찔끔하고 놀라서 잠을 깨다니! 증말 싫다~'

표정을 있는 대로 구긴 나는 속으로 툴툴대며, 벌써부터 일어나서 나를 깨우고 있는 미카엔을 바라보았다. 그는 일어난 지 꽤 오래되었는지 벌써 말끔하게 옷을 차려입고 있었고 은빛의 아름다운 머리카락은 단정하게 묶고 있었다.

'부지런한 녀석……'

"라비스! 지금 나와 같이 폐하께 알현하러 가자! 시간이 없으니깐 서둘러!"

나는 그가 한 말을 얼른 이해하지 못해 그저 커다란 눈만 깜빡이며 미카엔의 얼굴을 빤히 보다가 느릿하게 입을 열었다.

"폐하께… 알현이요?"

"그래! 루젠다르 국에 너랑 같이 가겠다고 말할 생각이야! 어제 밤새 생각해 보았는데 아무래도 너와 같이 가야 할 것 같아. 어때? 너도 나랑 같이 가는 것이 좋지?"

순간적으로 표정이 팍 구겨지려는 것을 간신히 펴며 나는 그에게 반문했다.

"같이 가자니요? 저는 외교 사절로서 루젠다르에 갈 자격이 없지 않나요?"

"물론 없지만 자격이야 만들면 있지! 내게 맡겨!"

그렇게 말하며 씨익 웃는 그를 보자, 나는 조금 불안해졌다.

"하지만… 미카엔!"

나는 그에게 더 뭔가 말을 하려고 했지만, 그는 더 이상 나의 말을 듣지 않고 있었다. 그는 분주해 보이는 태도로 시녀들을 불러들이기 시작했고, 얼른 나의 시중을 들 것을 그녀들에게 명령했다.

'휴~ 미카엔 녀석… 남을 배려할 줄 아는 친절한 성격인 듯하다가도 가끔 보면 자기 마음 내키는 대로 행동하는 독단적인 면을 보인다니깐! 나의 의견은 조금도 듣지 않잖아? 나아쁜 녀석!'

오늘로써 미카엔을 안 보게 되나 했더니, 나의 의사와는 상관없이 이젠 '루젠다르'라는 곳까지 그를 따라가게 생겼다. 정말 생각할수록 한숨만 나왔다.

'제길! 안 간다고 버틸 수도 없고… 아! 꾀병이나 부려볼까? 아냐! 그에게 조건이나 달아보는 것이… 어차피 루젠다르에 가게 될 텐데. 여행 떠나는 셈치고……'

이리저리 머리를 굴려보며 내 나름대로 결정을 내린 나는 그에게 입을 열었다.

"미카엔! 이러면 어떨까요? 저를 왕실 마법사로 만들어주세요! 그래서 황태자님을 보필하는 왕실 마법사의 자격으로 외교 사절이 되면 안 될까요? 물론 미카엔이 마법이 출중하다는 것을 루젠다르 측에는 숨기면서 말이에요!"

"저기, 라비스! 미안하지만 우리 나라는 여자를 왕실 마법사로 뽑지 않는데? 저들도 그쯤은 알고 있을 거야. 하지만 저들은 내가 마법이 출중하다는 것은 알지 못하지. 나는 능력을 잘 드러내지 않는 편이었으니깐… 어차피 나도 나의 능력을 그들에게 숨길 생각이었지만, 너를 왕실 마법사로 만드는 것은 아무래도 무리……"

"전혀 무리일 것까지는 없어요! 제가 남장하면 되죠!"

내가 그렇게 눈을 반짝반짝 빛내며 말하자, 미카엔은 약간 황당하다는 듯한 빛을 내보이며 입을 열었다.

"뭐어? 남장? 풋! 라비스, 네가 남장이 어울릴 거라 생각하는 거야? 너같이 여성스럽고 예쁜 애가 남장을 하면……."

하지만 미카엔은 말을 다 끝맺지 못했다. 나의 이마에 불끈 솟아오른 힘줄을 보았기 때문이었다.

"제가 남장이 어울리는지 않는지는 해봐야 알겠죠!"

그에게 단어 하나하나 강조하듯이 힘을 주며 말한 나는 몸을 휙 돌려 수납장으로 성큼성큼 걸어갔다. 그리고 조그만 루비가 박힌 단도를 찾아낸 나는 그것을 미카엔에게 내보이며 싱긋 웃어 보였다.

"설마, 그것으로 머리카락을 자르려는 것은 아니겠지?"

"후훗… 미카엔! 설마가 가끔은 사람을 잡는다는 말이 있답니다. 혹시 들어보셨는지요?"

"뭐? 설마가 사람을 잡아? 그게 무슨 소리야?"

미카엔은 의아한 얼굴이 되어 나에게 물었으나, 나는 그저 의미심장한 미소만 그에게 지어 보였을 뿐이었다.

"머리카락이야 자르면 언젠간 또 자랄 테니간 전혀 아까워하실 필요는 없어요! 미카엔, 제 머리카락을 웬만하면 남자답게 보일 수 있도록 잘라주시겠어요?"

그러자 미카엔은 그의 잘생긴 얼굴을 잔뜩 구기더니 날이 제법 날카로워 보이는 단도를 받아 들었다.

"하긴, 너랑 같이 가려면 이렇게 하는 것이 나을지도… 게다가, 네가 남장을 하면 다른 놈들이 너를 넘보지는 못하겠지? 네 미색은 누구나 넋을 잃고 한번쯤 바라보게 될 그런 얼굴이니깐… 하지만 이것으로는 네가 남자로 보이기는 힘들 거야! 내가 너에게 일루전 마법을 걸어줄 게!"

그렇게 말한 미카엔은 엉덩이를 뒤덮는 나의 긴 머리카락을 솜씨 좋게 자르기 시작했다. 역시 그에게는 미적 감각도 있었는지 나의 금발이 어깨 길이에 닿을 만큼 깔끔하게 커트를 쳤다.

그렇게 긴 머리카락이 잘려 나가자, 여성스러웠던 나의 모습이 그나마 덜 부각되어 보였다. 게다가 뚜렷한 이목구비를 가지고 있었던 나의 얼굴은, 잘만 하면 미소년으로 보일 수도 있을 것 같다고 생각되었다.

"솜씨가 좋으시네요? 여기에 로브를 걸치고 약간의 일루전 마법으로 속인다면, 소년으로 보일 수도 있을 것 같아요."

머리 모양이 마음에 들었던 내가 생글거리는 얼굴로 그에게 말하자, 미카엔은 말없이 고개를 끄덕였다. 그는 나의 이런 모습이 마음에 들지 않았던 모양이었다.

아무튼 그의 기분이야 어쨌든 나는 기분이 좋았기 때문에, 계속 생글거리며 웃음을 만면에 띠었다.

"흠… 얼굴형만 약간 남자답게 보이도록 하고, 이왕 완벽하게 하려면 음성 변조까지 해야겠는걸? 네 목소리는 너무 가늘어!"

"얼굴형과 음성 변조하는 것은 알현을 마치고 루젠다르로 떠나기 전에 해야 할 것 같은데요! 폐하께서 달라진 제 모습을 보고 무척 놀라시면 안 되니깐요! 그런데 떠나는 것은 언제인가요? 훗… 왠지 재미있을 것 같아요! 위장한 왕실 마법사로서 타국으로 여행을 떠난다라……."

그렇게 들뜬 나의 모습을 본 미카엔은 한숨을 내쉬며 나에게 입을 열었다.

"이럴 때 보면 라비스는 아직 어린애 같다니깐… 하긴, 아직 어리다면 어리다고 할 수 있는 나이겠지. 아무래도 폐하께 알현을 하는 것은 나 혼자 갔다 와야겠어! 그분은 약간 보수적인 성품이라서 지금의 라비스의 모습을 매우 탐탁지 않게 생각하실 거야. 내가 알아서 허락을 받아올 테니깐, 라비스는 여기서 나가지 말고 있어. 알았지?"

거기까지 말한 미카엔은 나의 머리를 한번 토닥이더니 방을 나갔다.

'쳇! 어린애 취급하긴… 이래 봬도 정신 연령은 19살이라구! 하긴… 라비스의 육체를 가진 뒤로 쪼금 성격이 여려지긴 했지. 흠… 그리고 보니, 생각하는 수준도 약간 낮아진 것 같아! 으액~ 어쩌다 내가 이렇게 되었지? 아! 이럴 것이 아니라 왕실 마법사 흉내나 내볼까? 미리 연습을 해두어야지!'

오만상을 찌푸리며 내 자신에 대해 약간 회의적인 생각을 하다가, 남장을 하고 왕실 마법사 행세를 할 생각을 하자, 나의 붉은빛이 도는 도톰한 입술은 다시 상향 곡선을 그으며 입꼬리가 위로 올라가게 되었다.

나는 화장대 앞으로 다가가서 내 모습을 비추어 보았다. 그러자 티 없는 우유빛의 피부에 금발이 정말 잘 어울리는 조그만한 얼굴이 거울에 비추어졌다.

나는 거울을 보며 내 나름대로의 거만한 표정을 지어 보였다. 그리고는 거울에 비친 나의 모습을 향해 터프한 몸짓으로 손가락을 가르킨 후에 왕실 마법사들의 쓰는 특유의 말투… 그러니깐, 엄숙하고도 깐깐해 보이는 듯한 말투로 위엄있게 외쳤다.

"네 이놈, 오우거들! 감히 인간들의 마을에 침입하여 죄없는 인명들을 살상하다니! 너희들을 체인 라이트닝 한방으로 깨끗하게 보내주마! 각오해라!"

그렇게 혼자서 거울을 보며 쇼(?)를 하고 있는데 노크 소리가 들리며 앤시아의 목소리가 들려왔다.

"라비스님! 두 번째 후궁이신 아사벨라님께서 찾아오셨습니다."

"들어오시라고 해!"

짐짓 리얼한 표정을 지으며 나의 모습에 약간의 뿌듯함을 느끼고 있다가 앤시아의 목소리를 들은 나는 머쓱한 표정을 지으며 마법사 흉내를 내는 것을 그만두었다.

방문이 열리며 약간 화려한 차림의 흑발의 소녀가 들어왔는데, 그녀의 도도하고도 강한 인상의 얼굴은 꽤나 독특한 화장으로 인하여 제법 도전적인 느낌의 매력이 잘 나타나고 있었다.

"오랜만이군요! 라비스님. 그동안 잘 지내셨는지요?"

"물론 잘 지냈지요! 앉으세요."

나는 그녀에게 자리를 권하며 앤시아에게 차를 내오도록 말했다.

"그런데 라비스님의 머리가 굉장히 짧아져 있네요? 무슨 일이 있으셨나요?"

아사벨라는 걱정하는 것처럼 나에게 물었지만, 실은 그녀의 표정에는 혹시 무슨 일이라도 있지 않을까 하는 호기심이 잔뜩 나타나 있었다. 하지만 약간 흥분해 있던 나는 나도 모르게 그녀에게 있는 그대로 털어놓고 말았다.

"후훗… 저 이번에 루젠다르에 왕실 마법사 자격으로 가게 된답니다. 그래서 머리를 이렇게 잘랐… 에궁~!!"

헤벌쭉해져서 그녀에게 그렇게 털어놓다가, 뒤늦게 나의 실수를 깨달은 나는 손으로 입을 막으며 기이한 소리를 내었다. 하지만 내가 저지른 실수는 이미 엎질러진 물이요, 쏘아져 나간 매직 미사일이었다.

결국 아사벨라의 얼굴이 점차 놀라움으로 번져 가는 것을 불안한 얼굴로 지켜볼 수밖에 없었다.

"라비스님! 루젠다르에 가신다고요? 그렇다면 황태자님을 따라가신다는 겁니까? 그것도 왕실 마법사의 자격으로서… 도대체 황태자님은 무슨 생각으로 그러한 일을 하신 것인지…….."

그녀의 안면 근육이 부르르 떨렸다. 그 누구도 아닌 나만 데리고 간다는 것이 매우 분통이 터졌나 보다.

"저기… 아사벨라님!"

나는 뭔가 그녀에게 말해야 될 것 같아서 조심스레 입을 열었지만 그녀는 나의 말이 귀에 들어오지 않는 모양이었다. 그녀는 매우 험악해진 얼굴로 벌떡 자리에서 일어났다.

"이대로는 못 보내!! 절대루!!"

그녀는 그렇게 선언하듯이 외치더니, 나에게 간다는 말도 없이 그대로 방을 나가고 말았다.

'헉! 이걸 어째? 설마 아사벨라도 루젠다르에 따라간다고 하는 것은 아니겠지?

나는 내심 불안해졌지만, 뭐, 할 수 없지! 하는 심정으로 시간 때울 겸 마법 책이나 펼쳐 들었다. 설사 그녀가 일행으로서 같이 가게 된다 하더라도 피곤해지는 것은 미카엘일 뿐 나는 아무 상관이 없었기 때문에, 다소 무책임한 심정이 되어, 마법 책을 들여다보고 있는 것이었다.

얼마 쯤의 시간이 지났을까? 아마도 한 시간 정도의 시간이 흐른 것 같았다. 무아지경이 되어 침대 위에서 책을 보고 있던 나는 문득 인기

척을 느끼고는 고개를 들었다. 그러자, 바로 코앞에서 침대에 걸터앉은 채 나를 바라보고 있는 미카엔의 얼굴이 보였다.

"허걱!"

아무도 없을 거라고 생각했던 나였기 때문에 갑자기… 그것도 바로 코앞에서 보이는 미카엔의 얼굴에 나는 깜짝 놀랐다.

"라비스! 일행이 더 늘었어. 아사벨라가 어떻게 안 것인지 모르겠지만 중앙궁성의 알현실까지 찾아와 루젠다르에 가겠다고 하더군."

그의 말에 내심 찔렸지만 나는 내색은 하지 않고 그에게 다소 무미건조한 어투로 물어보았다.

"그래서 아사벨라도 가게 되나요? 그녀도 외교 사절로서 자격이 없을 텐데……"

"아니! 그녀에게는 자격이 있어. 그녀의 어머니가 루젠다르 출신이거든. 게다가 그녀의 어머니는 루젠다르 왕의 먼 친척뻘이지. 예전에 두 나라의 화합을 위해 아모르 자작이 외교 사절로서 루젠다르에 간 적이 있었는데, 그때 아사벨라의 어머니와 만나 사랑에 빠지게 된 것이지. 그 길로 아사벨라의 어머니는 아모르 자작을 따라 여기 로히얀스로 오게 되었고, 그 후 한동안 루젠다르와 냉전 후에 이번에 다시 화친교류를 하게 된 것인데, 아사벨라로서는 루젠다르 왕에게 인사도 드릴 겸, 이번에 외교 사절의 일원으로서 가는 것은 좋은 명분이 되는 거야!"

"흠… 그렇군요."

그의 말에 나는 그런가 보다! 하며 별 감흥없이 고개를 끄덕였다. 하지만 그 다음에 이어지는 미카엔의 말에는 표정을 찌푸릴 수밖에 없었다.

"그리고 더욱 난감한 것은… 아사벨라의 오빠가 되는 엔카루스 역시 이번에 같이 가게 돼! 아사벨라가 그녀의 오빠를 나의 호위 기사 겸, 자신의 보호자로서 끌어들였거든."

"에엑? 엔카루스도 가게 돼요?"

내가 그렇게 놀라며 그에게 반문을 하자, 미카엔은 눈을 가늘게 뜨더니 나에게 말했다.

"라비스. 설마, 엔카루스가 이번에 같이 가게 된 것이 신경 쓰이는 것은 아니겠지? 뭐, 라비스가 그럴 리야 없겠지만… 흠… 어쨌든, 라비스! 이따가 정오 즈음에 출발하게 될 테니깐, 미리 채비를 하고 있어!"

미카엔은 그렇게 말하더니, 빙긋 웃는 얼굴로 나의 볼을 손가락으로 톡톡 치며 자리에서 일어났다.

내가 어느 정도 기본적인 채비를 마치고 있었을 때, 미카엔이 왕실 마법사들이 입는 로브를 구해가지고 왔다. 그것은 제법 직위가 있는 마법사들이 입는 흰색의 로브였는데, 여름에 입을 수 있도록 매우 얇고 가벼운 천으로 만들어져 있었다.

이 로브의 소재가 정확히 무엇인지는 알 수가 없었으나 왕실 마법사들이 입는 로브답게 고급스럽고 질긴 천으로 되어 있었다.

그 로브를 받아 든 나는 들뜬 마음으로 몸에 걸쳤다. 옷이 워낙 펑퍼짐해서 활동하기에는 좋아 보였으나 약간 답답한 느낌도 드는 옷이었다.

내가 그렇게 로브를 걸치고는 정말로 대단한 마법사가 된 것 같은 기분에 좋아라 하고 있을 때, 미카엔은 나에게 어떤 반지를 하나 주었다. 그 반지는 굵직한 크리스털이 박힌, 정말 밋밋하기 짝이 없는 반지였지만 가격은 제법 많이 나갈 것 같았다.

"이게 뭐죠?"

"보시다시피 반지야! 내가 그 반지에다가 마법을 걸어놓았으니깐 꼭 끼고 있어야 해!"

"마법이요?"

"그래. 내가 그 반지에다가 무려 6서클의 마법들의 스펠들을 몽땅 집어넣었지! 네가 마법을 사용하고 싶을 때에는 그냥 시동어만 외치면 돼! 물론 이 반지는 너의 목소리에만 반응을 할 거야!"

"히야~ 이거 굉장하네요?"

미카엔이 말한 내용에 내가 감탄을 하자, 그는 나의 이런 반응이 매우 만족스러웠는지 슬며시 미소를 지으며 계속 말을 이어 나갔다.

"후훗… 명색의 왕실 마법사인데 6서클도 사용하지 못한다면 그건 말이 안 되겠지? 하지만 그것은 6서클 이상의 마나를 담을 수 없기 때문에, 그것을 쓸 때는 자제를 해가면서 써야 해! 그 반지의 마나를 끌어 모으는 능력은 한계가 있거든! 아마도 하루 정도는 다시 기다려야 할걸? 아! 그리고 마법을 발동시킬 때, 그냥 시동어만 외치지 말고 약간 캐스팅을 하는 척이라도 해야 할 거야. 안 그러면 남들은 네가 용언을 사용하거나 아니면 8서클 이상의 마스터인 줄 알 테니……."

미카엔의 친절한 설명에 나는 고개를 끄덕이며 반지를 이리저리 살펴보았다.

'흐음… 이 정도의 물건을 만들 정도면 미카엔의 능력은 거의 어린 드래곤하고도 맞설 수 있을 것 같은데?'

"아! 그리고 예전에 내가 선물한 다이아 목걸이 있지? 그것은 방어 마법이 걸려 있으니깐 그것도 빼놓지 마! 그리고, 네가 입고 있는 로브 역시 화염에 대한 방어 능력이 있으니깐 그것도 잘 기억해 두고……."

미카엔은 꼼꼼하게도 나에게 하나하나 일러주었고 나는 연신 고개를 끄덕였다.

'이거 완전히 아티펙트로 무장한 셈이군.'

"…그리고, 일루전 마법은 간단하게 걸어줄게! 얼굴형만 약간 소년 이미지로 변형시키고, 목소리는 조금 톤만 낮게 들리게끔 하면 될 것 같아."

"칫! 뭐예요? 이왕 마법을 걸어줄 거면 확실하게 해줘요!"

미카엔이 일루전 마법을 거는 것에 대해 미적지근한 태도를 보이자, 나는 그에게 따져 들었다. 그러자 미카엔은 정말 마음에 안 든다는 듯한 얼굴로 투덜대는 듯한 어투로 나에게 답했다.

"그 정도면 돼! 더 이상 뭘 바래?"

결국 미카엔의 뜻대로 약간의 이미지만 소년틱하게 바꾸었는데, 일루전 마법을 걸었다 해도 원래의 모습과 별로 다를 바가 없어서 나는 약간 심통난 얼굴을 해보았다.

"인상 쓰지 마! 이쁜 얼굴 망가지잖아? 네가 보기에 별로 달라진 점이 없긴 해도, 네가 소년으로 보이게끔 이미지 마법까지 덤으로 걸어놓았기 때문에 남들은 그저 예쁜 소년이라고 생각할 거야! 어때? 미소년도 괜찮잖아? 후훗… 물론 난 미소녀 쪽이 더 좋지만……."

나의 심통난 얼굴을 본 미카엔은 피식피식 웃으며 나를 달래는 듯한 어조로 입을 열었지만 그가 말한 내용은 나를 더욱 심통나게 만들 뿐이었다.

"흥!"

"라비스, 감히 황태자에게 흥! 이라니?"

"쳇!"

미카엔은 짐짓 위엄을 담은 목소리로 나에게 꾸짖는 말을 했지만, 그의 위엄 따윈 나의 귀에는 들어오지 않았기 때문에 다시 쳇! 하는 소리를 내었다.

결국 미카엔의 매끈한 이마에 힘줄이 하나 돋더니, 주먹을 살짝 쥐어 나의 머리를 가볍게 쥐어박았다.

"아얏~!!"

미카엔이 나에게 준 꿀밤의 세기와는 별개로 나의 비명 소리는 엄청 컸다. 여자가 되더니 이젠 엄살도 무척 늘어난 듯하였다. 육체가 바뀌면 성격 역시 그 육체에 맞게끔 변하는 모양이었다. 물론 완벽히 변한다고는 할 수 없지만 많은 영향을 받는 것은 사실이었다. 그렇다면, 이 육체의 원래의 주인이었던 라비스는 엄살도 심하고 내숭덩어리인 새침떼기 소녀였던 것일까?

어쨌든 나는 얼굴을 구기며 미카엔에게 대들었다… 기보다는 따졌다.

"미카엔! 왜 때려요?"

"라비스! 처음엔 그저 얌전하기만 하더니, 이젠 갈수록 버릇이 없어져! 다음에 또 버릇없게 굴면 그땐 꿀밤 두 대야!"

미카엔은 마치 어린애를 타이르는 듯한 말투로 나에게 말하였고, 나는 그러한 그의 말에 찔끔하는 표정을 지을 수밖에 없었다.

로브의 후드를 깊게 눌러쓴 나는 에드가 준비해 놓은 말에 올라타려고 애쓰는 중이었다. 이 말은 조세핀이라는 이름을 가진 혈통이 좋은 백마였는데, 명마답게 고집과 자존심이 대단하였는지 쉽사리 내가 자신의 등에 올라타는 것을 허락하려 하지 않았다.

물론 이러한 나의 모습을 안타깝게 여긴 에드는 다른 말을 데리고 오겠다고 하였으나, 오기가 생긴 나는 조세핀만을 고집하며 말을 길들이기 위해 애를 썼다.

"라비스님! 곧 있으면 사절단이 출발을 할 것입니다. 아무래도, 마차에 오르심이……."

"아냐! 왕실 마법사가 되었는데, 이왕이면 폼나게 멋진 말을 타고 가야 하지 않겠어?"

그렇게 말하며 나는 부글부글 끓어오르는 성질을 애써 죽이며 조세핀의 눈을 향해 부라렸다. 이런 나의 모습을 본 에드는 고개를 설레설레 흔들며 못말리겠다는 표정을 지었다.

처음 에드가 일루전으로 약간의 소년의 이미지를 갖게 된 나를 보았을 때 굉장히 놀란 표정을 지었었다. 그리고 그 놀란 표정이 약간의 시간이 경과하자 다시 어떠한 표정으로 변하였는데, 그것은 뭔가 못마땅해하는 표정이었다.

물론 그는 티를 내지 않으려 했겠지만 미미하게 나타나는 표정에서 나는 그의 심중을 읽을 수가 있었다.

'쳇! 뭐야? 미카엔도 그렇고, 에드도 그렇고… 내가 남장하는 것이 그렇게 못마땅한 건가? 난 좋기만 한데… 이곳 남자들은 너무 보수적이군!'

어쨌든 몇십 분 간을 그렇게 조세핀과 실랑이를 벌렸고, 결국 보다 못한 에드는 다른 말을 구해오겠다며 궁성의 마구간으로 갔다.

'에구… 지친다!'

나 역시 조세핀을 길들이는 것을 반쯤 포기하고 있었는데, 그때 약간 이상한 기운이 문득 조세핀에게서 느껴졌다. 그래서 눈을 들어 조세핀을 바라보니…

거만하게 눈을 내리깔고 한심하다는 듯 나를 내려다보는 조세핀의 얼굴이 눈에 들어왔다.

'뭐, 뭐야? 저 눈빛은 어디서 많이 본 듯한……'

[지금 뭐 하는 거야?]

"헉!"

갑자기 조세핀에게서 말소리가 들려오자—물론, 전음이었지만— 화들짝 놀란 나는 헛바람 삼키는 소리를 내며 몇 발짝 뒤로 물러났다.

[뭐야? 이도현… 못 볼 것을 봤다는 듯한 그 표정은?]

"아, 아멘시타?"

내가 더듬거리며 그를 확인하자, 조세핀의 모습을 하고 있는 아멘시타는 고개를 끄덕여 보였다.

"우와~ 아멘시타! 어떻게 된 거야? 무사했구나! 정말 걱정 많이 했어! 그동안 뭐 하고 있었던 거야?"

그렇게 많은 말을 쏟아내며 나는 아멘시타를 덥석 끌어안았다. 물론 내가 안아봤자 아멘시타의 목만 끌어안은 셈이었지만, 너무 반가운 마음이 든 나는 아멘시타를 붙잡고 부비부비를 하였다.

[윽… 이거 놔!]

"헤헤, 아멘시타! 그동안 뭐 하고 이제야 모습을 보이는 거야?"

아멘시타를 놓아주며 나는 그동안 궁금했던 것을 물었다.

[본체에서 몸을 회복하고 있었어! 그때 그 시커먼 남자랑 싸우느라 타격을 많이 입었었거든. 다행히 내가 몸 담았던 나무가 죽기 전에 빠져나올 수 있었지만, 타격이 심해서 회복하는 시간이 길어졌던 거야!

아무튼 네가 무사한 것을 보니 다행이야!]

그렇게 아멘시타와의 재회를 감격스런 심정으로 나누고 있는데, 그때 누군가가 이쪽으로 다가오는 소리가 들렸다.

"보아하니, 이번 외교 사절의 일행으로 합류하게 될 왕실 마법사인 것 같은데, 여기서 뭐 하고 있는 것이오?"

'헉! 이 목소린……'

나는 목소리가 들려온 쪽으로 고개를 돌렸다. 그러자 아멘시타가 시커먼 남자라고 지칭했던 엔카루스가 검은색의 갑옷을 갖추어 입은 모습으로 나를 바라보고 있었다. 그는 내가 후드를 눌러쓰고 있어서 그런지 얼굴을 알아보지 못한 모양이었다.

'호랑이도 제 말 하면 나타난다더니! 양반은 못 되는군.'

나는 그에게 고개를 살짝 숙여 보이며 최대한 낮게 깔은 목소리로 입을 열었다.

"아! 엔카루스 아모르님이시군요. 처음 뵙겠습니다."

내가 그렇게 시치미를 떼며 입을 열자, 엔카루스는 약간 날카로워 보이는 눈빛으로 나를 바라보았다.

"그런데 목소리가 누구와 많이 닮은 듯한……"

"하하… 그러십니까? 저는 라히덴 크로시벨이라 합니다. 황태자님의 세 번째 측실이신 라비스님과는 사촌이 되지요! 다니엘 남작님의 추천으로 이번에 사절단에 합류하게 된 마법사입니다."

나는 그렇게 말하며 고개를 살짝 들어 보였다. 그러자 나의 얼굴이 그의 눈에 드러나 보였는지, 엔카루스의 까만 눈에 놀랍다는 듯한 기색이 감돌기 시작했다.

"라히덴 크로시벨? 흐음… 사촌치고는 라비스와는 너무 많이 닮았는데? 아직 나이가 어린 듯한데, 왕실 마법사에 외교 사절로서까지 발탁이 되다니! 실력이 매우 출중하신 모양이군요."

그는 그렇게 말하며 나에게 더욱 가까이 다가왔다. 그의 치밀해 보이는 듯한 눈빛이 나의 얼굴을 면밀히 뜯어보는데, 나는 그에게 들키는 것이 아닌가 하며 조마조마해졌다.

"그 말은 어렸을 적부터 많이 들었던 말이지요! 라비스와 제가 쌍둥이가 아니냐는 질문을 남들에게서 종종 받곤 합니다."

"흠… 그렇습니까? 그러고 보니, 라히텐 군도 눈동자가 황금빛이로군요! 라비스와 같은 아름다운 황금색……. 그대와 같은 황금빛의 눈동자는 매우 드물지요! 하지만 다니엘 남작의 눈동자는 어두운 갈색이었던 것으로 기억하는데? 그렇다면 라비스와 그대는 사촌 사이가 아니라 이종 사촌이 될 터인데… 그대는 크로시벨이란 성을 쓰고 있으니 이상하군요! 쿡쿡!"

'헉! 내가 눈동자 색깔을 생각 못했네? 윽… 나 바보 아니야?

결국 나는 약간 핏기 사라진 얼굴이 되어 그를 바라보았다. 괜히 그를 장난 삼아 속이려다 나만 바보가 되는 것이 아닌가 하며 그의 눈치를 살폈다.

"아무튼, 라히텐 군? 앞으로 좋은 활약 기대하겠소! 후훗… 아사벨라가 무작정 루젠다르로 따라간다는 이유가 여기 있었군. 그럼, 이만!"

그는 웃음기 섞인 목소리로 그렇게 말하더니, 아카시아궁 쪽으로 사라졌다. 아마도 아사벨라를 만나러 가는 길이었던 모양이다.

[멍청하긴…….]

그동안 묵묵히 있던 아멘시타가 나에게 입을 열었다. 물론 그의 말에 열이 받은 나는 도끼눈이 되어 아멘시타를 째려보며 말했다.

"뭐, 그럴 수도 있는 거지. 어쨌든 엔카가 내가 남장한 것을 눈치 챈 것 같은데, 어쩌지?"

[할 수 없지! 그와 될 수 있으면 부딪치지 않도록 조심하는 수밖에…….]

Change Of Destiny 　제9장

루젠다르로 떠난 여행!

루젠다르로 떠난 여행!

로히얀스 왕국.

로히얀스는 귀족과 왕권이 잘 발달되어 있는 보수적인 국가이다. 어쩌면 왕국이 아니라 제국이라 불려도 될 만큼 로히얀스는 그만큼 왕권이 강하였다.

그 때문인지 국왕이 머무는 왕성은 그 규모와 화려함이 보통 서민들로서는, 상상할 수 있는 그 한계를 벗어나고 있었다. 그리고 왕성이 있는 로히얀스의 수도 '로히아나'는 웬만한 권세가 집안의 귀족들이 모여사는 도시답게—지방 영주들은 제외한—기본 상권 역시 발달되어 있고 특정 구역, 그러니까 귀족들이 사는 저택가는 꿈의 도시라고 불려도 될 만큼 화려했고 매우 번화하였다.

하지만 귀족들의 저택가를 제외한 수도의 대부분은 역시 서민들의 빈민가가 차지를 하고 있는데, 내가 예전에 크로시벨 가를 탈출하려다길을 잘못 들었던 곳이 바로 그런 빈민가였다.

조세핀, 아니, 아멘시타를 타고 루젠다르로 향하는 외교 사절단의 행렬에 끼어 당당하게 앞을 나아가던 나는 이 세계에서 떨어진 후 왕성 밖으로는 처음으로 나오게 된 셈이었다(물론 예전에 얼떨결에 나온 것을 뺀다면). 그렇게 수도의 번화가를 지나고 나서, 그런 빈민가를 지나게 되자 생각보단 비참해 보이는 광경에 나는 눈살이 절로 찌푸려졌다.

거리에는 허름한 옷을 걸친 빈티나는 서민들이 행렬을 구경하기 위해 꾸역꾸역 모여들었는데, 그들은 뭐가 그리 좋은지 황태자를 선두로 한 이 행렬을 보며 만세를 불러댔다.

"황태자 전하 만세!!"

"로히얀스 만세!"

하지만 그러한 순박한 로히얀스의 백성들이 있는 반면에 가난에 찌들어서 왕실과 귀족에 적대감을 품은 자들도 있었다. 물론 그들은 강력한 왕권에 두려워하여 노골적으로는 그런 티를 내지는 못했지만, 지나가는 행렬을 보며 눈살을 찌푸리는 이들이 간혹 나의 눈에 띄었다.

"라히덴 군, 어디 불편한 곳이 있으신가?"

나의 표정이 심각하게 구겨져 있었는지 내 옆에서 말을 몰며 가던 왕실 마법사가 말을 건넸다. 그는 흰머리가 희끗희끗 나 있고 주름살이 제법 깊게 파여 있는 노년이라면 노년이라고 말할 수 있는 왕실의 마법사였는데, 7서클의 마스터로서 수석 마법사였다.

그는 예전에 내가 황태자궁의 지붕에 아이스 에로우를 쏜 것을 보고는 인페르디아의 첩자가 잠입을 했느니 어쨌느니 했던, 제법 직위가 있는 마법사로서 이번에 외교 사절의 일행으로 발탁된 자였다.

어쨌든 나는 그의 질문에 구겼던 표정을 펴며 정중한 말투로 답변을 했다.

"몸이 불편한 것은 아닙니다, 킬린님. 흐음, 그런데 이곳 수도는 아름답기만 한 줄 알았는데 이런 어두운 면이 있군요."

그러자 킬린이라고 불리워졌던 노년의 수석 마법사는 인자해 보이는 얼굴로 빙그레 웃으며 입을 열었다.

"로히얀스의 수도 로히아나는 아름답기로 유명한 도시인 것은 사실이지. 그리고 로히얀스의 왕성 역시 화려함과 웅장함으로 유명하다네. 하지만 그 아름다움과 화려함이 너무 지나치지. 여기 로히아나는 빈민가가 거의 삼 분의 이는 차지하지만, 그 아름다움의 빛이 너무 강해서 그 그림자가 가리워지고 말았다네."

킬린은 의미심장하고도 애매모호한 말을 마치 손자에게 옛날 이야기를 해주듯이 하였고 나는 잠시 그의 말에 갸우뚱하였다.

"그런데 킬린님. 한 가지 궁금한 것이 있는데요. 국왕 폐하는 비록 보수적이지만 온화한 성품을 지니신 것 같은데 어떻게 강한 왕권을 유지할 수 있었을까요? 아마도 보이지 않는 대단한 카리스마를 지니신 분인가 보죠?"

"허허, 라히덴 군은 아직 왕실의 숨은 면모를 도통 모르는 것 같군 그래. 하긴 이제 왕실 마법사의 지위에 오른 어린 마법사이니… 처음 황태자 전하께서 자네를 추천을 하였을 때 이 늙은이는 무척 놀랐었지. 이렇게 어린 나이에 6서클의 마스터라니 하며… 허허."

'뭐야? 내가 묻는 것에 대답은 안 하고 엉뚱한 말이나 하고.'

내가 그렇게 속으로 투덜대고 있음을 킬린은 눈치라도 채었는지 어쨌는지 다시 말을 이어 나갔다.

"국왕 폐하는 온화하시지만 그 온화하심이 지나치시지. 군주의 자리란 그 온화함만으로는 결코 이루어질 수 없음인데……. 라히덴 군, 지금의 강력한 왕권은 모두 왕비님의 손에서 나온 것이라네. 그분의 카리스마는 그 누구도 거역할 수 없는 절대적인 것이지."

킬린은 그렇게 말을 마치고 보일 듯 말 듯 한숨을 내쉬었는데 나는 그 한숨이 무슨 의미의 한숨일까 곰곰히 생각해 보았다.

그렇게 한참을 나만의 사색에 잠겨 있는데 아멘시타의 궁시렁거리는 목소리가 들려왔다.

[보기에는 가벼워 보이더니 왜 이렇게 무거운 거야? 이러다 허리 디스크 걸리고 말겠어. 내가 왜 너를 태우고 가야만 하는지… 투덜투덜~]

결국 나는 허리를 숙여 아멘시타의 귀에 얼굴을 가까이 댄 다음 낮게 입을 열었다.

"뭐가 그렇게 불만이야? 이건 네가 자청한 거라구. 아멘시타, 넌 내가 누구 때문에 여자가 되어 이곳에서 고생을 하고 있는지 잊은 것은 아니겠지?"

그러자 아멘시타는 양심이 찔렸는지 다시는 투덜대는 소리를 내지 않았다. 그런 아멘시타를 기특하게(?) 여긴 나는 그의 갈기를 부드럽게 쓰다듬어 주었다. 물론 아멘시타는 나의 이런 행동이 마음에 들지 않았겠지만 뭐라 말하지는 못했다.

"깔깔! 꺄르르……."

'엥? 이건 무슨 요사스런 웃음소리이다냐?'

행렬의 앞쪽에서 웃음소리가 무척 크게 들려오자 나는 고개를 들어 그쪽 방향을 바라보았다. 그러자 아사벨라가 마차에서 언제 나왔는지 요염한 태도로 미카엔의 바로 옆에서 말을 몰며 아양을 떠는 모습이 나의 눈에 들어왔다.

그리고 미카엔 역시 황태자의 근엄한 신분에 어울리지 않는 모습으로 똑같이 웃고 떠드는 모습… 참으로 꼴불견이었다.

'흥! 한심한 것들.'

그들을 무시하기로 마음을 먹은 나는 고개를 돌리며 다른 쪽을 쳐다보았는데 그곳에는 공교롭게도 엔카루스가 있어 나와 눈이 마주쳤다.

나는 얼른 다시 고개를 돌려 아멘시타의 갈기만 뚫어져라 바라보며 말을 모는데, 엔카루스는 내 쪽으로 말을 몰아왔다.

"라히덴님, 어째 심기가 다소 불편해 보이는군요."

그는 얄미운 기색이 도는 말투로 나에게 말을 걸었다. 그래서 나는 약간 쌀쌀맞은 목소리로 그에게 대꾸했다.

"그냥 여행이 지루하게 느껴져서 그럴 뿐입니다."

"흠… 그러면 제가 말동무나 해드릴까요?"

"필요없어요!"

"하하, 그렇게 단호히 거절하시다니! 제가 무안해지는군요."

'쳇! 너같이 뻔뻔한 녀석이 퍽도 무안하겠다.'

표정이 구겨지려는 것을 애써 무표정함으로 일관하면서 나는 속으로 투덜대었다.

"곧 있으면 숲길이 나오겠군요. 으음… 다음 마을까지는 오늘 안으로 못 갈 텐데 숲에서 야영할 생각인가?"

엔카루스는 중얼거리듯이 말했고 나는 못 들은 척 무시하였다. 그러자 엔카루스는 그런 나를 보며 피식 웃는 듯하더니 계속 말을 이어 나갔다.

"라히덴님, 저한테 그렇게 냉랭한 이유를 들어보아도 되겠습니까?"

'헉! 그런 질문을 하면 할 말이 없잖아?'

엔카루스는 분명히 내가 라비스라는 것을 알고 질문을 한 것일 테지만, 지금의 나는 라히덴이라는 소년 마법사로 위장하고 있는 입장이라 저 녀석에게 어떻게 대답해야 할지 난감해졌다.

엔카루스는 조금은 짓궂어 보이는 눈빛으로 나를 바라보았다.

"라비스에게 들었던 얘기인데 엔카루스님이 라비스에게 안 좋은 일을 하셨다고 그러더군요."

"음… 전 라비스에게 나쁜 일을 한 적이 없었는데요? 뭔가 오해가 있었던 모양입니다."

그의 말에 발끈한 나는 침착하지 못한 태도로 그에게 쏘아붙였다.

"엔카루스님은 상당히 기억력이 나쁘시군요."

"라비스, 목소리 낮추는 것이 어때? 미카엔이 들으면 사랑 싸움이라도 하는 줄 알겠군."

갑자기 낮아진 목소리로 엔카루스는 그렇게 말하더니 빙긋 웃어 보였다.

'헉! 내가 네 녀석의 수법에 말려 들어간 것인가? 역시 엔카와는 대화를 하면 안 되는 것이었어!'

뒤늦게 나의 경솔함을 깨달았지만 이미 엎질러진 물이었다. 행렬의 선두에서 말을 몰던 미카엔이 나와 엔카루스에게 눈길을 주었던 것이다.

미카엔은 나와 엔카루스가 사이좋게(?) 대화하는 모습을 보고 열이라도 받는지 그의 서글서글해 보이는 눈매가 엄청 매서워졌다.

그 후로 무척 불편하게만 느껴지는 시간이 매우 더디게 흘러갔다.

엔카루스는 원래의 자신이 있던 위치로 돌아가서 말을 몰고 있었고, 앞서 가는 미카엔의 뒷모습은 척 보아도 저기압이라는 티가 팍팍 나고 있었다.

물론 그의 옆에서 애교를 떨고 있던 아사벨라는 계속 그에게 말을 붙이려 노력을 하였지만, 어찌 된 일인지 지금까지 잘만 응수해 주던 미카엔은 찬바람만 쌩쌩 불었다.

결국 아사벨라는 더 이상 그에게 말을 거는 것을 포기했고 내가 있는 쪽으로 돌아보았는데, 그녀 역시 미카엔의 저기압 원인 제공자가 나라는 것을 눈치 챘는지 나를 무지하게 매섭게 노려보았다.

그리고 나는 그녀의 강렬한 눈길을 계속 무시했다. 그저 지금은 이런 상황이 피곤하기만 할 뿐이었다. 내가 왜 이들의 질투를 받아야만 하는지 정말 새삼스럽게 의아스러웠다.

'휴~ 그러고 보니 저들 셋 모두 질투로써 나를 못살게 구는 것 같은데……'

미카엔과 아사벨라, 그리고 엔카루스… 이들은 모두 나에게 질투라는 감정을 가지고 있었지만, 모두 각자 다른 성격의 질투였다.

미카엔은 아마도 내가 다른 남자와 바람이라도 피는 것이라 오해를 한 것일 테고, 아사벨라는 자신의 남자를 다른 여자에게 빼앗기는 것만 같아서 나에게 질투를 느끼는 것이었다. 그리고 엔카루스는 역시 나에게 어떠한 감정을 가지고 있는 듯한데, 그것이 참으로 미묘 복잡한 것 같았다.

아마도 엔카루스도 일종의 질투 비슷한 감정을 나에게 느끼고 있는 듯하다. 물론 그 질투라는 마음이 나에게만 향한 것은 아닐 거다. 역시 미카엔에게도 향하고 있겠지만 자신도 갈피를 못 잡는 것일 테지.

잘난 척하던 엔카루스와 같은 녀석이 오히려 미성숙한 정신 연령을 가지고 있을지도 모른다. 다른 부분에서는 뭐든지 잘난 녀석인데, 그러니깐 복잡 미묘한 감정 문제에서는 오히려 버벅거리는 경우가 엔카루스에게 해당되는 것 같았다.

예를 들자면 초등 남학생들이 그 좋아하는 감정을 표현을 못해서 자신이 좋아하는 여자들을 괴롭히는 것과 똑같다고 할 수 있다.

'후훗, 나도 예전에 그런 적이 있어서 잘 알지.'

어쨌든 나는 이들이 나에게 질투를 느끼든 미움을 느끼든 신경 쓰고 싶지 않았다. 기이하게도 나는 이런 상황이 화가 나지는 않았다. 다만 귀찮고 짜증이 날 뿐이었다.

아무튼 외교 사절단 일행들은 어느덧 숲이라는 곳에 들어서기 시작했다. 이미 해가 저물어야 할 시간이었지만 지금은 거의 여름이라는 계절이라 아직 해는 남아 있었다.

미카엔은 일행들에게 적당한 장소를 잡아 야영할 준비를 하도록 몇몇 기사들에게 명하였다.

"아멘시타, 나 너무 피곤하다. 이럴 땐 다시 집에 돌아가고 싶어, 내가 태어났던 곳으로. 이곳은 내가 알던 판타지 세계와는 달라. 스릴있는 모험도 없고, 의리있는 동료들도 없고, 게다가 난 내가 여자가 되었다는 사실이 너무 싫어."

나는 아멘시타의 얼굴을 감싸며 푸념 섞인 말을 늘어놓았다. 그러자 아멘시타는 순수한 정령답게 감정이 매우 풍부하였는지, 나의 말에 눈물을 글썽이더니 이내 닭똥 같은 눈물을 뚝뚝 떨어뜨리며 나에게 울먹이며 말했다.

[히잉~ 미안해, 도현아. 모두 내 탓이야! 미안해!]

"에휴~ 아멘시타, 울지 마. 이제 와서 어떻게 하겠냐? 그냥 여자가 되었으면 여자인 채로 살아야겠지. 여자의 모습으로 남자의 삶을 살겠다고 외치면 이상한 여자라는 소리를 듣거나 레즈비언이라는 소리나 듣겠지."

[흑흑! 너무 힘들어하지 마. 내가 너의 버팀목이 될게. 이것은 예전에 너에게 약속했던 것이기도 했잖아? 흑! 그런데 이도현, 레즈비언이란 말이 뭐야?]

마지막 아멘시타의 질문에 나는 갑자기 할 말을 잃었다.

"킥킥! 하긴, 넌 그 말을 모르겠구나? 알 필요 없어. 별로 좋은 뜻의 단어는 아니니."

[아! 이럴 것이 아니라 내가 그 시커먼 남자를 다시 혼내줄까? 다시 너를 괴롭히지 못하도록.]

"됐네, 괜히 시끄러워지기만 해. 너 역시 다칠 수도 있고. 그냥 너는 앞으로 충실히 말 역할만 하면 되는 거야."

[으응……]

아멘시타는 고개를 끄덕이며 나의 말에 답했고 나는 흡족해져서 아멘시타를 한번 쓰다듬어 주고는 발걸음을 옮겼다.

왕실의 기사들은 모두 분주해 보이는 모습으로 야영 준비를 해 나가고 있었다. 날은 이제 어둑어둑해져 가고 있었지만 아직 완전히 어둠이 깔린 것은 아니었다. 기사들은 제일 먼저 미카엔이 쉴 천막 같은 것을 설치(?)했고, 그 다음으로 마법사들이 쉴 곳과 아사벨라가 쉴 처막을 꼼꼼하게 설치했다. 물론 기사들은 그냥 노숙하는 형태로 침낭에서 잠을 청할 생각인지 더 이상 천막을 만들지 않았다.

나는 엔카루스가 있는 곳으로 발걸음을 옮겼다. 그도 뭔가 잡일을 하고 있었는데, 그가 입은 갑옷은 매우 간단하고 가벼운 것이었는지—
그는 가슴만 가리는 브레스트 플레이트에 검은색의 망토를 걸치고 있었다—활
동하기에는 매우 자유로워 보였다.

"잠시 얘기 좀 할까?"

나는 그의 앞에 서서 다소 오만해 보이는 얼굴 표정으로 입을 열었
다. 그러자 엔카루스는 피식 웃어 보이더니 말했다.

"훗, 네가 먼저 나에게 말을 다 걸다니. 나야 상관은 없지만 미카엔
이 또 오해를 할 텐데… 그러다 또 한 번 스캔들이 나면 어쩌려고?"

"잔말 말고 따라오기나 해!"

나는 그렇게 말하고는 사람들의 이목이 없을 만한 곳을 선택해 다시
발걸음을 옮겼다. 물론 엔카루스는 나의 뒤를 따라왔다.

"어이, 라비스. 왜 이렇게 으슥한 곳으로 가는 거야? 설마 나랑 밀회
를 즐기자는 것은 아니겠지?"

"……."

적당한 지점에서 걸음을 멈춘 나는 몸을 돌려 엔카루스를 바라보았
다.

"바인딩!"

내가 시동어를 외치자 주위에 있던 모든 식물들… 나무나 질긴 풀
같은 식물들이 길게 자라나더니 엔카루스가 있는 쪽으로 순식간에 다
가와 꽁꽁 묶어버렸다.

"훗… 엔카, 마법을 쓰기 위해 스펠을 캐스팅하는 짓을 하면… 알
지? 널 꽁꽁 얼려 버릴 거야!"

내가 그렇게 협박성의 발언을 하자 엔카루스는 당황한 모습을 보
인… 것이 아니라 그의 특유의 여유로운 얼굴로 살짝 미소까지 띠며

나에게 입을 열었다.

"이대로 꼼짝 않고 있을 테니깐 하고 싶은 말이 있으면 해."

"앞으로 나에게 접근하지 마! 또다시 오늘과 같은 일이 생기게 한다면 그땐 죽여 버릴 거야! 그리고 혹시 나에게 어떠한 감정이라도 갖고 있다면 그것이 무슨 감정이 되었든 네 속에다가 묻어버려. 내 말 알겠어?"

내가 그렇게 험악한 표정으로 그에게 말하자 엔카루스는 잠시 입을 다물고는 나를 지그시 바라보았다. 그의 눈빛이 평소 얄미운 느낌이 아니라 약간 진지해 보여서 나는 잠시 멈칫했다.

잠시 후 엔카루스는 한숨을 내쉬더니 낮은 목소리로 입을 열었다.

"라비스, 너 미카엔을 사랑해?"

'헉! 얘가 왜 갑자기 진지 모드가 되었지? 그런 난처한 질문을 하다니!'

나는 잠시 망설였다. 그리고 그에게 약간 냉정한 듯한 목소리로 입을 열었다.

"난 아무도 사랑하지 않아! 난 그런 운명이거든. 앞으로 어찌 될지 모르지만 지금으로썬 난 그 누구도 사랑하지 않을 거야."

하긴, 나는 그 누구도 사랑하지 못할 팔자가 되어 있다. 내가 남자의 영혼으로서 남자를 사랑할 수 있겠는가, 아니면 여자의 육체로 여자를 사랑하겠는가? 퍽이나 난해한 형태인 나는 사랑하고 싶어도 사랑할 수 없는 팔자였던 것이다.

나는 그렇게 엔카루스를 묶어둔 채로 그곳을 빠져나왔다. 어차피 그는 스스로 내가 묶어놓은 것을 풀 수 있기 때문이었다.

내가 그렇게 일행들이 있는 곳으로 돌아가자 기사들이 모아놓은 땔감으로 마법사들이 불을 피워놨는지, 모닥불이 타오르고 있었고 저녁 식사 준비로 몇몇은 분주해 보였다.

"라히덴 군, 전하께서 부르시네!"

킬린은 나를 찾고 있었는지 나를 보자마자 미카엔이 나를 찾는다는 말을 알렸다. 나는 그의 말에 끄덕이고는 황태자의 처소로 마련된 천막으로 갔다. 말이 천막이지 황태자가 머무는 곳은 매우 넓어 보였고 안은 제법 깔끔하고 아늑하게 꾸며져 있었다.

내가 안으로 들어서자 미카엔은 누구와 이야기 중이었는데, 그는 왕실의 중신으로서 이번에 황태자를 외교 문제로 따라나선 자였다. 미카엔은 나를 보더니 그를 밖으로 내보냈다.

"부르셨어요, 미카엔?"

"앉아."

그의 말에 나는 마련되어 있는 의자에 앉았다. 그리고 그가 다시 입을 열기를 기다리며 그를 바라보았다.

"아무래도 넌 다시 돌아가야겠어. 내일 호위 기사를 붙여줄 테니깐 왕성으로 돌아가도록 해."

"뭐죠? 다시 돌아가라니……. 혹시 엔카루스와 저의 소문 때문에 마음에 걸려 다시 돌아가라는 것은 아니겠죠? 그러면 난 돌아가지 않을 거예요!"

"그게 아니야."

미카엔의 목소리가 살짝 커져 있었다.

"그럼 뭐예요?"

"어쩌면 네가 위험해질지도 몰라서 그래. 방금 첩자로부터 얻은 소식인데 인페르디아 국에서 심상치 않은 조짐이 보여. 아마도 우리가 루젠다르와 손을 잡는 것을 탐탁지 않게 여기는 것이겠지."

미카엔의 은빛이 도는 자수정 빛 눈에는 나를 진심으로 염려하는 기색이 드러나 보였다. 그의 말에 나는 살짝 미소를 머금으며 입을 열었다.

"미카엔, 그런 거라면 걱정하실 필요 없어요. 전 제 몸을 지킬 수 있어요. 미카엔이 나에게 능력을 주었잖아요?"

"간단한 수준의 위험이라면 내가 이런 말을 안 했겠지. 라비스, 이번 루젠다르를 향한 여행은 생각보단 매우 위험할 거야. 솔직히 말하자면 인페르디아에는 매우 위험한 인물이 있어. 그곳에는 고위 마족의 여자가 인페르디아 왕의 뒤를 봐주고 있는데, 이번에 그 여자가 관여할 것 같아."

"고위 마족? 흠… 미카엔, 고위 마족이란 것이 드래곤보다 강한가요?"

"드래곤보다 강하냐고? 물론 직접적으로 둘이 붙으면 드래곤이 강하겠지! 하지만 그 고위 마족이 마계에서 마룡이나 그 밖의 최강 마물을 다수 소환해 낸다면 드래곤이 이길 것이라는 장담은 못하겠군. 만약 젊은 드래곤이나 헤츨링 같은 경우는 거꾸로 마룡에게 당할 수 있거든. 그런데 드래곤은 지금 대화와는 별로 관련이 없어 보이는데?"

하긴, 미카엔은 자신의 어머니가 드래곤이라는 사실을 모르니 내가 드래곤이라는 단어를 꺼낸 것을 의아하게 생각할 것이다. 아무튼 그의 말에 나의 얼굴 표정은 약간 심각하게 구겨졌다.

"흠… 그렇다면 그 마족이 마룡을 소환해 낸다면 큰일이겠군요. 그 마족이라는 여자가 소환 능력이 매우 뛰어난가 보죠?"

"그래. 그 여자는 마물 소환 능력이 매우 뛰어난 존재이지. 여태까지 잠잠한 그녀였는데, 방금 들어온 소식에 의하면 이번에 그 여자가 모습을 드러내어 몸을 움직이기 시작했다고 하니 정말 걱정이야. 아마도 그녀의 봉인된 힘이 풀린 탓이겠지."

"봉인된 힘이요?"

"응. 그녀는 몇십 년 전에 한 실버 드래곤에 의해서 힘이 봉인되었다고 했어. 어머니께서 해주신 말씀이지. 그런데 이번에 그녀가 다시 움직이기 시작했다는 것은 그녀의 봉인된 힘이 풀려났다는 것이겠지. 아마도 어떠한 알 수 없는 힘에 의해서 말이야."

미카엔의 말에 나는 차근차근 머리를 굴려보기 시작했다. 그의 말을 종합해 보자면…….

'실버 드래곤이라… 그렇다면 혹시 왕비가 직접 그 마족의 힘을 봉인했던 것이 아닐까? 그런데 이번에 다시 그 힘이 풀렸났다면 왕비보다 더 강한 힘의 소유자가 그 힘을 풀어주었다는 얘기가 되는데… 누구일까, 고위 마족의 봉인된 힘을 풀 자가? 아무래도 나이가 조금 있는 드래곤밖에는 없는데. 역시 왕비가 이번에 다시 봉인했던 것을 풀어준 것은 아니겠지? 그렇다면 대체 무슨 꿍꿍이일까? 설마 자신의 아들을 혹독하게 지옥 훈련이라도 시키려는 것은 아니겠지? 아니면…….'

여기까지 머리를 쥐어짜며 결론을 내고 있는데 미카엔의 목소리가 다시 들려왔다.

"아무래도 내일 아침 일찍 루젠다르 국경 근처로 일행들을 텔레포트를 시켜야겠어. 아마도 다른 마법사들의 도움까지 받아야겠지? 이동시킬 인원들이 매우 많으니깐. 그리고… 라비스."

"네."

"요즘 너에게 무슨 일이 일어나고 있는지 숨기지 말고 얘기해 주면 안 될까? 요즘 넌 나를 너무 불안하게 해. 난 너에게 화를 내고 싶지 않아. 이리 가까이 와봐, 라비스."

나는 느릿하게 자리에서 일어나 그에게 가까이 다가갔다. 그러자 미카엔은 팔을 들어 나의 허리를 감싸 안더니 자신의 품 쪽으로 끌어당겼다. 그리고 나에게 키스라도 하려는 듯 폼을 잡자 나는 질겁을 하며 그를 밀쳐 내었다.

그때!

쿠구쿵!!

갑자기 내가 서 있는 땅이 흔들리며 요란한 소리가 났다. 물론, 나는 균형을 잃고 앞으로 넘어졌는데, 그로 인해서 나를 안고 있던 미카엔까지도 균형을 잃고 뒤로 나자빠졌다.

"어엇!"

나는 넘어지긴 했지만 미카엔의 몸 위로 넘어졌기 때문에 다치진 않았지만, 미카엔은 쬐금 아팠을 것이다. 아무튼 남들이 보면 상당히 오해를 야기시킬 만한 포즈가 되자 당황한 나는 얼른 몸을 일으켰다.

"황태자 전하! 큰일 났사옵니다!"

그때 누군가가 수선스럽게 천막 안으로 들어오며 외쳤다.

몸을 바로한 미카엔은 넘어진 것으로 인하여 약간의 통증이 느껴졌는지 살짝 얼굴을 찌푸리며 천막 안으로 달려 들어온 기사를 향해 입을 열었다.

"무슨 일인가, 알렌?"

"괴, 괴물이……"

그 기사는 숨넘어갈 듯한 소리로 말을 했지만 그에게서는 더 이상의 정확한 보고를 얻어낼 수는 없었다. 하지만 그때 대충 뭔가 심상치 않은 일들이 지금 일어나고 있다는 것을 짐작하게 할 음향들이 미카엔과 나의 귀에 들리기 시작했다.

"끄아아악~! 괴물이닷!!"

"드, 드래곤이 나타났다!"

"아냐! 멍청아! 저건 드래곤이 아니야!"

쿠웅~! 우지끈!

무언가 육중한 것이 땅바닥을 디디는 소리와 함께 나무들이 부러지는 소리가 들려왔다.

"서, 설마… 마룡이……?"

미카엔의 얼굴 핏기가 사라지며 지금 상황에 대한 자신의 짐작을 나직히 중얼거렸다. 그리고는 잽싸게 천막 밖으로 뛰어나갔다. 물론 나 역시 상황이 궁금하였던 터라 미카엔의 뒤를 따라 밖으로 나갔다. 그러자…….

나의 눈에는 믿기 어려운 광경들이 펼쳐지기 시작했다.

어두운 빛의 칙칙한 피부를 가진 도마뱀의 형태의 거대한 괴물이, 드래곤의 특징이라고 할 수 있는 브레스를 이쪽을 향해 내뿜기 시작한 것이었다. 일행에 섞여 있던 왕실 마법사들은 그 마룡과 대치하여 재빠르게 캐스팅의 합창에 들어갔다.

중얼 중일 중얼··!!

마룡의 거대한 입에서 무시무시한 불길이 곧 쏟아져 나왔고 마법사들은 하나둘씩 빙계 계열의 실드를 형성해 나가기 시작했다. 하지만 마룡이라지만 드래곤과 거의 비슷한 수준의 브레스를 몇 명의 마법사들이 막아내는 것은 무리였다.

아주 찰나의 시간만큼은 그 브레스를 막았다고는 하나, 곧 마법사들의 실드는 한 개씩 소멸되어 갔다.

"실드!"

미카엔은 모든 일행들을 보호할 수 있는 빙계 속성의 거대한 실드를 단번에 만들어냈고, 그 기세를 몰아 또 다른 시동어를 외쳤다.

"블리자드!"

미카엔이 맑은 목소리로 한 개의 단어를 외치자 금세 마룡의 주변으로 은빛의 거대한 마나가 결집되더니 무시무시한 눈보라를 만들어냈다.

불과 몇 초의 시간이 경과한 후 마룡이 서 있던 몇백 큐빗에 달하는 면적이 새하얗게 얼어붙었고 마룡 역시 그 징그러운 피부가 새하얗게 변색되기 시작했다.

크라라라!!

마룡은 꽤나 고통스러운지 요동을 쳤다. 하지만 그 마물은 드래곤의 일종이라고도 할 수 있는 최강의 마물이었던 터라—드래곤처럼 마법은 사용하지 못하지만 다른 능력은 드래곤과 동격이다—이에 굴하지 않고 일행들이 있는 쪽으로 달려오기 시작했다.

쿠웅— 쾅! 쿵쾅!

마룡이 발을 디딜 때마다 땅이 울려서 나는 균형을 잃고 금방이라도 쓰러질 것만 같았다. 아무튼 마룡은 다소 무대포적인 태도로서 이쪽으로 달려왔고, 그리고… 미카엔이 형성해 놓은 실드에 몸을 박았다.

치직~

크라라라!!

마룡은 하늘을 갈라놓을 듯한 무시무시한 외침으로서 길게 한 번 울부짖더니 다시 한 번 실드에 몸을 박으려 폼을 잡았다. 다소 무식해 보이는 행위였다. 이러한 행동을 보면 마룡은 덩치만 무식하게 컸지 머리는 상당히 나쁜 모양이다.

"아이스 윈드!"

미카엔은 다시 한 번 공격 마법을 외쳤다. 그러자 실드 밖의 공기 중에 있던 습기가 순식간에 뭉치기 시작하더니 날카로운 얼음 덩어리가 되어 매서운 바람과 함께 빠른 속도로 마룡에게 날아가 피부에 파바박! 박히기 시작했다. 하지만 그 공격 마법은 질긴 피부로 된 마룡에게 그리 치명타를 주지는 못했다.

"앗! 또 브레스를 뿜는다!"

누군가가 외치는 소리가 들려왔고 그와 함께 마룡의 두 번째 브레스도 날아왔다.

'헉! 이걸 어째! 나도 한몫해야겠군.'

"파워 실드!"

내가 형성해 낼 실드가 미카엔보다는 낮은 위력을 갖는다는 것을 계산한 나는 보통의 실드보다 더 한 단계 위인 파워 실드의 시동어를 외쳤다. 지금은 캐스팅을 하는 척인지 뭔지를 할 시간이 없었다. 그러자 미카엔보다는 조금은 작은… 하지만 파워 실드답게 제법 두꺼운 아이스 실드가 한 개 만들어졌다.

그리고, 나의 실드가 만들어지는 것과 동시에 마룡의 브레스가 쏟아져 나왔고 나의 실드는 마룡의 브레스를 간신히 견뎌내었다.

크르르…….

마룡은 이번 공격도 실패하자 으르렁거리는 소리를 내었고, 나는 흡족한 미소를 슬쩍 지어보았다. 미카엔은 나를 돌아보더니 살짝 미소를 지어 보이고는 곧바로 자신의 몸을 실드로 감싸더니 허공 위로 빠르게 솟구쳤다. 아마도 공중에서 마룡을 집중적으로 공격할 생각인 모양이었다.

"앗! 미카엔!"

갑자기 미카엔이 혼자서 겹겹이로 쳐진 실드 밖으로 나가자 나는 그의 이름을 불렀고, 그는 나의 목소리를 듣지 못하였는지 허공 위로 날며 마룡에게 마법을 날리기 시작했다.

결국 나는 실드를 유지하는 데에 집중을 하는 수밖에 없었다. 그런데 그때 섬뜩할 정도로 서늘한 기운이 내 쪽으로 다가왔다.

"호호! 이제야 저 반쪽 드래곤 녀석이 자리를 비웠군."

요사스러워 보이는 여자의 목소리가 갑자기 들려오자, 흠칫 놀란 나는 뒤를 돌아보았다. 그러자, 백지장같이 새하얀 얼굴에 흑단 같은 새카만 머리카락을 발뒤꿈치까지 끌고 있는 한 소녀가 나를 바라보고 있었다.

'헉! 저 여잔 어디서 나타난 거야?'

"호호! 네가 황태자의 애첩 맞지? 아까 다 보았지. 물론 나의 수정구로 말이야. 꽤나 분위기가 좋아 보이던걸? 호호."

"넌 누구지?"

"흐응, 나? 아까 네 낭군이 다 말했을 텐데? 미안하지만 널 좀 데리고 가야겠어. 그래야 저 황태자 녀석이 날 찾아오겠지? 깔깔!"

"뭐?"

마족으로 보이는 그녀가 그렇게 큰 소리로 웃고 있음에도 불구하고 내 근처에 있던 마법사들이나 기사들은 아무도 그녀를 볼 수 없었는지 모두 마룡을 대적하는 데에만 신경을 쓰고 있었다. 하지만 언제 이곳으로 왔는지 엔카루스가 날 보더니 이상함을 느꼈는지 외쳤다.

"라비스! 너 지금 누구랑 얘기하고 있는 거야?"

그러한 엔카루스를 본 마족의 여자는 몸을 잽싸게 움직여 나에게 다가오더니 나의 어깨를 콱 붙잡았다. 그러나… 내가 차고 있던 다이아 목걸이가 순간 빛을 발한다고 생각한 순간!

치직―

"까야악~!"

요란한 소리와 함께 마족의 여자는 찢어지는 듯한 비명을 지르더니, 뒤로 순식간에 밀려났다. 나의 주위로 빙계 계열의 실드가 생겨난 탓이었다. 그리고 전격 마법 중에 강력한 공격 마법인 라이트닝이 마른 하늘에서 떨어져 내려와 그 마족 여자를 공격을 하였다.

우르르― 꽝!

하지만 그녀는 고위 마족의 신분답게 만만치 않는 능력을 가지고 있었는지 검은빛의 오라 비슷한 실드를 잽싸게 만들어내더니 자신의 몸을 방어해 냈다.

이 모든 일들은 아주 순식간에 일어난, 그러니까 0.5초 만에 이루어진 일들이었다. 결국 이러한 일들로 인하여 위쪽에서 마룡을 초죽음으로 몰아가고 있던 미카엔은 아래쪽의 심상치 않은 일들을 눈치 챘는지 대적하고 있던 마룡을 내버려 두고 무서운 기세로 내려왔다.

"라비스~!!"

그는 나의 이름을 열정적(?)으로 부르며 무서운 속도로 나의 곁으로 내려왔는데, 그의 표정으로 보아선 마족 여자를 단숨에 박살 낼 기세였다.

아무튼 나로서는 정신이 하나도 없었다. 갑자기 마족이 등장하더니 내 주위로 실드가 형성되고, 그 다음엔 뭔가 번쩍 하며 우르르 쾅! 했고, 이번엔 미키엔이 저렇게 나의 이름을 부르며 내려온 것이었다.

'윽! 어지러워~'

어쨌든 마족 여자는 미카엔이 저렇게 나오자 상황이 불리하다고 생각했는지 그녀의 표정이 비장해졌다.

미카엔은 이쪽으로 다가오면서 하나의 마법을 발동시켰다.

"프리즈 필드!"

그 마법은 적당한 구역에 있는 모든 것들을 순식간에 얼어붙게 만드는 마법이었는데, 그 구역의 넓이는 마법사의 능력에 따라 조절할 수가 있었다. 물론 컨트롤이 미숙한 마법사일 경우에는 잘못하면 자신의 동료가 있는 곳까지 그 영향을 미쳐 봉변을 당하게 되는 경우가 있으나 미카엔 같은 경우에는 그럴 걱정은 없었다. 그는 다른 것은 몰라도 마법에 대해서는 드래곤 다음으로 천재였기 때문이다.

미카엔은 프리즈 필드의 영향권을 매우 축소시킨 대신 그 영향력은 극대화시켰다. 그러자 마족 여자의 검은색 실드가 점점 옅어져 갔다.

궁지에 몰린 마족 여자는 결국 자신의 힘을 극대화시키더니 마계와의 차원의 문을 열었다. 차원의 문을 여는 것은 굉장한 마력이 소모되는 일이었다. 게다가 그 게이트를 계속 유지하고 있어야 하는 것에도 굉장한 마력이 소모되는 일이었으므로 결국 그 마족은 금세 얼굴이 창백해졌다.

"두고 보자, 이 반쪽 도마뱀! 젠장! 그동안 힘이 봉인되어 있었더니 오늘은 제대로 능력 발휘가 안 되는군."

이를 갈며 그렇게 허무하게 자리를 뜨는 마족을 나는 그저 혼란스럽게 바라보았다. 오늘은 황당한 장면들을 너무 많이 봤더니 머리가 어질어질하였다.

　그녀가 게이트로 들어선 순간 그녀의 실드는 완전히 소멸해 버렸다. 그녀로서는 매우 아슬아슬한 순간이었을 것이다. 그렇게 그녀가 사라지자, 마법사들이 만들어놓은 실드를 몽땅 깨부시기 직전이었던 마룡도 다시 마계로 사라져 버렸다.

　그리고 보니 우리로서도 위험천만한 순간이었다.

　"괜찮아, 라비스?"

　"네. 괜찮아요, 미카엔. 하지만 후훗… 저기 많은 분들이 제가 라비스라는 것을 알아버렸겠군요! 아까 미카엔이 무지하게 큰 목소리로 나를 라비스라고 불렀으니……."

　"하하… 그리고 보니 그렇군. 아깐 워낙 긴박했던 순간이라… 뭐, 할 수 없지! 라히덴에서 다시 어여쁜 나의 신부 라비스로 돌아오는 수밖에. 그런데 아까 그 여자가 왜 나를 보고 반쪽 도마뱀이라고 했을까?"

　"그, 글쎄요."

　나는 그의 질문에 말을 얼버무렸으나 그는 그리 신경을 쓰지 않았다.

　암튼 미카엔은 아연한 얼굴로 우리 쪽을 바라보고 있는 일행들을 쭈욱 훑어보았다. 그중에 수석 마법사 킬린이 조심스러운 말투로 미카엔에게 물었다.

　"황태자 전하, 저 마법사가 라비스님이셨습니까? 도대체 이렇게 중요한 외교 문제로 가는 타국에 후궁을 데리고 가시다니요? 루젠다르의 왕께서 황태자님을 어떻게 생각하시겠습니까?"

　그러자 미카엔은 얼굴을 찌푸리며 그 늙은 마법사에게 근엄하게 입을 열었다.

"킬린, 그 입 다물게. 내가 라비스를 데리고 가는 것으로 인해 루젠다르에게 흠을 잡힌다면 할 수 없는 일이겠지. 하지만 그런 일로 인해서 이번 일을 그르치는 결과를 낳게 만들지는 않을 것이다. 난 그들에게 로히얀스의 위대함을 보여줄 것이다. 킬린, 나를 믿는다면 더 이상 라비스에 대한 문제로 이러쿵저러쿵하지 마라! 그리고……."

미카엔은 자신이 일국의 황태자란 것을 확실히 보이는 근엄함을 보이며—사실은 자신의 권위로 억지로 저들의 입막음을 하는 것일지도 모른다—저만치 서 있는 엔카루스를 바라보며 다시 입을 열었다.

"엔카루스, 내가 너를 지켜보고 있음을 명심해라! 내가 왜 이런 말을 하는지는 잘 알고 있겠지? 너와는 비록 처남 관계에 있기는 하나 나의 이해심에도 한계가 있음을 잊지 말아야 할 것이다."

"명심하겠습니다, 황태자 전하."

미카엔이 그렇게 말하자 엔카루스는 그에게 예를 갖추는 모습을 보였다.

아무튼 그렇게 주변 정리가 끝나자 기사들과 마법사들은 엉망이 된 주위를 다시 복구하였고, 저녁 식사 준비하는 것을 다시 시작했다. 그렇게 모두들 분주한 모습을 보였으나, 미카엔은 아까와는 달리 천하태평한 표정을 지어 보이더니, 자신의 거처인 천막으로 들어가며 나에게 말했다.

"라비스, 들어와. 네게 걸린 일루전 마법을 풀어야겠어."

그는 그렇게 말하며 나의 대답도 듣지 않고 쏙 들어가 버렸다.

'하긴, 일루전 마법은 풀긴 풀어야겠지. 그런데 어쩌다 일이 이렇게 되어버렸냐?'

나는 터덜터덜 걸으며 미카엔의 천막으로 들어갔다. 그는 마법을 과도하게 많이 쓴 것으로 인하여 매우 피곤한 얼굴을 하고 있었다. 하지만 그에게는 아직도 몸 안에 마나가 충분히 있었는지 이번에도 간단하게 내게 걸린 일루전 마법을 해제시켰다. 그리고 덤으로 다시 나의 머리카락을 예전의 긴 머리로 원상복구시켜 놓았다.

"미카엔, 머리는 그냥 놔두지 그랬어요? 여행에는 긴 머리가 거추장스럽고 여름이라 굉장히 덥단 말이에요."

"네가 불편한 것은 안되었지만 난 너의 긴 머리카락이 좋아. 그리고 무엇보다 예쁘잖아?"

그의 무성의한 말에 나는 오만상을 찌푸렸다. 그러자 미카엔은 킥! 하고 웃더니 나의 이마를 손가락으로 톡 쳤다.

"윽! 미카엔, 그렇게 자꾸 손찌검을 할 거예요?"

"하하, 손찌검이라니? 그런 섭한 말을… 난 네가 귀여워서 그러는 건데."

"에엑! 닭살."

"라비스, 너 또 꿀밤 맞고 싶은 거야? 자꾸 그렇게 말대꾸를 하다니!"

그렇게 미카엔과 대화를 하다가 나는 멈칫하였다.

'헉! 내가 뭐 하는 짓이지? 미카엔과 즐겁게 대화를 하고 있다니! 내가 미친 것이 틀림없어!'

내가 그렇게 갑자기 창백해지자 미카엔은 걱정스런 표정을 지어 보이며 나에게 말했다.

"라비스, 왜 그래? 어디 아픈 거야?"

그런 미카엔의 얼굴을 바라보자 나는 혼란스러워졌다. 결국 나는 그에게 말도 없이 휙 몸을 돌려 그의 천막을 빠져나오고 말았다.

그 다음날 아침, 미카엔과 왕실 마법사들은 많은 일행들을 공간 이동시킬 마법진을 만들고 있었다.

평소 때 같았으면 신기해 보이는 마법진을 구경했을 텐데, 지금은 그럴 맘이 조금도 없었다. 그때 누군가가 나에게 다가왔다.

"라비스님, 왜 그렇게 축 처져 있지요? 황태자 전하께서 라비스님에게 뭐 소홀하게 한 일이라도 있나요?"

아사벨라가 약간 웃음 섞인 목소리로 나에게 말을 걸었다. 하지만 그녀의 웃음 섞인 목소리는 약간의 조롱과 비웃음을 담고 있어 상대방을 상당히 기분 나쁘게 하는 요소가 있었다. 나는 그런 그녀에게 말대꾸해 주는 것도 귀찮았으나 그녀에게 열이 뻗치는 것은 어쩔 수 없는 일이었으므로 입을 열었다.

"죄송하지만 아사벨라님이 생각하시는 것과는 정반대랍니다. 미카엔이 나에게 너무 잘해주고 있거든요. 그것 때문에 오히려 부담이 될 정도이지요."

나는 그렇게 말하며 그녀에게 씨익 웃어 보였다. 하긴 지금 미카엔에게 부담감을 느끼고 있긴 했다.

내가 그렇게 말하자 아사벨라의 얼굴이 일그러졌다. 그녀는 내가 황태자에게 미카엔이라는 호칭을 당당하게 사용하고 있는 것이 매우 불쾌했을 것이다.

나는 그녀에게 다시 입을 열었다.

"아사벨라님, 지금은 제가 혼자 있고 싶으니 더 이상 방해하지 말아주셨으면 합니다."

"어머, 그러세요? 그럼, 라비스님이 계속 혼자 있을 수 있도록 저는 이만 자리를 비켜드리지요. 저는 전하께 드릴 차라도 한잔 끓여야겠어요! 호호."

그녀는 그렇게 얄밉게 말하더니 자신의 거처로 돌아갔다.

'쳇! 얄미운 말투는 앤카루스하고도 꼭 닮았군.'

다시 혼자가 된 나는 분주하게 움직이는 일행들을 멍하니 바라보았다. 그때 조그만 산새 한 마리가 나의 앞으로 푸드덕 날아왔다.

[왜 그렇게 얼굴을 구기고 있어?]

"너, 또 몸을 바꾸었냐?"

[응, 말의 몸속에만 있는 것은 갑갑해서 조금 더 자유로운 산새의 몸으로 들어갔지. 게다가 난 하나의 몸속에 이틀 이상 있는 것은 불가능하기 때문에 이렇게 몸을 자주자주 바꾸어주어야 해! 한두 시간 후에는 다시 말의 몸으로 들어갈 수가 있을 거야.]

"그래?"

나는 시큰둥하게 응수하고는 초점없는 눈길로 어떤 한곳을 멍하니 바라보았다.

[왜 그래?]

"그냥… 내 본래 자아의 정체성을 잃어버렸다고나 할까?"

그러자 아멘시타는 고개를 갸웃거리며 말했다.

[자아의 정체성? 그게 무슨 말이야?]

"꼬마는 몰라도 돼."

그러자 아멘시타는 발끈을 하며 입을 열었다.

[내가 꼬마라구? 난 너보다 1년은 더 오래 살았어!]

"흐응~ 그래? 하지만 몇천 년의 세월을 사는 론티아 나무의 나이로 따진다면 이제 20살인 너는 아직 꼬마야."

[아냐!!]

"맞어, 넌 꼬마야!"

[아냐!!!]

"맞어!"

[아냐! 난 꼬마가 아니야! 너, 오늘따라 왜 이렇게 심술궂는 거야?]

아멘시타는 씩씩거리며 나에게 따져들었다.

"아멘시타, 난 대체 뭘까? 여자일까, 아님 남자일까? 아니면 이것도 저것도 아닐까?"

그러자 아멘시타는 심각한 얼굴을 해 보였다. 산새의 모습으로 있는 주제에 표정을 정말 다양하게 지어 보이는 웃기는 정령이었다.

[글쎄… 난 지금의 너는 여자라고 생각하는데? 그 이유를 한 가지 예로 들어볼까? 만약 남자였던 사람이 죽어서 그 영혼이 다시 환생하였다고 생각해 봐. 물론 다시 태어난 육체는 여자이지. 그렇다면, 다시 여자로 환생한 그 남자의 영혼은 계속 남자라고 할 수 있을까?]

"여자겠지. 하지만 이건 환생 문제와는 다르지 않아? 난 남자였던 19년 동안의 기억을 모조리 다 가지고 있어."

[난 별로 다르지 않다고 보는데… 물론 다른 한 가지는 있지. 그건 기억 문제의 문제겠지. 만약 내가 너의 기억을 모조리 지워 버렸다면 너는 완전한 여자로 살아갔을 거야. 자신이 당연히 여자라고 믿으면서.]

"엑? 그렇다면 너, 나의 기억을 지울 수도 있었어?"

그러자 아멘시타는 고개를 가로저어 보였다.

[만약 그만큼의 능력이 나에게 있었다면 나는 너를 완벽한 라비스로

만들어 버렸을걸? 너의 예전 기억을 모두 지워 버리고 너를 기억상실증에 걸린 라비스로 믿게 만들어 버렸을 거야.]

그의 말에 나의 얼굴을 팍 구겨졌다.

"…그렇다면 너는 내가 완벽한 라비스가 되길 바라고 있겠군. 나아쁜 자식! 너는 끝까지 나를 이용하고 있는 셈이잖아? 용서 못해!"

분노한 나는 내 앞에 있던 아멘시타를 꽉 잡았다. 조그만 산새의 모습으로 있던 그는 내 두 손 안에 완벽하게 갇혀 버렸다. 내가 그렇게 움켜쥐자 산새는 쩩! 하는 소리를 내었다. 이미 아멘시타는 다른 곳으로 옮겨간 모양이었다.

그때 내 등 뒤에 있던 나무에서 아멘시타의 목소리가 들려왔다.

[도현아, 진정해! 물론 나의 실수로 그렇게 되었지만, 어차피 지금의 넌 라비스이잖아? 너에게 주어진 한 가지 길도 라비스이고. 난 너의 편이야. 그것을 알아주었으면 해. 그렇게 예전의 너의 모습에 집착을 한다면, 다시 도현으로 돌아가지 못하는 이상 너는 미쳐 버리고 말 거야. 두 개의 자아 사이에서 방황을 하는 것은 정신 분열을 낳을지도 몰라. 너를 위해서 하는 말이야. 예전의 너를 버리고 인정해.]

아멘시타가 들어가 있는 나무의 가지가 심하게 흔들렸다.

"예전에 내가 너에게 했던 말 기억나? 만약 도현으로서의 나를 잃어버리게 된다면… 너를 증오하겠다고."

[…….]

"이젠… 너를 증오해야 하는지 말아야 하는지… 그리고 또 뭐가 옳은지 그른지 모르겠어. 내 본인에 대한 것도 자신이 없어지고… 이젠 내가 누구인지도 정말 헷갈려! 정말 미칠 것 같아……."

그러자 아멘시타가 몸담은 나무는 더욱 그 가지가 흔들리며 나뭇잎들이 사각거리는 소리를 내었다. 아멘시타는 아무런 음성도 내지 않았으나 나는 가지의 흔들림이 아멘시타가 울고 있는 소리라고 생각했다. 어떠한 울음소리보다 더욱 슬프게 들렸기 때문이다.

어쨌든 여름의 태양이 하늘 꼭대기에 위치하기 전 루젠다르로 향한 사절단 일행들은 미카엔과 마법사들이 만들어놓은 마법진으로 루젠다르 국경 근방으로 공간 이동을 하였다.

드디어 미카엔 일행은 루젠다르로 그 발을 들여놓게 되는 것이었다.

나는 타국으로의 여행에 대한 설레임이 사라진 지금, 그저 무미건조한 눈길로 나의 눈앞으로 펼쳐진 루젠다르와 로히얀스의 국경이라 할 수 있는 세젠느 강을 바라보았다.

Change Of Destiny ◆ 제10장

다가온 위기

 다가온 위기

강가로 와서 그런지 조금은 시원한 바람이 나의 황금빛 머리카락을 휘날리게 했다. 나는 바람으로 인하여 더욱더 거추장스러워진 긴 머리카락을 푸른색의 리본으로 질끈 묶어버렸다.

강바람을 쐬자 가라앉았던 기분이 조금이나마 나아지는 것 같았다.

"굉장히 넓은 강이로군요!"

나는 옆에 서 있는 기사에게 무심코 말을 걸었다. 그는 붉은 갈색의 머리카락을 가진 20대 초반의 왕실 기사 중 하나였는데, 전체적인 분위기로 보아 검술은 출중해 보였다.

"대륙에서 세 번째로 넓은 강입니다. 그만큼 유명한 강이지요. 게다가 경치가 꽤 아름다운 편이어서 유명하긴 하지만, 다른 곳과는 달리 관광 명소로는 개발되지 않는 곳이기도 합니다. 이 강이 국경에 위치해 있는 탓이지요."

그 기사는 정중한 태도로 나의 말에 답했으나, 왠지 그의 모습이 불안정해 보였다. 그래서 의아함을 느낀 나는 그의 얼굴을 다시 한 번 빤히 보았는데, 그의 귓볼이 빨갛게 달아오른 것이 나의 눈에 띄었다.

그것을 본 나는 이 기사가 불안정해 보이는 이유를 깨닫고는 속으로 한숨을 내쉬었다.

미카엔은 이곳에서 얼마간을 머무를 것이라고 말했다. 그 이유는 이곳에는 루젠다르로 향하는 배가 원래 뜨지 않기 때문에 루젠다르 왕과 약속된 그 시간에 루젠다르 측에서 띄운 배를 기다려야 한다고 했다.

결국 일행들은 이곳의 근방에 위치한 여관으로 향하기로 했다. 이곳은 국경 근방이라 좋은 여관이 있긴 않았지만, 그래도 쓸 만한 여관 두 군데가 있긴 했다.

기사 중 하나가 말을 타고 달려가 미리 여관 주인에게 여관을 깔끔하게 치우기를 명하였고 우리들은 천천히 간만에 제대로 된 쉴 곳을 향해 걸음을 하였다.

나는 조세핀 몸으로 들어간 아멘시타를 타고 말없이 말을 몰았다. 가끔 나를 바라보는 미카엔의 눈길이 느껴졌지만 그냥 모른 척했다. 그리고 엔카루스 역시 나와 미카엔을 번갈아 눈여겨보았고, 아사벨라는 이러한 미묘한 기류에는 관심이 없는지―그녀의 관심은 오로지 미카엔 하나뿐일 것이다―아니면 신경을 쓰면서도 무시를 하고 있는 것인지 미카엔의 옆에서 말을 끊임없이 건네었다.

그리고 또 한 가지 내가 신경 쓰이는 것이 더 생겼는데, 그것은 조금 전 내가 말을 걸었던 붉은 갈색 머리의 젊은 기사였다. 그는 아예 넋을 잃고 나를 바라다보는 경우가 잦았는데, 그의 눈길을 내가 느끼기 시작한 것은 조금 전 그와 대화를 하고 난 후부터였다.

그전에는 그가 일행 속에 있었는지 없었는지도 몰랐었다. 아마도 내가 사람들 얼굴 기억하는 능력이 조금 부족한 탓이었을 것이다.

전형적인 형태의 여관 건물에 들어선 나는 방을 배정받자마자 짐을 풀고는 몸을 씻었다. 그리고 다시 밖에 나가 아멘시타를 몰고 강가로 갔다.

'세젠느' 라는 이름의 강은 하늘의 색과 닮은 푸른빛으로 끊임없이 어디론가 흐르고 있었고, 아멘시타를 옆에 세워둔 채 멍하니 강가에 서 있던 나는 한동안 그 푸르름을 바라보았다. 한여름에 들어선 계절의 날씨답지 않게 바람이 매우 시원하게 불어와 나의 로브 자락을 펄럭이게 하였다.

"이곳은 굉장히 평화로워 보여. 고요하기도 하고… 국경 근방이라 마을과 동떨어져서 그런가?"

[평화로워 보이는 건 사실이지만 솔직히 고요한 것은 아냐.]

"고요하지 않다니? 그럼 지금 이곳이 시끄럽기라도 한다는 말이야?"

아멘시타의 말에 나는 의아해져서 그에게 반문을 했다. 지금 이곳은 잔잔히 흐르는 물소리만 빼면 정말 고요했기 때문이다.

[하긴, 너의 귀에는 안 들리겠구나. 여기 세젠느 강에는 물의 정령인 '리엔시타' 라고 굉장한 수다쟁이가 살고 있는데, 아까부터 내내 떠들고 있어. 귀가 따가울 지경이야.]

아멘시타는 얼굴을 찌푸리며 그렇게 말하다가 리엔시타인지 뭔지 하는 물의 정령에게 뭔 소리를 들었는지 얼굴이 아까보다 더욱 일그러져 있었다. 나는 그런 그의 얼굴을 보며 피식 웃어 보였다.

"아멘시타, 너네 정령들은 모두 이름의 끝에 '시타' 라는 단어가 붙냐? 한데 난 왜 물의 정령의 목소리를 들을 수 없지? 너의 목소리는 이렇게 잘 들을 수 있는데 말이야."

[그건 리엔시타가 일부러 모습을 드러내지 않고 나에게만 입을 열었기 때문이야.]

아멘시타는 나에게 친절히 설명을 하고는 다시 물가로 고개를 돌려 입을 열었다.

[리엔시타, 괜찮아. 여기 이 마법사 소녀는 나의 주인이거든.]

나는 아멘시타의 말에 약간 놀란 얼굴을 하고는 그를 바라보았다. 스스로 신성하다고 일컫는 저 콧대 높은 나무 정령이 나를 주인으로 인정하고 있는 줄은 몰랐던 것이다. 하지만 아멘시타는 나의 눈길을 못 느꼈는지 별다른 표정 없이 물가 쪽으로 계속 눈길을 주고 있었다.

나 역시 그의 눈길을 따라 어느 한 지점을 바라보니 그곳에서는 놀랍게도 하얀 물보라를 일으키며 물이 솟아오르고 있었다. 잠시 후 그 물보라는 곧 사람의 형태로 그 모습을 갖추어갔고 나는 휘둥그레진 눈을 깜박이며 그 기이한 현상을 계속 지켜보았다.

[안녕? 나는 세젠느 강… 물의 정령 리엔시타. 호호호~ 론티아 정령의 주인이라… 흠… 빼어난 외모만 제외하고는 별로 뛰어나 보이는 것도 없잖아?]

은근히 나를 깔아뭉개는 듯한 말투에 나는 약간 얼굴을 찌푸렸지만 별다른 말은 하지 않았다. 리엔시타는 어느덧 완전한 인간의 모습을 갖추어 물에서 걸어나왔다. 그녀는 내가 익히 알고 있던 물의 정령 운디네와 같은 이미지를 가지고 있었다.

온통 투명한 몸체에 아름다운 여성의 모습.

그녀는 그렇게 물가에서 나오더니 아멘시타에게 또 뭐라 뭐라 떠들어대기 시작했다. 무척이나 말이 많은 정령이었다. 그녀는 아주 나를 무시하는 태도를 보였는데 그다지 기분이 나쁘지도 않았다. 나 역시 그녀에 대해 별다른 호기심이 없었기 때문에 그런 그녀를 무시했다. 그러다 나는 한 가지가 궁금해졌다.

"아멘시타, 넌 왜 리엔시타처럼 인간의 모습으로 형상화해서 모습을 드러내지 않는 거야?"

그러자 리엔시타는 아멘시타가 뭐라 대꾸하기 전에 그녀가 먼저 입을 열었다.

[아멘시타는 아직 꼬맹이라 그래. 이제 20년 된 녀석이 뭘 할 줄 알겠어? 내가 이러한 모습을 하고 물에서 떨어져 나올 수 있었던 것은 내가 나이가 많은 만큼 많은 능력을 가지고 있기 때문이야. 난 여기 세젠느 강이 생긴 그 순간부터 존재해 왔거든.]

그녀가 그렇게 말하자 아멘시타는 꼬맹이라는 말에 발끈을 했는지 그녀에게 말대꾸를 했다.

[꼬맹이라니! 내가 꼬맹이면 넌 그럼 할망구야!!]

다소 유치하게 느껴지는 위대한 론티아 정령의 말에 몇천 년의 세월을 살아온 물의 정령은 똑같이 발끈하며 대꾸를 하였다.

[어머! 어머! 할망구라니~! 나처럼 아름답고 우아한 숙녀에게 무슨 실례야? 역시 꼬마들은 할 수 없다니깐~]

정령들은 나이를 먹으나 안 먹으나 정신 연령은 다 거기서 거기인 모양이었다. 게다가 엄청난 나이 차이에도 불구하고 둘은 마치 친구처럼 반말로 실랑이를 하고 있었다. 정말 희한한 족속들이었다.

나는 그들을 무시하고 다시 강가를 거닐었다. 그런데 그때……

[앗!! 위험해!]

아멘시타의 다급한 목소리가 들려온다고 생각한 순간!

뭔가가 바람을 가르는 소리가 들려왔다. 그리고 그 무언가는―너무 순식간이라 내가 그것이 무엇인지 미처 알아보지도 못했다―나에게로 쏟아져 왔다.

이럴 때에는 보통 실드를 빌동시켜 나의 몸을 보호하는 것이 상책이었으나 워낙 순식간의 일이라 나의 반사 신경이 따라가지 못해 미처 그러한 생각을 하지 못했다. 나에게는 주어진 능력이 있었으나 아직 그것을 제대로 활용하는 능력이 없었던 것이다.

나에게로 날아오는 것이 몇 개의 '매직 에로우' 라는 것을 알았을 때에는 이미 때가 늦어 있었다. 그래서 이렇게 황당하고 허무하게 죽는구나! 하는 생각이 나의 머리에 잠시 스쳤을 때.

촤아악―

웬 시원한 물소리가 들리며 파악~ 팍! 하는 소리가 연이어 들려왔다. 리엔시타가 재빠르게 물의 속성으로 실드를 쳐준 것이다.

이렇듯 비록 마법 공격이었지만 나에게 어설픈 형태의 마법을 쏘아낸 자는 실패한 것을 깨달았는지 더 이상 공격을 해오지 않았다. 아마도 몸을 내뺀 것이 틀림없었다. 하지만 아멘시타는 어느새 나의 백마인 조세핀의 몸에서 빠져나갔는지 히히잉~ 하는 말 울음소리가 들려왔다.

나는 어떨떨해하는 중에서도 나를 구해준 리엔시타에게 감사의 말을 했다.

"리엔시타, 구해주어서 고마워."

[흥! 내가 구해주고 싶어서 구해준 줄 알아? 아까 아멘시타가 '앗! 위험해!' 하고 외치는 바람에 그냥 엉겁결에 구해주게 된 것뿐이야.]

리엔시타는 그렇게 새침하게 대꾸했으나 나는 그녀에게 살짝 미소 지어 보였다. 그녀는 단지 내가 한 감사의 말을 듣는 것이 어색해서 그러는 것일 뿐이기 때문이었다.

내가 그렇게 리엔시타에게 말을 건넨 동안 아멘시타는 다시 조세핀의 몸으로 들어왔는지 목소리가 들려왔다.

[방금 너를 공격한 놈을 쫓아가 보았는데 그는 이미 죽어 있었어. 그의 공격이 실패한 순간, 아마도 다른 누군가에게 죽임을 당한 것 같아. 단숨에 절명한 것 같은데… 정말 잽싸기도 하지.]

"죽다니? 그럼, 누구에게 죽었단 말이야? 그렇다면 여기에 또 누군가가 숨어 있다는 말이겠네?"

[그건 나도 모르겠어. 아마도 능력이 뛰어난 존재가 너를 노렸던 것 같은데… 방금 너를 공격했던 인간은 루젠다르의 마법사였어. 하지만 그의 상태가 약간 이상해 보였어. 비록 절명해 있다고 하지만 그의 눈동자가 잔뜩 풀려 있는 것을 보니 누군가에게 잠시 조종당했던 모양이야.]

"하긴, 루젠다르가 로히얀스의 외교 사절로서 소속된 나를 노렸다면, 저렇게 어설픈 녀석을 달랑 한 명 보냈을 리가 없겠지. 게다가 왜 갑자기 화친을 깨려는 행동을 하겠어? 이는 분명 인페르디아 측의 짓이야. 아마도 루젠다르 측과 분쟁거리를 만들려고 했던 것이 틀림없어."

내가 그렇게 추리하며 말을 마치자 그 옆에 있던 리엔시타는 고개를 끄덕이며 입을 열었다.

[내가 여기 세젠느 강의 정령이라 이곳에 일어나는 기운에 대해서는 잘 느끼는 편인데 이번에 잠시 마족의 기운이 느껴졌었어.]

"앗! 그럼, 그 마족 여자가 이번에도?"

내가 그렇게 놀라며 외치자 아멘시타는 다소 심각해 보이는 얼굴을 해 보이며 입을 열었다.

[하지만 그 마족이 자신의 일을 성사시키려 했다면 왜 굳이 어설픈 능력의 마법사를 조종했을까? 조금 뛰어난 마법사를 조종해서 공격할 수도 있었는데… 이상해.]

"내 생각엔, 그 마족이 나를 죽일 생각은 없었기 때문이겠지. 오히려 그녀가 자신의 존재를 우리에게 드러내고 싶었던 것이 아닐까? 다시 말하자면 경고의 뜻으로 말이야. '내가 너를 노리고 있으니 다들 조심해!' 라는 의미가 내포된. 아니면 나와 연관된 누군가를 괴롭히려는 속셈이었든지."

나는 내 나름대로의 추리를 진지하게 말하였으나 리엔시타는 뭐가 웃기는지 킥킥거리며 입을 열었다.

[킥킥! 론티아 정령의 주인이 외모를 빼고 별다른 능력이 없길래 약간 실망을 했더니, 상상력 하나는 아주 끝내주는구나.]

그녀의 말에 발끈한 나는 결국 이들 정령과 똑같은 수준이 돼서 말대꾸를 하였다.

"말 어휘를 잘 선택해! 상상력이라니? 이건 추리력이야!!"

*   *   *

여관으로 돌아간 나는 방 안에서 쉬며 오랜만에 느껴보는 한가로운 시간을 보내고 있었다. 침대에 벌렁 누워 뒹굴뒹굴하고 있는데 노크를 하는 소리가 들려왔다.

"들어와요."

나는 별 생각 없이 대답을 했고, 곧 방문이 열리며 흑발의 소녀가 방 안으로 발을 내디뎠다. 아사벨라는 쟁반에 두 개의 찻잔을 들고 있었는데, 나는 그녀가 찻잔을 들고 왔다는 사실에 매우 놀라워하며 침대에서 몸을 일으켰다.

"심심한데 차 한잔 같이 해요."

그녀는 살짝 웃으며 그렇게 말하였으나 나는 문득 이상함을 느꼈다. 항상 날카로워 보였던 그녀의 까만 눈동자가 왠지 공허하게 느껴질 정도로 텅 비어 보였기 때문이다. 그래서 나는 무심코 입으로 가져가려던 찻잔을 다시 내려놓았다.

"아사벨라?"

나는 그녀를 일깨우는 듯한 목소리로 그녀의 이름을 불렀으나 그녀는 나의 그런 의도를 깡그리 무시하고는 갑자기 험악해진 얼굴로 벌떡 일어났다. 그리고는… 옷 속에 감추고 있던 굉장히 날카로워 보이는 단도를 꺼내 들더니 나의 가슴을 향해 찔러 들어왔다. 그녀의 이러한 행동은 순식간에 벌어진 일이라 나는 신음을 내뱉으며 그대로 당하는 수밖에 없었다.

그녀의 행동이 나로서는 매우 황당하게 느껴졌지만, 지금은 왜 그녀가 나에게 이러한 짓을 했는지 극심한 고통으로 인해 머리가 잘 굴려지지가 않았다.

"이게… 무슨 짓……."

나는 쓰러지지 않고 간신히 몸을 버티며 그녀에게 입을 열었다. 그러자 아사벨라는 그녀의 얼굴에 튄 나의 피를 쓰윽 닦으며 입을 열었다.

"난 예전부터 너를 죽이고 싶었어. 너는 나에게서 황태자님을 빼앗아갔어! 네가 죽으면 다시 황태자님은 나의 것이 되겠지? 훗! 너를 증오해! 너는 죽어야 돼!"

아사벨라는 이미 제정신이 아닌 듯하였다. 나는 다시 입을 열려 했다. 하지만 조금 전의 그녀의 공격은 심장을 빗겨갔지만, 피를 너무 흘린 데다가 단도가 나의 가슴에 너무 깊숙이 꽂혀 나의 의식은 점점 현실에서 멀어져 갔다.

결국 나는 쓰러졌고, 스러져 가는 나의 의식을 마지막으로 붙잡으며 하나의 이름을 중얼거렸다.

"…미카… 엔……."

내가 이 이름을 중얼거리는 데에 스스로 놀라면서 말이다.

그 후로부터 얼마의 시간이 지났는지 모르겠다.

내가 눈을 떠서 바라본 천장의 모습은 내가 묵고 있던 여관의 방이 아니었다. 나는 몸을 일으켜 보았다. 그러자 가슴 쪽이 약간 시큰거리는 느낌이 있었지만 별다른 통증이 느껴지지 않았다.

대충 나의 상처를 살펴보니 기이하게도 웬만큼 상처가 아물어 있었다. 누군가가 나에게 신성 마법을 걸어준 것이 아니라면 내가 쓰러져 있는지 한참의 시간이 흘렀다는 얘기였다.

나는 아무렇게나 흐트러져 있는 머리카락을 추스르기 위해 방 안에 있는 화장대 앞으로 다가갔다. 이곳은 왕성에 있는 내 방 만큼은 아니었지만, 제법 방이 넓었고 가구도 꽤나 고급스러워 보였다. 하지만 나는 별로 신경을 쓰지 않았다.

화장대의 거울에서 나의 모습을 비추어 보자, 곧 초췌해진 나의 얼굴을 바라볼 수가 있었다. 하지만 초췌해진 모습에도 나의 외모는 여전히 아름다웠다. 오히려 병약한 미가 느껴지는 얼굴이었다.

그런 나의 얼굴을 바라보다가 나는 문득 짜증이 치밀었다. 내 얼굴이 여성스럽고 아름답게 보인다는 것에 대해 화가 난 것이었다. 나는 머리를 험하게 빗고는 화장대에서 머리를 묶을 만한 것을 찾아내 대충 묶어버렸다. 그러다 지금 입고 있는 옷에 나의 시선이 갔다.

그리고 보니, 나는 의식을 잃기 전에 가벼운 원피스 차림을 하고 있었다. 미카엔이 구해주었던 왕실 마법사 로브는 방에 걸어둔 채 답답해서 입지 않았었고, 그리고 목욕을 하면서 다이아 목걸이도 거추장스러운 느낌에 방에 그냥 놔두었었다. 그리고 강가에 나갔다가 여관으로 돌아왔었다. 그런데 지금은 온통 피로 얼룩졌을 그 원피스 대신 깔끔한 옷이 입혀져 있었다.

거기까지 생각하던 나는 문득 미카엔이 이 다이아 목걸이에 방어마법을 걸어놓았었다는 것을 떠올렸다. 그리고 화염계 방어 마법이 걸려 있다는 로브에 대해서도······.

"휴~ 내가 만약 다이아 목걸이를 하고 있었다면 아사벨라는 그 자리에서 즉사를 했었겠군. 그녀는 마법사가 아니니 강한 전격 마법 중 하나인 라이트닝을 당해내지 못할 테니."

나는 그 다이아 목걸이에 빙계 실드와 전격 계열의 공격 마법이 걸려 있었다는 것을 기억해 내며 중얼거렸다.

"아! 그리고 보니, 아사벨라는 어떻게 됐지?"

문득 그녀가 어찌 되었는지 궁금해진 나는 방을 뛰어나가며 미카엔이 있는 곳을 찾았다. 방을 나서자마자 곧 길다란 복도가 나왔는데, 길을 모르는 나는 잠시 머뭇거렸다. 어디로 가야 미카엔을 찾을 수 있는지 알 수 없었기 때문이다.

그때 이쪽으로 다가오는 어떤 남자가 눈에 들어왔다. 그는 깔끔해 보이는 유니폼 같은 것을 입고 있었다.

"이봐요. 여기가 어디이죠?"

"여긴 케이튼의 '샹크트레안' 입니다, 손님."

"엥? 샹크트레안? 손님?"

그의 대답에 의아해진 나는 고개를 갸웃거렸다. 그러자 그는 빙긋 웃어 보이더니 정중한 태도로 다시 입을 열었다.

"샹크트레안은 여기 루젠다르에서 다섯 번째로 큰 호화 여관입니다."

"아항! 그렇다면 여긴 특급 호텔이라는 말이군요?"

"특급 호텔이요? 저희는 그런 이름은 쓰지 않습니다, 손님."

"그나저나 미카… 아니, 이 나라의 사절로 오신 황태자님은 어디 계세요?"

"2층에 위치한 식당가에 계실 겁니다. 제가 안내해 드리겠습니다."

"아, 고마워요."

그 남자의 안내를 받으며 내려간 2층의 식당은 매우 화려해 보이는 레스토랑의 형태였는데, 왕성에서 얼마간 머물렀던 나의 눈에도 그 화려함은 매우 놀라운 것이었다.

"미카엔!"

나는 일행 중 한 명인 어떠한 중신과 얘기하고 있는 미카엔을 발견하고는 그의 이름을 크게 부르다가 나의 실수를 깨닫고는 얼른 입을 다물었다. 고리타분한 중신이 있는 곳에서 황태자인 그의 이름을 부른다는 것은 상당히 시건방진 행위였던 터라 나중에 무슨 소리를 들을지도 모르는 일이었기 때문이다.

결국 나를 돌아본 그 중신은 얼굴을 찌푸렸지만 미카엔은 나를 보더니 얼굴에 화색이 돌았다.

"라비스, 깨어났군."

그는 벌떡 자리에서 일어나더니 나에게 다가오며 입을 열었다.

"미카엔, 아사벨라는 어디 있어요?"

그러자 미카엔의 화색 돌던 얼굴은 다시 굳어졌다.

"아사벨라님은 지금 죄인의 신분으로서 임시 감금되셨습니다. 황태자 전하께서는 그분께 매우 분노하셔서 극단적인 방법으로 그분을 처벌하려 하셨으나 이 늙은이가 간신히 말렸답니다."

언제 다가왔는지 곁에 다가온 수석 마법사 킬린이 미카엔 대신 대답을 하였다. 그의 말에 나는 눈을 동그랗게 뜨며 그에게 반문을 하려 하였으나 킬린은 계속 말을 이었다.

"외교 사절의 일원이신 아사벨라님은 루젠다르 왕실과 먼 친척 관계에 계시기 때문에 아무런 절차 없이 그분을 처벌하시는 것은 루젠다르와의 화친에 영향을 미칠 수가 있기 때문이지요. 아마도 그녀는 로히안스로 돌아가자마자 사형에 처하실 겁니다."

"안 돼요, 미카엔! 그녀에게 사형이라는 형벌을 내리는 것은 그만두세요. 그녀는 비록 측실이지만 미카엔의 부인 중 하나이잖아요? 게다가, 이번에 그녀가 나에게 해를 끼친 것은 그녀의 탓이 아니에요."

나는 미카엔에게 말했지만 그는 가늘어진 눈으로 나를 응시하며 입을 열었다.

"왜 그녀의 탓이 아니라고 말하는 거지? 아사벨라는 너를 죽이려고 했어! 난 그녀를 용서하지 못해!"

"그녀는 마족에게 조종당한 거라구요!"

"마족? 그럴지도 모르지. 아사벨라는 영민한 편이라 그런 어리석은 행동을 쉽게 하지는 않았을 테지. 하지만 그녀가 마족의 조종을 당했다 하더라도 너를 죽이려 한 행동은 아사벨라의 의도에서 나온 거야. 그녀가 계속 그런 맘을 품고 있다가 그저 마족에게 부추김을 받은 거지. 아무리 고위 마족이라 해도 완벽히 인간을 조종할 수는 없어. 그 인간이 가지고 있는 사악한 마음을 이용하는 것뿐이지."

"그래서 그녀를 처벌할 건가요? 미카엔, 정말 냉정하시군요. 그녀는 미카엔을 사랑하는데… 아! 그리고 내 옷은 누가 갈아입혔어요? 내 옷을 갈아입힐 만한 사람은 유일한 여자인 아사벨라밖에 없을 텐…….'

"물론 내가 갈아입혔지."

미카엔은 당연하다는 듯이 나의 말에 답했고 나는 그의 말에 점점 핏기를 잃고 굳어갔다.

"그, 그럼……?"

"남편이 그러한 일을 하는 것은 당연한 것 아닌가?"

그는 생글생글 웃으며 나의 말에 답하였고 나는 그러한 그의 웃는 얼굴이 얄밉게 느껴져서 황태자에게 못할 말을 소리치고 말았다.

"이… 이 벼언태!!"

나는 그렇게 외치고는 그대로 몸을 홱 돌렸다. 물론 나의 이러한 충격적인 발언에 미카엔은 순간 돌이 된 듯 굳어져서 나를 바라보았지만, 내가 이러한 발언을 하는 것은 어쩔 수가 없는 일이었다.

그리고 킬린은 지금 이러한 상황이 매우 웃겼는지 황태자 앞에서 웃음을 내비치지는 못하고 웃음을 애써 참는 모습을 보였는데, 그것이 매우 힘들었는지 얼굴이 매우 기이하게 일그러져 있었다.

그렇게 씨근덕거리며 나에게 지정되어 있는 객실로 돌아가던 나는 잠시 흥분하느라 망각해 버린 사실을 생각해 내고는 걸음을 멈추었다.

"아! 아사벨라가 어디에 있는지 대답을 들었어야 했는데……."

이번에는 외교관이 되어

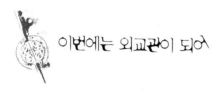

이번에는 외교관이 되어

미카엔은 오늘 저녁에 루젠다르 측, 그러니까 우리 사절단들을 마중나온 몇몇 인물들과 접촉(?)을 갖는다고 했다. 아마도 이 여관의 화려하기 짝이 없는 저녁 만찬과 함께 여러 가지 가벼운 담소를 빙자한 외교적인 대화들이 오가겠지만, 나와는 별로 상관이 없었기에 아사벨라 문제에 대해 더 이상 언급을 안하는 미카엔에게 내심 불만을 가졌다.

그에게 다시 찾아가서 몇 번이나 아사벨라에 대해 말을 꺼내보았지만 그는 자신의 결정을 번복하고 싶지 않았는지 입을 굳게 다물었다.

결국 나 혼자서 아사벨라 문제를 해결해야겠다고 생각한 나는 마법사 킬린에게 질긴 질문으로서 아사벨라에 대한 것을 캐내려 했지만, 이 늙은이는 의외로 입이 무거워 황태자님의 명이 있기 전까지는 결코 입을 열 수가 없다며 그 역시, 입을 굳게 다물었다.

'쳇!'

그래서 터덜터덜거리는 발걸음으로 여관 안을 돌아다니기 시작했다. 아무도 나와 상대를 안 해주니 심심해졌던 나는 여관의 로비에서 진열되어 있는 값비싼 미술품들을 감상하며 로비에 비치된 푹신한 의자에 털썩 앉았다.

'미카엔 녀석, 은근히 나를 무시하는 것 같아. 내가 여자라고 무시하는 건가? 하긴, 로히얀스 왕국이 꽤나 보수적인 나라라고 했으니… 그들이 생각하는 것도 보수적일 수밖에 없겠지. 하지만 어쩌면 그렇게 냉정할 수가 있지? 미카엔은 자신의 후궁을 사형에 처한다면서 어떻게 망설임 하나 없냐구?'

그렇게 끝없이 미카엔에 대한 불만감을 속으로 토로하고 있는데…

"왜 그렇게 표정을 구기고 있어?"

옆 자리에서 낯익은 목소리가 들려왔다. 나는 고개를 돌려 나에게 말을 건 이를 바라보았다.

"엔카?"

"후훗, 옆에서 보니 표정이 아주 가관이더군. 어떻게 하면 표정이 그렇게 시시각각으로 다양하게 변할 수가 있지?"

그의 말에 나는 살짝 웃어 보이고는 그대로 입을 다물었다. 그러자 엔카루스는 놀랍다는 표정을 지어 보이며 입을 열었다.

"라비스, 네가 웬일이지? 오늘은 그다지 매몰차지가 않네? 게다가 나에게 웃음까지 보이다니… 설마, 미카엔에게 싫증나고 나에게 그 맘이 돌아선 것은 아니겠지?"

그의 약간 가벼워 보이는 듯한 말에 나는 한심하다는 듯한 얼굴로 그에게 대꾸했다.

"너, 꼭 그렇게 미움을 벌어야겠어? 내가 너에게 매몰차게 굴지 않는 것은 너의 여동생 때문이야. 그녀가 그렇게 된 것은 내가 원인이잖아? 어쨌든 나는 너에게 미안한 마음을 가지고 있으니까 그것 가지고 이상한 쪽으로 오해하지는 말아줬으면 해."

내가 그렇게 말하자 엔카루스는 그의 까만 눈동자로 나의 얼굴을 한동안 응시하더니 무겁게 입을 열었다.

"아사벨이 그렇게 된 것은… 당연한 거야. 원래 그 애는 냉정한 판단을 할 줄 알았던 아이였는데, 스스로 자신의 감정을 이기지 못하고 마족의 마수에 조종당하고 말았지. 그건 정말 수치스러운 일이야. 아모르 가문에 있어서도… 난 아사벨을 가엽게 여기지만 그 애가 자신의 저지른 짓에 대해 벌을 받는 것은 당연한 일이라고 생각해."

그의 말에 울컥한 나는 자리에서 벌떡 일어나며 그에게 소리쳤다.

"그녀가 불쌍하지도 않아? 넌 그녀의 오빠야! 어떻게 그렇게 남 말하듯이 말할 수가 있지? 가문이라고? 웃기지도 않아! 그리고 너희들이 생각하는 방식! 너무 짜증나! 너는 조금 다르지 않을까 했는데 역시 똑같구나!"

내가 그렇게 지레 흥분을 하며 외쳐 대자 엔카루스는 뭐가 그렇게 웃긴지 쿡쿡거리며 웃기 시작했다. 그래서 저 녀석이 맛이 갔나? 하며 의혹의 눈길로 그를 바라보는데…

"쿡! 라비스, 진정해. 네가 그렇게까지 아사벨을 생각해 주는지 몰랐는걸? 그 애가 무지 감동해하겠군. 하지만 정도껏 해, 라비스. 미카엔이 너를 좋게 봐주고 있어서 그렇지 그 녀석은 굉장히 냉정한 녀석이야. 부드러워 보이는 그 아름다운 얼굴로 누구에게나 쉽게 마음을 주는 것 같지만, 실제로는 그 누구에게도 자신의 마음을 주지 않는 냉정한 성격의 소유자이지. 그는 프레야 왕비를 매우 많이 닮았어. 아마도 의외로 잔인한 면모까지 그녀를 닮았겠지. 그런 그가 과연 너를 진정으로 사랑하고 있을까? 혹시 모르겠군, 너의 아름다운 미모에 싫증난다면 냉정하게 돌아설지도. 그땐 나에게로 와. 내가 기꺼이 받아줄 테니깐."

찰싹!

그의 말에 열이 뻗쳐 오른 나는 결국 참지 못하고 그의 뺨을 때렸다. 그리고 그에게 착 가라앉은 목소리로 입을 열었다.

"역시… 넌 재수없는 놈이야."

그렇게 말하고는 휙 돌아서서 그대로 루젠다르의 귀족들과 만남을 갖고 있는 미카엔이 머물고 있는 방으로 갔다. 그 객실은 이 여관에서 국빈급의 인사들이 머무는 이곳에서 제일 화려한 방이었다. 아마도 미카엔은 그 객실에 딸려 있는 응접실에서 그들과 대화를 나누고 있을 것이다.

나는 그가 있는 응접실로 들어가려 했으나 문밖에서 보초를 서고 있던 미카엔의 기사들이 나를 가로막았다.

"라비스님, 지금은 들어가시면 안 됩니다."

"지금 당장 그에게 말해야 할 급한 일이 있으니 비켜주세요!"

그러자 기사들은 난감했는지 나를 강제로 막지는 못하고 우물쭈물하였다. 나는 그들을 무시하고는 그대로 안으로 들어가 응접실로 들어가는 문을 노크를 하였다.

똑. 똑.

"무슨 일인가?"

안에서 미카엔의 목소리가 들려왔다. 하지만 나는 그의 허락을 구하지 않고 그대로 문을 열어 안으로 들어갔다. 안에는 세 명의 중년 귀족들이 앉아 있었는데 그들은 나를 보고는 얼굴을 찌푸렸다.

"아니, 라비스? 무슨 일이지?"

미카엔은 처음엔 의아한 표정을 지었다가 허락도 없이 들어온 나의 태도로 인해, 그의 얼굴에 약간 불쾌함이 어리기 시작했다.

"말씀 중에 허락도 없이 들어와 죄송합니다. 하지만 지금 당장 황태자 전하와 여러분께 말씀드리고 싶은 것이 있어서 이렇게 무례를 범하게 되었습니다. 용서하세요."

그러자 미카엔은 나의 의외성의 발언에 약간의 흥미를 느꼈는지 입을 열었다.

"할 말이란 것이 무엇이지?"

"저에게 며칠 후면 있게 될 루젠다르와 로히얀스의 화친 외교 자리에 참석할 수 있는 자격을 주세요."

황당하다면 황당하다고 할 수 있는 나의 발언에 루젠다르의 귀족들은 노골적으로 불쾌감을 나타내었고 미카엔은…

그는 잠시 황당하다는 표정을 지어 보이더니 이내 웃음을 터뜨리고 말았다.

"하하하, 라비스, 그게 무슨 뚱딴지 같은 발언이야? 자자, 이제 그만 방으로 돌아가도록 해. 아, 그리고 이분들에게 무례에 대한 사과를 해야 하겠지?"

그는 그렇게 말하면서도 정작 본인은 그들에게 나의 무례에 대한 사과의 말은 하지 않았다. 오히려 약간 거만한 태도로서 그들을 대하고 있었는데 루젠다르의 귀족들은 그런 미카엔의 모습을 보면서도 그의 태도에 대해서 불쾌감을 드러내지 못하고 있었다.

"조금 전에도 말했지만, 방금 제가 한 무례는 여러분께 사과드립니다. 뭐, 루젠다르의 귀족 분들은 모두 너그러우실 테니 제가 한 무례를 용서해 주실 테지요?"

나는 그들에게 방긋 웃어 보이며 말했고 그들은 얼떨떨해하며 고개를 마지못해 끄덕였다. 하지만 그들 중 맨 오른쪽에 앉은 콧수염을 기른 갈색 머리의 귀족은 나의 미소에 흠뻑 취하기라도 했는지 오히려 미소까지 지어 보이며 나의 말에 고개를 끄덕였다.

"제가 이렇게 무례를 무릅쓰고 화친 외교 자리에 참석하기를 말씀드린 것은 제가 루젠다르 국에 제안하고 싶은 것이 있기 때문입니다. 물론 루젠다르 국과 저희 나라에 모두 이익이 되는 제안이지요. 지금은 말씀드릴 수는 없지만, 아무튼 제가 그때 말씀드릴 수 있도록 저에게 자격을 만들어주셨으면 합니다. 훗! 저의 이러한 당돌한 말을 못 믿으시겠다면 황태자 전하께서 매우 서운해하실 테니 여러분들은 그 부분을 염두에 두셨으면 합니다."

나는 은근슬쩍 미카엔을 끌어들이며 그들에게 강요하였다. 미카엔은 나를 의혹의 눈길로 잠시 바라보았지만 그것은 어디까지나 잠시일 뿐, 그는 나의 말을 거들며 루젠다르의 귀족들에게 입을 열었다.

"믿으셔도 좋을 것입니다. 그녀는 비록 나의 측실의 자리에 있지만, 능력이 매우 뛰어난 여자이지요. 그녀는 마스터 급의 마법사이며 외교에도 매우 능한 출중한 인재입니다."

'헉! 미카엔, 그렇게 부풀릴 것까지는……'

그 뒤로도 미카엔은 나에 대해서 부풀리기에 재미를 붙이기라도 했는지 한번 터진 뻥은 그칠 줄을 몰랐다. 그는 나에 대해서 엄청 부풀려 그들에게 떠들어댔는데, 그가 왜 저러는지 나조차도 의심스러워졌다.

어쨌든 나는 미카엔의 다소 지나친 공헌으로 정식으로 외교 사절로서 루젠다르 왕성에서 개최될 화친 외교 자리에 참석할 자격을 갖게 되었다.

그 후 시간이 흘러 일찍 잠드는 습관을 지닌 사람들은 벌써 꿈나라에 갔을 시각이었다.

나는 침실에서 뒹굴뒹굴하고 있었고, 미카엔은 그 옆에서 잡다한 서류들을 검토하고 있었다.

"미카엔, 미카엔은 나중에 로히얀스의 국왕이 되겠지요?"

"그럴 테지."

"그렇다면 미카엔은 나중에 어떠한 왕이 될 건가요?"

"훌륭한 왕."

그의 성의없는 대답에 나는 얼굴을 찌푸리며 말했다.

"무지 간단한 대답이로군요. 그렇다면 다시 묻겠어요. 미카엔은 어떻게 훌륭한 왕이 될 거죠?"

"흐음… 글쎄."

"로히얀스를 단순히 왕권 강한 보수적인 나라에서 만족할 것이 아니라 대륙에서 제일 강대한 나라로 만들고 싶지 않아요?"

내가 그렇게 묻자 미카엔은 진지해진 얼굴로 나의 얼굴을 바라보았다.

"그건 갑자기 왜 묻는 거지?"

"흐응~ 그냥 물어봤어요. 미카엔, 내가 왜 아까 루젠다르 귀족들에게 그러한 행동을 했는지 궁금하지 않아요?"

"왜 그랬는데?"

"아사벨라를 풀어주세요. 미카엔이 그렇게 해주면 전 미카엔의 힘이 되도록 힘을 다하겠어요."

"푸홋! 라비스, 너에게 무슨 힘이 있는데?"

그가 웃어버리자 기분이 나빠진 나는 조금 가라앉은 목소리로 입을 열었다.

"그건… 아직! 하지만 제가 가진 능력으로 미카엔이 루젠다르와 인페르디아 모두 꿀꺽 삼킬 수 있게 도와드리겠다는 거죠. 미카엔에게는 그러한 야심은 없나요?"

내가 여기까지 말하자 미카엔의 얼굴은 약간 굳어졌다.

"라비스, 넌 그렇게 안 봤는데 갈수록 의외의 모습을 드러내는구나. 처음에는 그저 얌전한 숙녀에서 이제는 시건방진, 그리고 황당하기까지……."

"사람은 세월이 지나면 변하기 마련이에요. 전 사람들의 속마음을 잘 꿰뚫어 보는 편이죠. 물론 미카엔의 속마음은 안개에 가린 듯 흐리기는 하지만 어느 정도 짐작은 할 수 있답니다. 방금 제가 두 나라를 삼킬 수 있게 도와드리겠다고 했을 때, 미카엔의 눈에서 잠시 빛이 반짝하는 것을 보았지요. 그건 미카엔에게도 야심이 있다는 증거가 되겠지요? 제가 틀렸나요? 게다가 아까는 루젠다르 귀족들에게 저를 거드는 말을 했었잖아요?"

"그건 네가 무언가 재미있는 생각을 하고 있는 것 같아서 그랬지. 다소 무책임한 말이 되겠지만, 나는 재미있는 돌발 상황이나 결과를 매우 좋아하거든."

"그럼 저를 믿어주시겠어요? 그리고 아사벨라를 풀어주세요. 전 그녀를 좋아하지는 않지만 그녀를 이해하고는 있지요."

미카엔은 나의 말에 잠시 생각하는 눈치이더니 이내 미소를 짓고는 나를 향해 몸을 돌아누웠다.

"좋아! 너를 믿어보지. 이거 아주 재미있을 것 같은데?"

미카엔은 그렇게 말하더니 나를 끌어당겨 품에 안으려 했다. 하지만 나는 그를 밀치고는 일어나며 말했다.

"미카엔, 죄송하지만 솔직하게 말해야 할 것이 있네요. 전 아직 미카엔을 받아들이지 못하겠어요. 그건 미카엔도 어느 정도 눈치 채고 계시겠지요? 당분간 절 건드리지 말아주세요."

그러자 미카엔은 얼굴을 살짝 찌푸리더니 입을 열었다.

"그건 못 받아들이겠는데? 네가 아직 마음을 못 열고 있었다는 것, 나도 짐작은 하고 있었어. 하지만 넌 나의 부인이야."

"저도 알아요. 하지만 미카엔이 저를 조금이라도 아끼는 마음이 있으시다면 제 부탁을 들어주세요."

"휴~ 라비스, 넌 너무 나에게 바라는 것이 많군. 내가 만약 거절한다면 어떻게 할 거지?"

그의 말에 나는 싱긋 웃어 보였다.

"그렇다면 언젠가 제가 미카엔을 떠나게 되는 날이 오게 되겠죠. 미카엔에게서 몸을 숨길 수 있는 여건이 만들어지는 그 순간에 말이죠."

"날 협박하는 건가, 라비스?"

그의 말에 나는 고개를 가로저었다.

"아니에요. 다만 저에게 시간을 달라는 것뿐이에요."

"좋아. 하지만 라비스, 나를 너무 기다리게 해서 나를 화나게 만들지는 마. 그땐 너를 강제로 나의 것으로 만들어 버릴 거니깐. 물론 네가 나를 떠난다 해도 내가 너를 못 찾을 거라는 생각은 하지 말았으면 좋겠군."

그는 내가 말한 부탁으로 인하여 기분이 상했는지 약간 차가운 목소리로 그렇게 말하더니 몸을 편하게 뉘어 잠을 청하였다.

'헉! 미카엔, 너야말로 나한테 협박하는 거잖아? 되게 무섭네.'

나는 속으로 투덜대며 한동안 그를 바라보았다. 그런데 미카엔은 감고 있던 눈을 다시 뜨더니 나를 향해 살짝 웃어 보이며 입을 열었다.

"잘 자, 라비스."

그리고 다시 눈을 감는 것이었다.

'쳇! 쳇!'

다음날 아침.

나는 미카엔보다 일찍 눈을 떴다. 평소에는 항상 늦잠을 자던 나였지만 오늘은 내가 해야 할 중요한 일이 있었다.

나는 이 여관에 딸린 마구간으로 가보았다. 아멘시타를 찾기 위해서였다.

"아멘시타!"

나는 마구간 안에 서 있는 새하얀 털의 늘씬한 말을 찾아내고는 서 있는 채 잠들어 있는 조세핀에게 아멘시타의 이름을 불렀다. 하지만 아멘시타는 지금 조세핀의 몸속에 없었는지 별다른 반응이 없었다.

"어디 간 거지?"

결국 나는 아멘시타가 어디에 있는지 찾을 길이 없었기에 할 수 없이 조세핀을 붙잡고 아멘시타를 부르기 시작했다.

"아멘시타, 어디 있어? 당장 조세핀의 몸으로 들어와!"

그때 마구간으로 한 마부가 들어왔고, 조세핀을 붙잡고 아멘시타를 부르는 나를 보더니 나의 모습이 기이하게 느껴졌는지 의혹의 눈길로 나를 한번 쓱 보고는 이내 한 마리의 말을 끌고 밖으로 나가 버렸다.

그런 마부의 모습에 나는 잠시 머쓱해 있다가 그가 나가자 다시 조세핀에게 다그치는 말을 하기 시작했다.

"빨랑 안 와, 아멘시타! 주인이 부르면 잽싸게 달려와야 할 거 아냐!!"

히히힝—

조세핀은 나의 이런 행동이 매우 성가시게 느껴졌는지, 히힝거리며 푸르릉거렸다.

"욱! 짜증나~ 5초 내로 나타나지 않으면 로히얀스로 돌아가 네 본체 나무를 베어버린다?"

내가 그렇게 말하는 순간 마구간 안으로 어떠한 기운이 도는 듯하더니 조세핀의 얼굴 표정이 불만 어린 표정으로 바뀌었다. 그것을 본 나는 아멘시타가 온 것을 깨닫고는 씨익 웃어 보였다.

"왜 이제야 나타나?"

[쳇! 본체에 돌아가 있었어. 나도 영양 섭취나 기운 회복 같은 것을 해야 하잖아? 근데 그런 협박을 하다니…….]

"그랬었냐? 나 너에게 급하게 부탁할 것이 있어서 불렀어. 지금 당장 루젠다르의 왕성으로 가줘. 거기서 루젠다르 왕을 살펴보았으면 하는데……."

[그 말은 즉, 나보고 첩자 노릇을 하라는 말이야?]

"왜? 하기 싫어? 너, 예전에 나에게 했던 말 벌써 잊은 것은 아니겠지? 넌 나를 위해서 뭐든 한다고 했잖아?"

아멘시타의 볼멘소리에 나는 그에게 인상을 쓰며 지난 일을 들춰냈다. 그러자 아멘시타는 더욱 표정을 구겼지만 나의 말에는 반박을 하지 못했다. 대신…

[루젠다르 왕성을 얕보지 마. 그곳은 왕이 있는 곳이야. 나 같은 어린 정령이 마음대로 왔다 갔다 하며 첩자 노릇을 할 수 없다구. 그곳엔 나와 같은 론티아 나무가 2그루나 있단 말이야. 모두 나보다 나이가 많아. 하나는 500년이나 묵었고 다른 하나는 30년의 세월을 살았지. 그에 비해 나는 이제 20년의 나이밖에 되지 않았어. 아마 들어가 보지도 못하고 그들에게서 가로막힐 거야.]

"흐응~ 그래?"

나는 다소 실망하는 표정을 지으며 중얼거리듯 말하다가 다시 어떠한 생각이 미친 나는 다시 그에게 입을 열었다.

"그렇다면 리엔시타, 그녀를 끌어들일 수는 없을까? 그녀는 몇천 년을 살아온 물의 정령이니 충분히 일을 해낼 수 있을 것 같은데……."

[그녀의 능력은 강하긴 하지만 섣불리 인간들의 일에 끼어들지 않으려 할 텐데… 게다가 그녀는 너를 주인이나 친구로서 아직 인정을 하지 않았잖아?]

"네가 설득해 줘, 아멘시타! 아니면 혹시 그녀를 꼬드길 만한 것이 없을까?"

내가 심각한 얼굴로 그에게 묻자 아멘시타 역시 심각한 얼굴이 되어 뭔가를 생각하는 눈치이더니 이내 어떠한 생각이 떠올랐는지 한결 밝아진 얼굴로 입을 열었다.

[리엔시타를 솔깃하게 만들 수 있는 한 가지가 있긴 하지.]

"그게 뭔데?"

나는 그의 말에 황금빛 눈동자를 반짝거리며 물었다.

"그녀는 물의 정령이라 네가 가지고 있는 빙계 속성과도 매우 가까워서 잘하면 가능할 거야. 네가 그녀를 꼬서. 그녀는 차가운 것, 아름다운 것, 그리고 자신과는 반대되는 색을 가지고 있는 것을 좋아하지. 자신이 가지고 있는 매력과는 상반된 매력에 끌리는 것과 같은 이치라고 할 수 있어. 라비스, 너는 물의 정령을 대표하는 투명한 은빛과는 반대되는 황금빛의 머리카락과 눈동자를 가지고 있으니 네가 잘만 꼬신다면…….]

"아멘시타! 그게 무슨 말이야? 네가 그런 퇴폐적인 발언을 할 줄을 몰랐어. 게다가 난 지금은 여자의 몸으로 있잖아? 원래 남자였긴 했지만. 어쨌든 여자인 그녀를 꼬시라니? 어떻게?"

아멘시타의 말에 나는 굳어진 표정으로 그에게 따져들었지만 그는 싱긋 웃더니 친절히 답했다.

[이도현, 넌 뭔가 착각하고 있는 것 같아. 너는 우리 정령들이 성을 가지고 있다고 생각하는 거야? 리엔시타는 세젠느 강의 정령이야. 세젠느 강은 여성이라는 성을 가지고 있지 않아. 그리고 나 같은 경우에도 역시 무성이지. 우리가 여성이나 남성의 모습을 하고 있는 것은 그저 자신의 취향에 따라 그 모습을 한 가지 성으로 정해서 가지고 있는 것뿐이야.]

"에엑? 무성이라고?! 너, 남자 아니었어?"

내가 그렇게 멍청하게 묻자 아멘시타는 얼굴을 찌푸리며 계속 말을 이었다.

[난 무성이야. 그리고 내가 그녀를 꼬시라는 말을 한 의미는 이성끼리의 연애 의미로 꼬시라는 뜻이 아니었어. 네가 가지고 있는 영혼의 매력으로 그녀를 끌어당기라는 의미였지. 네가 그녀를 꼬셔서 그녀가 네 말이라면 사족을 못 쓰게끔 하라는 말이야. 정령들은 순수한 만큼 어느 한 곳에 마음을 줘버리면 그 한 가지에 맹목적으로 매달리게 되지. 우리들은 인간들처럼 배신이라는 단어를 몰라. 미련할 정도로 그 한 곳에 복종을 하다가, 만약 버림을 받는다면 그대로 수긍해 버리는 것이 우리들 정령이야.]

"그럼… 어떻게 그녀를 꼬시지? 꽃이라도 바칠까?"

나는 너무나 막연한 느낌에 농담 섞인 말을 그에게 중얼거렸다. 그러자 아멘시타는 나의 말에 빙긋 웃으며 입을 열었다.

[그렇게 걱정할 필요 없어. 리엔시타는 이미 너에게 반해 있을지도 모를 테니. 새침떼기 그녀가 저번에 너를 구했던 거 잊었어? 그녀는 아무리 내가 모시고 있는 주인이라 해도 쉽게 모습을 드러내지 않아. 그리고 그렇게 힘을 내보여 인간을 구하지도 않았을 것이고. 내가 그녀에게 가서 말해 볼게. 분명히 그녀는 못 이긴 척 이곳으로 와줄걸? 그럼 넌 잘 대해주기만 하면 그녀는 금방 너에게 넘어올 거야. 물론 리엔시타의 성격상… 너를 무시하는 체를 하겠지만. 그럼 갔다 올게.]

아멘시타는 그렇게 말하고는 조세핀의 몸에서 빠져나갔다. 나는 그의 말에 어떨떨해 있다가 이내 의미 모를 미소를 지어 보였다.

"후훗, 그렇단 말이지? 정말 잘되었네. 난 아무래도 정령들과 인연이 많은 모양이군. 성공적인 외교의 첫 번째는 확실한 정보 수집이 될 테니 그 첫 번째의 발판은 어느 정도 이룬 셈이군."

아멘시타가 리엔시타를 데려오기만을 기다리며 나는 미카엔과 함께 루젠다르 귀족들과 오찬을 하고 있었다.

역시 그들과는 가벼운 대화를 나누는 것이 불가능했는지, 미카엔은 그들과 일상적인 담소를 빙자하여 나라의 이익이 관련된 대화들을 나누고 있었다.

나 역시 이들과의 대화에 끼어들 수 있는 자격이 생겼지만 섣불리 끼어들지 않고 묵묵히 그들의 대화를 귀담아 듣고 있었다. 사실 나는 로히얀스의 국익에 대해서는 그리 관심이 많지 않았지만 아사벨라를 풀어주는 대신 미키엔과 약속한 것이 있었기 때문에 그를 돕는 것에 대해서는 최선을 다하리라 마음을 먹었다. 그리고 나는 이 일에 점점 흥미가 생겼다. 아무리 평범하던 사람도 한번 권력의 맛을 들이기 시작하면 마약과도 같이 그 길에서 헤어나올 수 없다는 것을 나는 어슴푸레 체험하고 있었다. 나도 모르는 사이에 왕실의 화려함과 그리고 그것이 가지는 권위에 대해서 익숙해져 가고 있었던 것이다.

나는 고급 은접시에 담긴 고기를 나이프로 썰며 문득 미카엔의 옆모습을 바라보았다. 그는 매우 진지해 보였다. 내가 평소에 대했던 약간 가볍고 성의없어 보이던 미카엔의 모습이 아니었다.

그는 부드러운 듯한 말속에 날카로운 가시를 숨기며 귀족들을 공격을 했고, 자신의 의도한 목적으로 그들을 끌어들이도록 유도하고 있었다. 그런 것을 보니 그는 탁월한 왕의 계승자라는 것이 느껴졌다.

문득 나의 입가에 미미한 미소가 걸리었다. 왠지 그의 그런 모습이 흡족하게 느껴졌다. 그러다 나는 속으로 깊은 한숨을 내쉬었다. 이대로 그와 함께 지내다가는 정말로…

그에게 내 마음을 주게 되는 날이 오게 될지도 몰랐기 때문이다. 나는 나이프와 포크를 놓고 냅킨으로 입술을 살짝 닦았다. 그러자 미카엔은 말을 멈추고는 나를 바라보았다.

"라비스, 왜 더 안 먹어?"

그의 말에 나는 약간 형식적이라고 할 수 있는 미소를 머금으며 입을 열었다.

"저 먼저 일어나야겠군요. 말씀 계속 나누세요."

그리고는 아사벨라가 있는 방으로 걸음을 옮겼다. 그녀는 감금에서 풀려난 후 자신의 방에서 틀어박혀 꼼짝도 하지 않고 있었다.

나는 그녀의 방 앞에 도착한 후 가볍게 노크를 해보았다. 그러자 약간 거만하고도 당당한 소녀의 목소리가 들려왔다. 그녀는 한동안 감금되어 있었음에도 불구하고 여전히 그 목소리는 당당했다. 하지만 조금만 더 세심하게 귀를 기울인다면 그녀의 당당함 속에는 한풀 꺾인 자신감과 상처 입음이 담겨 있다는 것을 알 수 있을 것이다.

나는 조심스레 문을 열고 들어갔다. 그러자 화려하게 치장하고 있는 그녀의 모습이 눈에 들어왔다.

"식사 하셨나요?"

나는 그녀에게 물었다. 그러자 그녀는 찰랑거리며 보석 장식의 소리를 내며 자리에서 일어났다. 그녀의 붉게 칠해진 입술의 끝에는 약간 냉소적인 미소가 걸려 있었다.

"이곳의 음식들은 제 입맛에 맞지 않더군요."

"잠시 바람 좀 쐬지 않을래요? 황태자님께서 말하시길 루젠다르의 수도에는 내일 아침에 출발한다고 하시더군요. 이왕 여기까지 왔는데 이곳의 도시도 구경할 겸 저랑 같이 나가도록 해요. 여기 케이튼은 상업의 도시이라 매우 번화했다고 하더군요."

그녀랑 같이 나가자고 하는 말을 나는 쓸데없이 길게 말했다. 그러자 아사벨라는 훗! 하는 웃음소리를 내었다.

"라비스님, 저를 믿으시나요? 이번에도 저랑 같이 나가셨다가 무슨 일을 당하실지 모를 텐데요?"

그녀의 말에 나는 생긋 웃어 보였다.

"아사벨라님은 두 번이나 마족의 꾀임에 빠지실 정도로 어리석지는 않겠지요? 그리고… 아사벨라님은 황태자님을 사랑하시잖아요? 황태자님도 그가 줄 수 있는 만큼의 사랑을 아사벨라님께 주셨다고 저는 생각합니다. 전 아사벨라님과 친하게 지내고 싶어요. 우리는 어찌 되었든 같은 위치에 있으니깐요."

나의 말에 아사벨라는 한동안 나의 얼굴을 응시한 채 미동없이 서 있었다. 그러다가 천천히 입을 열었는데…

"전 라비스님이 위선자같이 느껴져요. 지금쯤 속으로 고소해하고 있겠지요? 나는 라비스님을 죽이려 했었으니깐요. 라비스님은 지금 현재 황태자님의 사랑을 받고 계시니 저에게 이러한 동정을 베풀 수가 있는 거겠죠? 그런 거라면 그만두세요! 나는 동정을 받을 만큼 그리 불쌍한 위치에 있지 않으니깐요. 그만 나가주세요. 라비스님의 얼굴을 보고 있자면 두통이 입니다."

그녀는 그렇게 말하고는 다시 화장대 앞으로 가서 앉아 자신의 긴 생머리를 빗어내렸다. 나는 나직이 한숨을 내쉬었다.

"그럼 가보도록 하지요."

나는 미련없이 그 방을 나오며 다시 여관 밖으로 나왔다. 지금 즈음이면 아멘시타가 돌아와 있을 듯했다.

마구간 쪽으로 걸어가던 나는 어떤 새하얀 소녀가 나에게로 다가오는 것이 눈에 들어왔다. 그 소녀는 아사벨라와 같은 또래로 보였고 새하얀 피부에 투명한 빛이 도는 은발을 길게 늘어뜨리고 있었다.

'웅? 누구지?'

나는 걸음을 멈추고 그녀를 바라보았다. 그러자 나에게 새침한 모습을 해 보이더니 입을 열었다.

"나를 찾았다며? 능력도 없는 게 그렇게 무작정 일을 벌이다니! 쯔쯧."

그 말에 발끈하였으나 그녀가 리엔시타라는 것을 알아챈 나는 성질을 애써 죽이며 미소를 지어 보였다.

"리엔시타? 이렇게 완벽한 인간의 모습이라니… 못 알아볼 뻔했잖아? 저번엔 투명한 물 그대로의 모습이었는데……."

"나야 뭐, 그 누구와는 달리 뛰어난 능력의 정령이니… 호호!"

그녀의 말에 나는 인상이 절로 쓰였지만 그녀를 내 편으로 만드는 것이 중요했으니 계속 그녀의 비위를 맞추어야겠다고 생각했다.

"정령들은 원래 그렇게 다 아름다운 모습이니? 정말 아름답구나, 리엔시타."

나의 말에 그녀의 하얀 볼은 약간 붉어진 듯하였으나 여전히 뻔뻔스러운 모습으로 나에게 그녀의 주특기인 수다를 늘어놓기 시작했다.

"호호, 역시! 너는 안목이 제법 뛰어나구나, 라비스! 그냥 리엔이라 불러. 그게 편하니깐. 리엔시타보단 역시 리엔이 더 어감이 좋지 않아? 그런데 도대체 무슨 일을 벌인 거야? 아멘시타의 말로는 루젠다르 왕이 어쩌구저쩌구하던데… 역시 어딜 가든 나를 필요로 하는 곳이 너무 많단 말이야. 내가 워낙 팔방미인이다 보니… 어쩌구~ 저쩌구~ 깔깔! 호호!"

왠지 두서가 없고 어지럽게 느껴지는, 자화자찬이 많이 들어간 그녀의 말을 듣고 있으려니 나는 머리가 어지러워졌으나 나는 애써 내색을 하지 않았다. 그리고 한없이 이어질 듯하는 그녀의 말을 적당한 곳에서 자르고는 그녀에게 입을 열었다.

"리엔, 난 너의 힘이 필요해. 그래서 널 불렀어. 날 도와줄 거지? 물론 친구로서 말이야."

나는 최대한 화사하게 보이도록 웃어 보이며 그녀에게 말했다. 그러자 그녀는 무언가에 감동한 듯한 표정을 하며 입을 열었다.

"치, 친구?"

"그래, 친구 말이야. 혹시 내가 친구라고 말해서 기분 나쁘니?"

나는 커다란 황금빛 눈을 일부러 불안하게 굴리며 그녀를 응시했다. 그러자 리엔은…

"꺄아~!! 어쩜 이렇게 이쁠 수가 있는 거지? 인간의 탈을 쓰고 말이야! 웬만한 정령들보다 더 이뻐!"

리엔은 그렇게 호들갑스럽게 말하더니 나를 덥석 끌어안았다.

'헉! 인간의 탈이라니?! 그럼 내가 인간이 아니라는 거야?'

결국 리엔시타는 몇 번은 튕길 거라 생각했던 나의 예상을 깨고 금방 나의 부탁을 들어주었다. 아무런 대가 없이 꽤나 귀찮은 일을 맡게 되는 일임에도 불구하고 그녀는 단숨에 루젠다르 왕성으로 사라졌다. 아마도 그녀는 루젠다르 왕 근처에 물이나 액체가 있는 곳이라면 어디든 철저히 몸을 숨기며 그의 행동을 일거수일투족 지켜볼 수 있을 것이다.

아멘시타의 말로는 그녀가 워낙 할 일이 없이 긴 세월을 지루하게 살아와서 나의 부탁을 냉큼 들어준 것이 아닐까 했지만 어쨌든 나는 그녀가 나에게 베푸는 호의에 감사하는 마음을 갖기로 했다.

그리고 아멘시타에게는 아사벨라의 뒷배경과 아모르 가문에 대한 것들, 그리고 아사벨라의 어린 시절 같은 것을 조사하게 했다. 그것은 아모르 집안에서 키우는 동물이나 식물들의 몸속에 들어갔다 나와도 금방 알 수 있는 일일 것이다.

그렇게 정령들에게 일거리를 주고 나서는 나는 한가해진 몸으로 뭔가 바쁜 스케줄에 정신없어 하는 미카엔에게 한가한 제안을 한 가지 했다.

"미카엔, 지금 바쁜가요?"

"흐음… 이따가 케이튼의 시장의 초대에 응해주어야 해. 그는 상업 도시의 시장인만큼 교역 문제와 의논할 것이 있으니……."

"그럼, 저두 같이 가요. 언제 가죠?"

"두 시간 후에 출발……."

"아! 아직 시간이 조금 있군요. 그럼, 케이튼 시의 상권에 대해서 우리 조사나 해보죠."

나는 씨익 웃으며 그에게 그렇게 제안을 했고 미카엔은 나의 속셈을 알아챘는지 빙긋 웃으며 답했다.

"라비스, 너 도시 구경하고 싶은 모양이구나? 괜히 상권을 들먹이는 것을 보니. 좋아! 우리 데이트나 오붓하게 해볼까?"

"윽! 미카엔!! 데이트라니요? 엄연한 상권 조사예요!"

"흐음… 케이튼 시에는 예쁜 옷을 파는 옷 가게가 몇인지, 맛있는 음식점이 몇 군데인지, 그리고 오락 시설을 갖춘 곳이 몇 군데나 있는 지에 대한 조사이겠지? 물론 중요한 조사이긴 하지. 어쨌든 킬린이나 다른 관리들이 보기 전에 빨리 나가자."

미카엔은 생글생글 웃으며 나를 재촉하였고 나는 데이트라는 말에 약간 꺼림칙했지만 워낙 심심했었고, 도시 구경을 해보고 싶었던 터라 입을 다물고 그와 함께 여관을 빠져나왔다.

날은 매우 뜨거워져 있었다. 태양은 한여름의 열기를 한껏 내뿜고 있었고, 미카엔과 나는 일반인의 차림으로 케이튼의 번화가를 돌아다니기 시작했다.

이곳의 도시는 매우 평화로워 보였다. 시민들은 제법 번화가에서 사는 주민답게 모두 깔끔한 편이었고, 길가에는 귀족들이 타고 다닐 만한 마차들이 많이 돌아다니고 있었다. 그리고 잡상인들이 매우 많았는데, 그들은 매우 다양하고도 희귀한 것을 많이 팔아 나의 눈을 즐겁게 만들었다.

그때 한 무리의 청년들이 우리 근처를 지나갔다. 그들은 모두 스무 살 안팎으로 보였는데, 나의 외모가 눈에 띄었는지 모두 힐끔힐끔 쳐다보며 지나고 있었다. 그러자 미카엔은 그들의 눈길을 눈치 챘는지 그의 은보랏빛 눈에 드래곤 피어를 살짝 담아 그들을 노려봐 주었고 그들은 얼굴이 하얗게 질리며 모두 부리나케 사라졌다.

그런 그들의 모습에 나는 놀라며 미카엔에게 입을 열었다.

"미카엔, 방금 드래곤 피어 아닌가요?"

그러자 미카엔은 고개를 가로저으며 나의 말에 답했다.

"드래곤 피어는 아니야. 나는 드래곤도 아닌데 어떻게 드래곤 피어를 내뿜을 수 있겠어? 그거랑 비슷하지만 나의 경우는 그저 눈에 살기를 담아 그들을 노려본 것뿐이야."

'흐음… 드래곤 피어 맞는 것 같은데… 자신이 가진 능력을 그저 살

기로만 치부하고 있다니……'

나는 더 이상 그것에 대해 말하지 않았다. 본인이 모른다면 그저 모르는 상태로 있는 것이 나을 것이기 때문이다.

어쨌든 미카엔은 나에게 옷을 사준다며 옷을 파는 상점으로 끌고 갔고, 나는 마지못해 따라갔다. 역시 여기 루젠다르는 보수적인 로히얀스와는 달리 여성들의 옷 스타일이 다소 자유로워 보였다.

로히얀스의 여성복들은 전형적인 풍성한 형태의 드레스였는데, 이곳의 여성 의류들은 그다지 형식에 얽매이지 않는 것 같았다. 다소 야하고 하늘거리는 느낌의 원피스가 있는가 하면 정숙하고 심플한 실용적인 형태의 드레스도 있었다.

나는 얼굴을 찌푸리며 그냥 나가려 했지만 미카엔은 본인 혼자 들떠서 나에게 이것저것 입혀보려 했다. 그렇게 미카엔과 실랑이를 벌이고 있는데…

"꼼짝 마라!"

"있는 것 다 내놔!!"

진부해 보이는 형태의 무장 강도가 가게에 침입하더니 역시나 진부한 대사를 그렇게 읊는 것이었다. 나와 가게 여종업원은 그들을 보고는 놀라서 움찔했지만, 미카엔은 누가 들어와서 어떠한 대사를 읊든지 별로 관심이 없는지 계속 옷을 고르는 데 열중하였다. 그러다가 맘에 드는 어떤 옷을 찾아내었는지 밝아진 얼굴로 나에게 외쳤다.

"라비스, 너에게 굉장히 잘 어울리는 옷을 발견했어! 이것도 설마 싫은 것은 아니겠지?"

그러자 미카엔을 제외한 강도들을 비롯한 가게 안에 있던 우리(?)들은 잠시 황당해하는 표정을 지어 보였다. 그리고 몇 초의 시간이 흐른 후…

"있는 것 다 내놓으라는 말을 못 들었어!! 앙?!"

무장 강도로서의 자존심에 상처를 입은 강도들은 열받았는지 미카엔에게 그렇게 소리쳤다. 그러자 미카엔은 매우 성가시다는 표정을 지어 보였고 나는 강도들에게 안됐다는 표정을 지어 보였다.

그들은 오늘 미카엔을 잘못 건드려 인생 종칠 테니 말이다. 하지만 가게의 여종업원은 여전히 사색이 되어 있는 채 어쩔 줄을 몰라 했다.

"시끄럽군. 감히 누구에게 재잘대고 있는 것이지?"

차갑게 가라앉은 미카엔의 목소리가 흘러나왔다. 나는 미카엔이 그들을 제발 조용하게 처리해 주길 바라며 그의 모습을 잠자코 지켜보았다.

미카엔의 당당한 위세에 쫄았는지 강도들은 잠시 버벅거렸다. 그러다가 조금 전 소리친 강도가 다시 위풍당당하게 외쳤다.

"아니 저놈이 심장이 배 밖으로 튀어나왔나?"

그의 말에 나는 순간 킥! 하고 웃음을 터뜨렸다. 간이 배 밖으로 튀어나왔냐의 말을 심장으로 잘못 말한 것이 웃겼기 때문이다.

결국 옷 가게 안으로 침입했던 세 명의 무장 강도는 그들이 가지고 있는 무기를 제대로 한 번 휘둘러 보지 못하고 미카엔에 의해 밖으로 끌려 나갔다.

미키엔은 가게 안에서 소란을 피우며 그들을 혼내고 싶지는 않았는지, 아니면 외교 사절의 신분으로 남의 나라에서 소란을 피우고 싶지 않았는지 마법의 힘을 이용해 강도들을 상점 밖에다가 던져 패대기를 쳤고, 그들은 미카엔이 마법사라는 것을 깨달았는지 쩔쩔매기 시작했다. 허풍만 잔뜩 들었던 어설픈 강도였던 모양이었다.

나는 미카엔이 그 위엄있는 모습으로 그들을 다시 강도짓을 못하도
록 혼내줄 것이라 예상을 하며 계속 지켜보았다. 그러나 어찌 된 일인
지 미카엔은 그들을 패대기를 치고는 드래곤 피어가 담긴 눈길로 그들
을 한번 훑어보아준 다음 다시 아무 일 없다는 듯이 가게 안에서 옷을
고르는데, 나는 그에게 다소 황당함을 느끼며 입을 열었다.

"미카엔, 이게 끝이에요?"

그러자 그는 정말 불쾌했었다는 듯이 표정을 구기며 나의 질문에 답
했다.

"저들을 혼내는 데에 나의 손을 더럽히고 싶지 않아. 흐음, 이젠 슬
슬 시청 쪽으로 가보아야 하겠는데?"

미카엔은 그렇게 말하고는 그동안 골랐던 옷들을 모두 계산하였다.
옷들은 대부분은 나의 의견과는 상관없이 그의 취향대로 고른 옷들이
었는데, 모두 여성스럽고 하늘거리는 것들이 대부분이었다.

물론 나는 미카엔이 샀던 드레스들을 결코 입지 않으리라 속으로 맘
을 먹었던 것은 당연한 일이었다.

상점 밖으로 나온 우리는 거리에 광대들이 여러 가지 쇼를 하며 지
나가는 행렬을 보았다. 나는 그 행렬이 신기하여 걸음을 멈추고 구경
을 하는데, 어떤 코끼리를 타고 한 여자가 피리 같은 것을 불고 가다가
문득 나와 같이 별 생각 없이 서 있던 미카엔에게 눈길을 주었다.

그녀는 붉은색 계통의 노출이 심한 옷을 입고 있는 글래머 미인이었
다. 물론 화장을 진하게 하여 멀리서 보았을 때 미인으로 보이는 것일
지도 모르겠지만, 아무튼 거리에서 구경을 하고 있던 청년들이나 아저
씨들은 모두 침을 흘리며 넋을 놓고 그 여자를 바라보고 있었다.

그런데 그 여자가 미카엔을 보더니 한쪽 눈을 찡긋 감으며 윙크를

하는 것이었다. 그리고 의미 모를 색기 어린 미소를 흘리며 행렬과 함께 사라져 갔다.

나는 미카엔의 반응이 궁금하여 그를 올려다보았다. 그러자 그는 표정없이 서 있다가 나의 눈길을 깨닫고는 어깨를 으쓱해 보였다.

나는 저 광대들의 행렬을 따라가서 어디 즈음에서 펼쳐질 화려한 그들의 쇼를 구경하고 싶었으나 미카엔의 스케줄이 안 따라주니 아쉬움을 떨치며 시청으로 향해야만 했다.

그렇게 케이튼의 시청으로 가서 미카엔과 함께 시장을 만나 식사 대접을 받고 신경전이 많이 오간 대화를 나누었다. 대부분은 미카엔과 시장의 대화였지만, 나는 그 옆에서 외교에 대한 미카엔의 수법에 대해 많은 것을 배워 나갔다.

그리고 저녁 즈음에 다시 여관으로 돌아와 한 마리의 비둘기로 변해 있던 아멘시타의 보고를 받았다.

그의 말로는…

[아사벨라의 아버지인 아모르 자작은 그동안 루젠다르와 교류를 가졌었나 봐. 그는 훈련이 된 비둘기의 발목에 종종 편지를 묶어 루젠다르로 날려 보냈었는데, 그 비둘기가 바로 내가 몸담고 있는 이 비둘기야. 하지만 그 편지들의 내용은 모르겠어. 그리고 이번 아모르 자작가의 남매가 이번 사절에 참여한 것이 석연치가 않아. 그저 루젠다르 왕의 먼 친척으로서 안부를 전하기 위해 이번 사절에 따라온 것은 아닌 것 같아. 게다가 엔카루스, 그 시커먼 남자가 마법 도적단을 끌고 있다는 것을 알고 있지? 그 마법 도적단들은 각 지역마다 흩어져 있는데, 이번에 로히얀스의 수도 로히아나로 조금 몰려드는 것이 조금 이상해.]

그의 말에 나는 매우 놀라워하며 입을 열었다.

"그렇다면 아모르 자작가에서 뭔가 일을 꾸미고 있다는 말이네? 하지만 그들이 일을 꾸민다 해도 왕성에는 왕비가 있어. 그녀는 천군만마의 힘보다 강대하지. 게다가 하프 드래곤인 미카엔도 무시 못하는데 과연 그들이 우려할 만한 위험이 될까?"

[물론 왕비는 강하지. 그녀는 이미 수천 년을 살아온 최강의 환수이니까. 하지만 그녀가 이번에 즐기는 유희는 마지막 유희야. 그래서 그녀가 마지막 유희에 집착을 가지고 있지. 그런 이유로 그녀의 마지막 자식인 미카엔에게 드래곤으로서의 능력을 물려주었던 것이 아닐까 생각해. 아무튼 문제가 되는 건 드래곤들은 모두 정해진 그 수명이 있는데 그것이 멀지 않았다는 거야. 그건 나의 짐작일 뿐이고 정확한 그녀의 수명은 잘 모르겠어. 하지만 걱정스러운 건 아모르 자작이 그것을 알고 있는 것 같다는 거야.]

"아니, 아모르 자작이 그것을 어떻게 알고 있는 것이지?"

[그것이 지금 석연치가 않다는 거야. 아모르 자작은 왕비의 마지막 유희가 끝나는 시점을 알고 있는 듯한데, 그 정보를 어디서 들었을까? 내 나름대로 유추해 보았어. 드래곤의 수명이 다하는 시점을 짐작할 수 있는 존재는 드래곤과 상응하는 높은 레벨의 존재야. 그렇다면 지금 현재 그녀를 적대시하고 있는 높은 레벨의 존재가 누가 될까? 아마도 저번에 나타났던 고위 마족의 여자가 아닌가 싶어. 그녀는 예전에 왕비에게 힘을 봉인당한 적이 있어서 그녀에게 적의를 가지고 있어.]

"그럼, 아멘시타. 그 마족 여자의 봉인을 풀어준 존재는 또 누구라고 생각해?"

[그거까지는 나도 모르겠어. 어쩌면 왕비 자신일지도 모르지. 드래

곤의 속은 알 수가 없으니… 아니면 마계 지배자급의 마족이 그녀를 직접 풀어주었을지도 모르지. 하지만 그것은 가능성이 희박해. 마계의 지배자들은 인간계에 모습을 잘 드러내지 않으니깐. 어쩌면 나의 예상을 깰 수도 있겠지만… 아무튼 그 여자 마족은 인페르디아의 왕을 돕고 있다고 했잖아? 그런데 아모르 자작이 그 마족 여자에게서 정보를 들었다면 일은 정말 복잡하게 꼬여들 거야. 사실 이것에 대해 알아보려던 것이 아니었는데 우연히 이 비둘기의 몸속에 들어갔다가 알게 된 내용들이지!』

"그렇다면… 루젠다르와 긴밀한 접촉을 하면서 마족 여자와 교류를 하고 있다면 루젠다르와 인페르디아와 손을 잡았다는 소리잖아? 그렇다면 그 두 나라가 우리 나라를 가지고 놀았다는 소리인데… 흐음, 지금 상황을 종합해 보자면 루젠다르는 우리 나라와 화친을 맺는 척 안심을 시키고 인페르디아는 그것을 방해하는 척해서 우리를 더욱 안심시키고… 그렇게 된다면 왕비의 수명이 다하는 날 로히얀스는 쇠퇴하게 되겠군. 물론 미카엔이 있긴 하지만 그렇게 두 나라와 고위 마족이 덤빈다면 미카엔도 힘들어질 거야."

내가 그렇게 정리를 해가며 말하자 아멘시타는 고개를 끄덕여 보였다. 나는 손톱을 물어뜯으며 잠시 방 안을 왔다리 갔다리 했다. 뭔가 방책을 세워야 하는데… 그러기 위해서는 리엔시타가 돌아오길 기다려야 할 것 같았다.

나는 불안스럽게 방 안을 왔다 갔다 하다가 다시 아멘시타에게 입을 열었다.

"그럼 아사벨라를 인질로 잡아서 자작에게 협박을 해볼까?"

그러자 아멘시타는 고개를 가로저으며 입을 열었다.

[과연 그 수법이 통하게 될까? 엔카루스만 보아도 저번에 아사벨라를 처형한다고 했을 때 별로 동요하지 않았었잖아?]

늦은 저녁이 되도록 나는 리엔시타를 기다릴 겸 아멘시타와 함께 열심히(?) 머리를 굴리고 있었다. 그런데…

촤아악~!

방 안에서 갑자기 물소리가 들리는 듯하더니 투명한 빛의 물이 신비하게 느껴지는 광경을 연출하며 휘몰아치기 시작했다. 그 물은 어디서 갑자기 생겨났는지 모르겠지만, 아무튼 그렇게 휘몰아치며 어떠한 형상을 갖추기 시작했는데 그것은 곧 사람의 형태가 되어갔다.

"리엔?"

내가 그렇게 묻자 투명한 형태의 사람의 형상은 곧 완벽한 소녀의 모습이 되었고 그녀는 사뿐한 걸음으로 다가왔다.

"나 다녀왔어. 나 그동안 힘들었는데… 칭찬해 줄 거지? 루젠다르 영감의 집무실에 있는 공기 중에 습기의 형태로 몇 시간 내내 머물러 있었는데, 지루해서 죽을 뻔했어. 정말 고생했다구~ 게다가 론티아 정령 녀석들 몰래 잠입해 있느라 몸에서 쥐가 날 것 같았어. 그리고……."

리엔시타는 그렇게 나타나자마자 나에게 말을 늘어놓기 시작했는데 나는 한없이 이어질 것 같은 그녀의 말을 자르며 입을 열었다.

"아, 고생 많았겠구나. 그런데 리엔, 뭐 알아낸 것은 있어?"

"흐응~ 당연히 있지. 내가 누구겠어? 수천 년을 살아온 물의 정령이잖아? 그건 식은 죽 먹기라구~ 그 루젠다르 영감이 오늘 했던 행동을 시시콜콜 이 뛰어난 머리 속에 담아왔지. 호호, 그 루젠다르 영감은 아침 6시에 일어나서 욕실에 들어가 세수를 한 다음 시중들기 위해 들어온 시녀와 여러 가지 이상한 종류의 대화를 나누었어."

"그 이상한 대화가 뭔데?"

나는 그녀의 말을 진지하게 듣다가 그렇게 질문을 하였는데…

"으응, 그 대화가 약간 민망한 부분이라 말하기 그렇지만 그래도 중요하다면 말해야겠지? 그 루젠다르 영감은 시녀에게 이렇게 말했지. '처음 보는 얼굴이군. 몇 살이지?' 하고 물었고 시녀는 '열다섯이요' 하고 대답을 했어. 그러자 그 영감은 '좋은 나이군. 나이도 적당하고 몸매도 나이답지 않게 많이 성숙했고 얼굴은 그만하면 꽤 귀엽군. 흐음… 이름이 뭐지?' 그렇게 물으니깐 시녀는 어쩔 줄 몰라 하며 대답을 했어. '시링이라고 합니다'. 그러니깐… '호오! 이름도 귀엽군. 시링? 오늘 밤에 나의 침실로 오거라'. 그러자 시링은……"

"리, 리엔!! 그만 말해!!"

나는 민망하기 짝이 없는 내용들을 자세히, 그리고 리얼하게 흉내까지 내며 말해 주는 리엔에게 소리를 치며 중단을 시켰고, 리엔은 놀랐는지 눈을 동그랗게 떴다. 그런 그녀의 모습에 나는 한숨을 내쉬며 다시 입을 열었다.

"리엔, 그런 거 말고… 뭔가 중요한 정보가 될 만한 내용들을 말해 줘. 예를 들면 나라끼리 오간 기밀 문서에 대한 내용이나……"

"아! 있어! 점심때 그 루젠다르 영감이 어떤 문서를 전달받았는데, 그것은 인페르디아 왕의 서신이었던 것 같아. 어떤 마족 여자가 직접 그것을 가지고 왔다고 하는데, 다행히 집무실까지는 들어오지 않고 왕의 비서관이 서신을 전달해 주더군. 그래서 들키지 않았지. 그 마족한테 말이야!"

"그 서신의 내용이 뭐였는데?"

나는 리엔시타를 재촉하였다.

"웅, 그게 말이야, 루젠다르가 제안한 제의를 받아들이겠다는 내용이었어. 그 제의가 무엇인지는 언급이 없었고, 음… 되도록 서두르자는 내용이던데?"

"그래? 그렇다면 이것으로 두 나라가 내통하고 있다는 것이 확실해졌군."

[그럼, 이제 어쩌지?]

묵묵히 있던 아멘시타가 입을 열었다. 그러자 리엔시타는 그제야 아멘시타를 발견했다는 듯이 그를 보며 깍깍거리기 시작했다.

"어머! 어머나! 이번엔 귀여운 비둘기가 되어 있네? 이봐, 꼬맹이. 그렇게 밥 먹듯이 몸을 바꾸다니! 그러다가 자신의 본체가 나무였다는 것도 까먹지 않아?"

그러자 아멘시타는 온화한(?) 성품의 새가 되어 있음에도 불구하고 그 눈초리는 매우 사나워져 있었다. 결국 그의 입에서 나로서는 처음 들어보는 험한 말이 튀어나왔다.

[입 닥쳐, 할망구!!]

"까악~!! 할망구라니? 할망구라니이~!! 용서 못해! 나 같은 미소녀에게 할망구라니!!"

리엔시타는 그렇게 수선을 떨며 흥분을 하였는데, 할망구라는 소리에 화가 치밀었는지 자신이 가지고 있던 물의 힘으로 아멘시타를 덮쳐갔다. 아멘시타는 잽싸게 푸드덕 날아올랐으나 비둘기가 빠르면 얼마나 빠르겠는가?

곧 넝쿨가지가 뻗어가듯이 투명한 빛의 물은 살아 있는 듯 허공에서 춤을 추었고 비둘기로 있는 아멘시타를 포위해 갔다.

'윽! 정신없어~!'

푸드득!

나는 다소 산만한 모습의 정령들을 보며 소리없는 한숨을 내쉬었다.

구구, 구우~

결국 자신의 신변에 위험을 느꼈는지 아멘시타는 비둘기의 육체에서 빠져나가고 말았다. 그리고 아멘시타가 가버린 것을 알아챈 리엔시타는 정말 아깝다는 듯한 표정으로 자신의 힘을 거두어들였다. 그런데 그때!

'허걱!'

언제 들어왔는지 미카엔이 황당함과 어지러움증이 복합된 표정으로 이 광경을 바라보고 있는 것이 나의 눈에 들어왔다.

"미, 미카엔? 언제 들어왔어요?"

내가 그렇게 입을 열자 리엔시타는 그제야 미카엔의 존재를 깨달았는지 미카엔을 돌아보았다. 그리고 자신의 존재를 숨기기에는 너무 늦었다 싶었는지, 매우 어설프고도 어색한 미소를 미카엔에게 지어 보이며 꾸벅 인사를 해 보였다.

"아하하… 안녕하시와요? 저는 바빠서 이만……."

그녀는 그렇게 말하고는 파앗~ 하는 음향과 함께 투명한 물빛을 남기며 사라져 버렸다.

"라비스? 방금… 너와 같이 있던 정령들은 대체 누구지?"

그는 그들이 정령들이란 것을 한눈에 알아보았는지 나에게 그렇게 물었다. 그래서 나는 이 난감한 상황과 그들과 맺은 인연에 대해서 그에게 설명하기 위해 머리 속으로 차근차근 정리를 해 나갔다.

아멘시타는 원래 크로시벨 가에 있던 론티아 나무 정령이고 리엔시타는 세젠느 강에서 만난 물의 정령이라는 것을 솔직하게 그에게 말했다. 그러자 미카엔은 매우 놀라워하며, 특히 리엔시타에 대해서는 굉장히 의외라는 표정을 지어 보였다.

아멘시타와 같은 나이 어린 론티아 정령들은 왕족이라면 쉽게 접할 수 있는 정령이었으나 리엔시타와 같은 몇천 년의 세월을 살아온 물의 정령일 경우에는 굉장히 자부심이 강했고 인간들과의 교류도 전혀 하지 않는 정령이었던 터라 미카엔으로서도 정말 뜻밖의 일이었을 것이다.

게다가 세젠느 강의 정령인 리엔시타와 같은 경우는 거의 영원과 같은 세월을 사는 정령이었기에 특별한 능력도 많은 정령이었다. 그래서 나라의 실력자들이나 야심가들은 그러한 정령들을 이용하고자 눈에 불을 켜지만, 그들을 따르는 것은 순전히 정령들 마음이었던 터라 그들로서는 정령의 힘을 사용하는 것이 쉽지 않았다.

그리고 그러한 정령들의 힘을 빌리자면 그들 자신이 정령들을 끌어당기는 그 특유의 매력과도 같은 것이 있어야 했지만, 그러한 능력은 타고난 것이어야 하기 때문에 지배자들은 결국 정령들과 친화력이 있는 존재들을 자신의 옆에 두고 정령들의 힘을 이용하기도 했다.

아무튼 그러한 이유로 내가 리엔시타와 교류를 하고 있는 것은 대단한 일이었다. 미카엔도 나를 달리 보는 것은 당연한 일이었다.

"역시 너의 미모는 정령들도 사로잡는 모양이군. 대단해, 라비스."

그의 말에 나는 고개를 가로저으며 약간 잘난 척을 해 보였다.

"제 외모로 그들을 사로잡은 건 아니에요. 누가 그러는데요, 저에겐 마력과도 같은 매력이 있대요. 하하."

"하긴 그것은 나도 인정해. 너를 보고 있자면, 정신없이 너에게 빨려

들어가고 있다는 느낌이 들거든."

나는 농담 반으로 그에게 말했지만 미카엔은 고개를 끄덕이며 진지한 어투로 응수하였다. 그의 노골적인 느낌의 칭찬 비슷한 말에 나는 그의 얼굴을 외면하였다. 그러자 미카엔은 의아한 표정이 되어 나에게 물었다.

"라비스, 뭐지? 그 반응은… 설마 부끄러워하는 건가?"

그의 말에 나는 잠시 닭살이 돋았지만 내색은 하지 않고 약간 가라앉은 목소리로 그에게 입을 열었다.

"미카엔은 날… 어떻게 생각하고 있죠?"

나를 보면 정신없이 빨려 들어가는 것 같다는 그의 말이 갑자기 부담스럽게 다가왔던 나는 왠지 이대로 그와 함께 지내서는 안 될 것 같다는 느낌이 들었다. 죄를 짓는 느낌이었다. 얼마 전까지 남자의 영혼으로 있었던 탓으로 그를 받아들이지 못하는 내가 무책임하게 그가 나를 사랑할 때까지 그냥 지낸다면 언젠가는 미카엔에게 크나큰 상처를 안겨줄지도 모르기 때문이었다.

"그야 나의 아름다고도 사랑스러운 부인이라 생각하고 있지."

약간 웃음기가 섞인 미카엔의 목소리가 들려왔다. 나는 다시 그에게 눈길을 준 다음 입을 열었다.

"나를 사랑하고 있나요?"

그러자 미카엔은 나의 질문으로 인하여 매우 쑥스러웠는지 약간 얼굴을 붉히며 뜸을 들였다. 하지만 그다지 지체하지 않고 나의 말에 답했다.

"물론. 넌 내가 사랑한 첫 번째 여자이자 마지막 여자가 될 거야."

"그런가요? 저를 사랑해 주셔서 고마워요. 하지만 미카엔, 나를 사랑하는 마음에 진심은 담지 말아주세요."

왠지 차가운 듯한 말에 미카엔은 굳어진 얼굴로 나에게 물었다.

"그게 무슨 뜻이지? 진심을 담지 말라니?"

그의 부드러웠던 눈빛이 날카로워져 있었다.

"전… 솔직히 말하면, 미카엔이 나에게 잘해줄 때마다 부담스러워요."

왠지 나의 무덤을 파는 발언을 그에게 하고 있는 듯한 느낌도 들었다. 그냥 그에게 적당히 장단을 맞춰주며 살아도 되겠지만 나의 맘이 미카엔에게로 향하려 할 때마다 나는 거짓된 나의 행동이 너무 싫었다. 차라리 그를 나에게서 멀어지게 하는 편이 라비스로서 이 세계에서 사는 것이 편할 것 같았다.

"부담스러워? 하긴, 넌 처음부터 나를 거부했었지? 네가 나를 사랑하지 않는다는 것 잘 알아. 하지만 나에게 그러한 말을 하는 것은 무슨 이유이지? …다른 놈이 있는 것이군. 혹시 엔카루스인가?"

"아니요! 그런 것은 아니에요!"

"그럼, 뭐야?"

미카엔은 결국 화가 났는지 높아진 목소리로 나에게 말하며 나의 두 어깨를 꽉 움켜쥐었다.

'내가 드디어 미친 것인가? 내가 지금 뭐 하고 있는 거지?'

나는 그렇게 속으로 생각하며 그의 얼굴을 외면하며 말했다.

"놓으세요. 아프다구요."

그러자 미카엔은 나의 어깨를 더욱 세게 쥐더니 다그치듯 나에게 말했다.

"넌 지금 일부러 나의 화를 돋우는 것 같아. 나의 눈을 똑바로 보며 너의 진심을 말해."

"난… 난… 히잉~ 모르겠어요! 난 미카엔이 아는 그런 라비스가 아니에요! 난 얼마 전까지만 해도 남자로서 살아왔단 말이에요!"

그러자 화가 잔뜩 난 표정이었던 미카엔의 얼굴에서 황당해하는 빛이 스쳐 갔다. 그는 잠시 나의 얼굴을 응시한 채 멍하니 있더니 결국 웃음을 터뜨렸다.

"풋! 라비스, 이유를 대려면 그럴듯한 것으로 대야지. 남자였었다니, 큭큭! 정말 귀여운 발상이라니깐."

그는 그렇게 말하고는 잡고 있던 나의 어깨를 끌어당겨 품에 안았다. 그리고는 다시 입을 열어…

"라비스, 이렇게까지 나를 화나게 만들고도 살아 있는 여자는 오직 너뿐일 거야. 오늘은 나를 화나게 한 대가로 너를 나에게 주는 것이 어때?"

그렇게 말하고는 나의 이마에 키스를 하더니 이어서 그의 입술이 아래로 내려와 나의 입술에 와서 닿았다. 물론 나는 그를 밀쳤으나 이번에는 나의 거부에 미카엔은 쉽게 당하지 않았다. 오히려 더욱 세게 끌어안았고 나는 순간 울컥하였다. 나의 고뇌섞인 말을 진지하게 듣지 않고 끝까지 무시하는 그의 행동에 화가 난 것이었다. 그래서…

그의 발을 세게 밟았는데 미카엔은 윽! 하는 신음 소리를 내며 나를 안았던 팔을 풀었다. 그리고 나는 그 기세를 몰아 그의 뺨을 치고 말았다. 어제 엔카루스의 뺨을 때린 이후 오늘은 미카엔의 뺨을 때리게 된 셈이었다.

'헉! 황태자의 얼굴에 손찌검을 하다니! 어쩌지? 요즘 나에게 마가 끼었나? 엔카에 이어 연타로……'

결국 미카엔의 얼굴은 차갑게 식더니 분노 어린 눈길로 나를 쏘아보았다. 처음 받아보는 그의 매서운 눈길에 나는 움찔하였다. 미카엔은 한동안 나를 쏘아보더니 천천히 입을 열었다. 하지만 그의 목소리가 너무도 냉정하게 들려 나는 소름이 끼쳤다.

"이런… 장미에 가시가 있었군. 하지만 아무리 아름다운 장미이더라도 가시에 찔려 자신의 피를 보게 된다면 어떻게 될까? 후후, 너의 바램대로 너를 사랑하는 마음에 더 이상 진심을 담을 수 없게 되겠군."

그는 그렇게 말하고는 휙 돌아서서 방을 나갔다. 오늘따라 그가 닫고 나간 문소리가 크고 거칠게 들려왔다.

그날 밤 나는 잠을 이루지 못했다. 미카엔에게 가서 내가 잘못했음을 시인하고 싶은 맘도 없었다. 그럴 것이었다면 그런 행동을 애초에 시도도 하지 않았을 테니.

그날 나는 다시 나타난 정령들과 함께 보냈다. 여전히 비둘기의 모습인 아멘시타는 나의 기분을 위로하려는 듯한 말을 계속하였으나, 리엔시타는 그와는 반대로 계속 옆에서 다그쳤다.

"리엔! 이젠 그만 해. 머리가 어질어질해!"

"그만 못하겠어! 너무 바보 같아!! 만약 황태자가 너에게 극단적인 벌을 내리면 어떡하려고 해! 예를 들면… 이혼이나……."

"풋! 리엔, 미카엔은 그러지는 않을 거야. 그런데 이곳에서도 이혼이라는 것이 존재하냐?"

"물론. 이혼이라는 것이 남편한테 평생 버림받는 것이잖아?"

"이혼이 버림받는 거라구? 서로의 결정에 의해서 헤어져 사는 것이 아니라?"

내가 그렇게 반문하자 리엔시타는 고개를 갸웃거렸다. 그녀는 당연히 이혼이 단순히 버림받는 것이라 생각했다가 내가 하는 말을 듣고는 헷갈리는 모양이었다. 그런 그녀를 보며 나는 피식 웃고는 다시 화제를 돌렸다.

"이제 그만 하고 곧 있을 루젠다르와의 화친 회담은 어떻게 해야 할지 의견 좀 내놓아봐."

[루젠다르와 인페르시아의 둘을 갈라놓는 것이 어때? 우리가 둘 사이를 이간질을 하는 거야.]

"그래, 맞아. 우리가 가서 루젠다르한테 인페르시아의 욕을 실컷 해주자!"

아멘시타의 의견에 리엔시타는 맞장구를 치며 흥분한 어조로 말했지만 그녀에게 돌아간 것은 한심한 듯 쳐다보는 아멘시타와 나의 눈길이었다.

"응? 왜들 그런 눈으로 보는 거야?"

[리엔, 너 애였냐?]

"뭐엇?!"

[너, 몇천 년 살아왔다는 것, 아무래도 헛살아온 것 아닌지 몰라. 생각하는 것이 그렇게 단순해서……]

"캬악~!! 꼬맹이~!! 너, 오늘 그 짧은 생을 마감하고 싶은 모양이구나! 가만두지 않겠어!!"

"에~휴~"

그런 그들을 보며 나는 한숨을 그들이 들으라는 듯이 일부러 크게 내쉬었는데, 역시 나의 의도대로 그들은 서로 잡아먹을 듯이 싸우려는 것을 금세 멈추었다. 그런 그들을 보며 나는 더욱 울적한 표정을 지으며 조금 낮은 한숨을 한 번 더 내쉬어 보였다.

그러자 그들은 왠지 찔끔한 표정으로 방금 그들이 행동한 것에 대해 반성했다는 태도를 보였다. 아무튼 그렇게 때론 현명한 정령들이지만 순수한 만큼 정신 연령도 낮은 그들과 함께 앞으로의 일을 의논하며 시간을 보냈다.

그리고 다음날 아침, 미카엔 일행은 수도로 향하는 여행길에 올랐고 저녁이 되어서야 우리는 루젠다르의 왕성에 도착할 수가 있었다. 그때까지도 미카엔은 나에게 말을 걸어주지 않았다. 나 역시 그런 그를 모른 척하였지만 갑자기 냉담해진 그의 태도가 적응이 되지 않는 것은 사실이었다.

리엔은 그에게 당장 용서를 빌라고 끊임없이 설득하였지만 나는 그때마다 고개를 가로저었다.

그날 저녁, 너무 피곤하였던 나는 나에게 배정된 침실에서 죽은 듯이 잠을 잤다. 그리고 또다시 다음날 아침… 나는 로히얀스의 외교 사절 자격으로서 정식 회담에 참여하게 되었다.

미카엔은 나를 한 사람의 신하로서 대하는 태도였다. 그동안 나에게 보여왔던 부드러운 태도가 아니라 킬린이나 다른 관리들을 대하는 것처럼 지극히 딱딱했다. 그리고 나는 그의 태도에 대해 담담한 모습을 보였다. 그렇게 나는 회장의 홀 안에 나에게 주어진 자리에 앉으며 계속 나의 머리 속을 정리해 나갔다. 화친 회담을 성공적으로 끝마쳐야 했기 때문이다.

리엔시타는 역시 공기 중에 내포되어 있는 수분의 형태로 회장 안에 잠입을 하였고, 아멘시타는 자신의 자존심을 최대한 죽여 회장 안에서 날아다니는 한 마리의 날파리 안으로 들어갔다. 그로서는 벌레의 몸으로 들어가는 것이 난생처음이었을 것이다. 물론 아멘시타의 기운은 리엔시타가 덮어주어 이곳에 있는 론티아 정령들이 눈치를 못 채게끔 해주었다.

곧 루젠다르의 왕이 홀 안에 등장하였다. 그는 배가 무지하게 많이 나온 늙은이였는데, 그의 눈빛에서는 간사한 빛이 돌고 있었다. 한마디로 말하자면 기분 나쁜 늙은이였다. 그는 또한 나를 보자마자 노골적인 형태의 농담을 건넸는데, 그것이 은근히 야한 느낌이 드는 농담이었다. 여자인데다가 황태자의 측실이라는 나의 신분을 알고는 은연중에 무시하는 태도를 나에게 보인 것이었다.

물론 나는 상당히 불쾌하였으나 최대한 내색하지 않으려 노력을 하였다. 그리고 힐끔 미카엔의 표정을 살피니 그 역시 매우 불쾌한지 한쪽 눈썹이 꿈틀하였으나 이내 그의 표정은 놀라울 정도로 무미건조해졌다.

하긴 이런 자리에서는 자신의 감정을 최대한 죽이는 것이 상책일 것이다. 아무튼 회담은 그렇게 시작되었다. 나는 루젠다르 왕에게 색골 영감탱이라며 속으로 끊임없이 욕을 하며 겉으로는 계속 방긋방긋 미소를 지어 보였다. 이 짓도 익숙해지니 아무렇지도 않게 할 수 있는 것 같았다.

루젠다르 왕은 로히얀스에 대해 많은 좋은 점을 끊임없이 늘어놓았는데, 그것은 감언이설일 뿐이라는 것은 미카엔도 잘 알고 있을 것이다. 나는 조금 말발에 능한 아멘시타의 전음을 통해, 듣고는 회담의 분위기를 이끌었다. 물론 홀 안에는 루젠다르 왕뿐만 아니라 이번 회담에 관계된 중요 관리들, 그리고 미카엔과 미카엔을 따라나온 중신들이 자리에 있었다. 그런데도 내가 그들과의 대화에 소외되지 않고 오히려 분위기를 이끌어 나가는 것이 미카엔과 색골 영감은 의외라는 표정을 지어 보였다. 솔직히 내가 이렇게 논리정연하고도 많은 정보들을 갖추고 있는 줄은 몰랐을 것이다.

나는 그러한 그들에게 한번 싱긋 웃어 보이고는 내가 생각해도 유창하기 짝이 없는 발언을 줄줄 늘어놓았다. 물론 루젠다르의 속 사정에 대한 정보들은 리엔에게 계속 들어가며 말이다.

그리고 나는 루젠다르 영감에게 한 가지 내용을 말하는 것을 잊지 않았다. 그것은 인페르디아에 대한 발언이었는데, 루젠다르 영감은 내가 인페르디아에 대해 말을 꺼내자 눈빛이 약간 달라졌다.

나는 약간 뻥을 쳤다. 그것은 인페르디아의 뒤를 봐주는 마족 여자가 예전에 미카엔과 연인 사이였다고 말한 것이었다. 그러자 미카엔은 능청스럽게도 나의 장단에 맞추어 나에게 이렇게 말하였다.

"라비스, 이젠 그녀와는 끝난 사이야. 이런 자리에서까지 그 말을 꺼내야 하겠어?"

"그녀 때문에 내가 몇 번이나 죽을 뻔했는데요? 이건 그녀가 전하의 애첩인 나에게 앙심을 품은 것라구요!"

"그건 정말 미안하게 생각해. 이젠 다른 여자는 쳐다보지도 않고 오직 너만 바라보잖아?"

"흥! 됐네요~ 황태자 전하!"

사랑싸움과도 같은 미카엔과의 말다툼을 루젠다르 영감은 잠시 멍하니 바라보더니 그저 허허 웃으며 다음 화제로 넘어갔다. 그리고 우리 측 중신들도 미카엔과 나의 대화를 다소 어리둥절해하며 바라보았는데, 나는 그들에게 싱긋 웃어줌으로써 모든 설명을 대신하였다.

아무튼 인페르디아에서 이번 일을 주도적으로 꾸미고 있는 마족 여자가 미카엔과 그렇고 그런 사이였다면 루젠다르로서는 약간 의심을 갖게 될 것이다. 물론 우리의 이러한 농간을 완전히 믿지는 않겠지만, 여자들이란 마족이 되었든, 신족이 되었든 인간이었든, 자신의 사랑에 대해 조금이나마 미련을 갖기 마련이었으므로 루젠다르 측은 조금이나마 그녀에게 의심을 가질 것이다.

우리로서는 루젠다르가 약간의 의심만 가져도 충분히 만족할 만한 성과였다. 작은 의심이란 나중에 아주 사소한 문제에서 커지기 마련이기 때문이었다.

우리도 역시 루젠다르가 품는 마음과 마찬가지로 거짓 화친을 맺었다. 나중에 그들의 뒤통수를 치면 그만이었기에 국가들 간의 신용이니 뭐니 그런 것은 나중에 따져도 늦지는 않았다.

우리가 우선 해야 할 일은 루젠다르가 인페르디아와 동맹을 맺지 못하게 방해만 하면 될 것이다. 그래야 우리로서는 당분간 안심해도 될 것이기 때문이다.

아무튼 회담은 그렇게 무사히 끝났고 나로서는 할 일을 다한 것 같아 홀가분해졌다. 나에게 배정되어졌던 침실로 돌아온 나는 긴장으로 굳어진 몸을 풀며 리엔에게 입을 열었다.

"리엔, 너라면 가능하겠지? 미카엔이 나를 찾을 수 없게 나를 숨기는 일이?"

"뭐?"

"떠나고 싶어. 난 무서워, 그를 사랑하게 되는 것이……."

[안 돼! 떠나다니? 네가 떠난다면 어디로 가겠다는 거야?]

이번에는 지나가던 조그만 새의 몸속에 들어가 있던 아멘시타가 나의 말에 화들짝 놀라며 외쳤다. 그리고 리엔시타 역시 펄쩍 뛰며 나를 만류하였다. 그녀는 얼굴이 새하얗게 질려가면서 나에게 떠들어댔는데 나는 그러한 그녀를 보고 있으려니 우울한 중에서도 웃음이 나왔다.

"안 돼! 안 돼! 이혼은 안 돼! 이혼은 슬픈 거야! 너, 갈 데 없잖아? 히잉~ 왜 그 황태자를 사랑하는 것이 두렵다는 거야? 뭐가 문제인데? 나 네가 슬퍼하는 것은 정말 싫어!! 이혼은 정말 나쁜 거야!"

내가 그를 떠난다는 것을 무조건 이혼이라고만 생각하는 리엔시타였다. 정말 생각하는 것이 귀여운 정령이었다.

"풋! 리엔, 난 단순히 떠나겠다는 거야. 그건 이혼이 아니라구."

그러자 눈물이 그렁그렁하게 맺혀 있던 리엔시타의 물빛 눈동자는 의아한 빛으로 변하였다. 하지만 나는 그녀의 의아심을 풀어주어야겠다는 의욕이 들지 않아 그녀에게서 고개를 돌려 아멘시타에게 입을 열었다.

"아멘시타, 넌 내가 어디로 가야 미카엔의 손길을 피할 수가 있다고 생각해?"

[꼭 떠나야만 하는 거야? 꼭 그래야만 하겠어? 왜 그렇게 방황하는 거지? 그러면 너만 힘들어지는데… 그냥 편하게 라비스로서의 너를 인정해!! 부정해도 넌 이제……]

"닥쳐! 아멘시타!! 난 라비스가 아니야! 난… 난… 이도현이었어! 이도현… 이었어! 이미 나의 많은 것이 변해 버렸지만 내가 이도현이었다는 것은 변하지 않아!"

하지만 이도현이었다고 외치는 나의 목소리에는 왠지 자신이 없어 보였다. 지금은 내 본래의 영혼도 너무 많이 변해 가끔 나도 헷갈릴 지경이었기 때문이다. 아멘시타는 그런 나를 한동안 바라보더니 이윽고 한숨을 푹 내쉬며 입을 열었다.

[…좋아. 네가 원하는 대로 도와줄게. 하지만 이것만은 말하고 싶어. 네게 주어진 운명에서 자꾸 벗어나려고 할수록 너에겐 많은 고난이 있을 거야. 어쩌면 이것이 너의 길이겠지. …도현아, 서대륙으로 가. 그곳에서 숨어 지낸다면 황태자도 쉽사리 너를 찾아내지 못할 거야. 물론 리엔의 도움을 받아야 할걸. 네가 하고 있는 다이아 목걸이랑 크리스털 반지도 그 마법의 힘을 봉인해야 할 거야. 그것의 기운으로 미카엔이 너를 찾아낼지도 모르니…….]

아멘시타가 그렇게 말을 늘어놓자 어느덧 눈물이 얼굴에 범벅이 되어 있던 리엔이 혼란스럽다는 듯이 끼어들었다.

"이도현이라니? 그게 무슨 소리야? 라비스의 본명이 이도현이었어? 근데 그게 뭐가 문제가 된다는 거지?"

"리엔, 지금은 아무 말도 하고 싶지 않아. 사실, 난 지금 떠나기 싫은 마음도 있어. 하지만 그러한 생각을 하는 나는 내가 아니야. 라비스가 그러한 생각을 하는 거야. 미카엔을 생각하는 마음 역시 라비스이고 이도현이었던 본래의 나는 그러한 생각을 할 리가 없어. 난 떠날 거야. 그래야 혼란스럽던 것도 사라질 거야."

[정신 차려! 이 바보야!!]

나의 횡설수설과도 같은 말에 아멘시타는 갑자기 화를 내며 소리를 쳤다. 그러자 내가 있던 침실의 공기가 미미한 파장을 일으켰다. 마치 우리가 숨 쉬는 공기 역시 화를 내는 감정이 존재하기라도 하는 듯.

나는 휘둥그레진 눈으로 아멘시타를 바라보았다. 아멘시타가 그렇게 화를 내는 모습은 처음 보았기 때문이다.

"아멘시타?"

[정신 차려, 라비스! 넌 진정한 너의 모습으로 미키엔을 생각하고 있는 거야! 원래 라비스라면 미카엔을 사랑하지 않았을 거야! 그녀는 다른 누군가를 이미 사랑했었어! 제발 정신 차려! 그러다 너의 영혼은 언젠가 병들고 말 거야!]

"아냐! 그렇지 않아! 날 라비스라고 부르지 마!!"

나는 발악하듯 그에게 소리를 쳤고 그러한 나의 외침에 리엔시타는 움찔하며 울음을 터뜨렸다. 그러자 아멘시타는 나의 상태가 매우 안 좋아 보였는지 더 이상 입을 열지 않았다. 그리고 진정하기를 기다리려는 듯 한동안 침묵을 지켰다.

얼마의 시간이 흐른 후.

아멘시타는 나에게 다시 입을 열었다.

[도현아, 그래… 네가 원하는 대로 해! 이곳을 떠나 새로운 세상을 보며 진정한 너를 찾아. 하지만 넌 아직 본래의 너를 잃어버리지 않았다는 걸 명심해. 잠시 모든 걸 잊고 너를 느껴! 나는 언제나 너와 함께 할 거야. 너를 이렇게 만든 나를 원망해도 좋아. 네가 행복해질 수 있다면… 나의 남은 수명도 버릴 테니깐…….]

"흑, 흐흑! 나두… 너랑 같이 할게. 리엔은 라비스랑 영원한 친구할 거야! 그러니깐 울지 마."

이미 눈물 콧물이 범벅된 다소 우스꽝스런 몰골이 되어 있던 리엔시타는 오히려 나에게 울지 말라며 위로의 말을 하였다. 역시 순수한 정령답게 눈물도 많은 리엔시타였다.

그런 그들을 보자 나는 슬픈 가운데에서도 행복한 기분도 들었다. 나를 이렇게 진심으로 생각해 주는 이들이 존재하고 있구나 싶었다.

"고마워, 리엔, 아멘시타… 그리고 미안해. 너희들에게 흉한 꼴을 보여서."

나는 잠깐 있었던 감정의 소용돌이로 인하여 촉촉해진 눈가의 물기를 닦는 그들에게 생긋 미소를 지어 보였다. 그리고 방금 생각한 계획을 곧바로 실행을 하기 위해 준비를 하기 시작했다.

그동안 내가 가지고 있던 보석류와 돈이 될 만한 것들을 적당한 가방에 넣기 시작했고 여행에 대충 필요할 만한 것을 가방에 쑤셔 넣었다. 그리고 밤이 될 때까지 기다리기로 했다. 나는 공간 이동 마법은 할 줄 몰랐고 정령들 역시 나를 공간 이동시키는 능력이 없었기 때문이다.

나는 그렇게 만반의 준비를 끝내고 나서 기분 전환할 겸 밖으로 나가 왕성의 정원을 거닐었다. 미카엔은 회담이 끝난 후로도 많은 귀족 인사들을 받느라 바쁜 모양이었다. 역시 황태자란 직업은 바쁘기 짝이 없는 것 같았다.

그렇게 미카엔은 꽉꽉 들어찬 스케줄이 있었기 때문에 한낱 측실일 뿐인 나는 그가 일부러 나를 찾아와 주지 않는다면 그의 얼굴 보기는 매우 어려웠다.

나는 애써 우울한 생각을 떨치며 밤이 깊어질 때까지 기다렸다. 미카엔은 오늘 내내 나의 침실에 한 번도 들르지 않았다. 리엔시타는 그가 속 좁게 삐친 거라며 쫑알대었지만 나는 그녀의 말에 고개를 가로저었다.

미카엔은 나로 인해 그 나름대로 자존심과 마음의 상처를 입었을 것이다. 나를 사랑하는 마음에 진심을 담지 말라는 말은 듣기에 따라 굉장히 냉정한 말이었기 때문이다. 게다가 때리기(?)까지 했으니… 훗! 그러고 보니, 왕족에게 손찌검을 하고서도 아무런 질책을 받지 않는 여자는 아마도 나 혼자뿐일 것이다.

또한 그는 왕 다음으로 가장 고귀한 황태자라는 직위에 있는 그답게 그 특유의 자존심을 가지고 있을 것이다. 그 자존심으로 인하여 미카엔은 나에게 먼저 손을 내밀지 못했기에 어쩌면 지금 이 순간 속이 무척 타고 있을지도 모르는 일이었다. 어떻게 보면 정말 우스운 일이었다.

아무튼 나는 그를 사랑하는 라비스가 되고 싶지 않았기에 이대로 그와의 인연이 끝나길 바랐다. 그래서 밤이 된 후 미리 준비했던 검은색 옷을 입고, 몸을 허공에 띄우는 플라이 마법을 써서 창문으로 뛰어내렸다. 내가 이 마법을 쓸 수 있는 것은 미카엔이 준 크리스털 반지 덕분이었다. 아직 난 이 기술을 쓸 수 있는 경지는 다다르지 못했기 때문이었다.

리엔은 나에게 마법의 기운을 덮어주어 다른 마법사들이나 미카엔이 알아채지 못하게 하였다. 아무튼 나는 마법을 쓰며 허공을 날아올랐고 나를 향해 맞부딪쳐 오는 바람을 가벼운 마음으로 느껴보았다.

그러고 보니 예전에 미카엔이 했던 말이 생각났다.

"사실 난 너에게 마법을 가르쳐 주는 게 썩 내키지가 않아. 너에게 날개를 달아주면 저 하늘로 날아 올라가 버릴 것 같거든. 처음엔 그저 라비스의 기뻐하는 얼굴이 보고 싶어서 마법을 가르쳐 준다고 한 것이었는데, 지금은 왠지 불길한 생각이 들어. 너에게 마법을 가르쳐 주면 언젠가는 꼭 후회할 것 같거든."

지금 상황을 보니 정말 미카엔의 예감대로 나는 그가 준 마법의 힘으로 하늘을 날아올라 그를 떠나고 있었다. 정말로 이러한 상황이 올 줄은 몰랐는데…

'미카엔, 어쩌면 다시 보지 못할 수도 있겠지? 미안해……'

◆ 외전

도현이의 일상

시끌시끌.

대학 강의실로 보이는 한 공간에 20여 명 정도 되어 보이는 학생들
이 시끄럽게 잡담들을 나누고 있었다. 아직은 강의가 시작되기 전이었
는지 강의실의 분위기는 그야말로 어수선 그 자체였다.

강의실에서 제일 끝에 위치한 책상에 한 남학생이 앉아 있었는데,
그 남학생은 청년이라기에 아직은 앳된 얼굴을 하고 있었다. 갸름한
얼굴형에 깨끗한 피부, 그리고 오똑하게 솟아오른 코가 제법 잘생겼다
는 느낌을 주고 있었다.

아무튼 그 소년은 지금 이 순간이 매우 지루했는지 찢어져라 하품을
하였다.

"도현아!"

그 순간 누군가가 그 소년을 불렀다. 도현이는 고개를 들어 목소리

가 들린 쪽을 바라보자 강의실의 뒷문에서 서 있던 한 여학생이 활짝 미소를 지었다. 그녀는 아마도 도현이와는 다른 학과였듯 강의실에 들어오지 않고 문에 서서 그를 불렀다.

"지금 수업 들어야 해?"

그녀가 묻자 도현이는 잠시 갈등을 했다.

지금은 세 시가 조금 안 된 시각… 이번 시간은 교양 과목 중의 하나인 기독교 윤리 시간이었다. 정말 지루하고도 졸린 시간. 게다가 도현이는 독실한 기독교 신자도 아니었기에 이번 강의를 빼먹을까 말까 고심을 했다.

그리고 이내 무언가를 결정한 듯 그녀를 바라고는 싱긋 웃어 보이며 입을 열었다.

"아니!"

결국 수업을 제낀 도현이는 자신을 찾아온 연희라는 여자애와 하루 종일 거리를 쏘다니기 시작했다. 그러다가 연희가 잡지를 산다며 도현이를 서점으로 끌고 갔고 덕분에 따라 들어간 도현이는 흔히들 여자애들이 즐겨보는 패션 잡지를 보게 되었다.

연희는 잡지에 나오는 미녀 모델들이 나올 때마다 깍깍거리며 도현이에게 보여주곤 했다. 물론 도현이는 잡지 따위에는 관심이 없었지만, 연희의 관심사는 잡지에 나오는 유명 모델들이었으므로 도현이는 적당한 얼굴로 그때마다 연희의 수선스러움에 맞장구를 쳐주었다.

사실 연희는 아마추어 모델이었다. 물론 도현이와 같은 학교에 다니기는 했지만 그녀는 모델이라는 직업까지 겸하고 있었다. 그래서 그런지 도현이는 온종일 유명 모델들의 이름을 귀에 따갑도록 들어야만 했다.

"꺅! 도현아~ 얘 너무 예쁘지? 이번에 무섭게 뜬 신인이라는데 키가 180cm이래! 대단하지 않니?"

"흐음… 예쁘긴 한데 키가 너무 크다. 여자가 180이면 너무 징그럽지 않나?"

그러자 연희는 도현이를 힐끔 째려보며 말했다.

"징그럽다니! 멋있기만 한데… 아! 그리고 얘는 진짜진짜 예쁜 애인데, 이번에 그 유명한 프랑스 화장품 회사 ×××사의 전속 모델이 되었다고 하더라! 이름은 크리스화나 아르제! 이름도 너무 예뻐!"

도현이는 연희가 가리키는 모델을 바라보았다. 그 모델은 이 잡지의 표지 모델로 나왔던 모델이었는데, 미모가 굉장히 출중해 보였다. 게다가 그녀는 황금빛 긴 머리에 황금빛 눈동자가 일품이었는데, 서양여자였음에도 불구하고 동양적인 매력까지 갖추고 있는 미인이었다.

아무튼 도현이는 크리스화나 아르제라는 모델을 보자 문득 이상한 감정에 휩싸였다. 그 감정을 뚜렷이 설명하려면 표현하기가 매우 힘든 그런 기이한 감정이었는데, 문득 도현이는 가슴이 답답해져 옴을 느꼈다.

결국 도현이는 그 잡지에서 눈을 떼고 연희에게 말했다.

"나 판타지 코너에 가 있을게. 잡지 사고 나서 그쪽으로 와."

도현이는 그렇게 말하고는 몸을 돌려 다양한 판타지 소설들이 잔뜩 쌓인 코너로 발걸음을 옮겼다. 도현이의 이러한 행동을 연희는 의아하게 여겼지만 그리 신경을 쓰지 않았다.

도현이는 새로 나온 소설들을 훑어보았다. 그때 누군가가 도현이의 어깨를 탁 쳤다.

"어머! 도현아~ 너무 오랜만이다! 왜 이렇게 얼굴 보기가 힘든 거야? 연락도 자주 안 하고……."

"앗! 정은이 누나, 여긴 웬일이야?"

"훗! 당연히 책 사러 왔지. 나 같은 지적인 미인이 자주 가는 곳이 어디이겠어? 도현아~ 누나 안 보고 싶었어?"

"하하, 당연히 보고 싶었지. 내가 누나 많이 좋아하는 거 잘 알잖아? 와우~ 누나 못 본 사이에 더 예뻐졌는데? 설마, 나 말고 숨겨둔 애인이 생긴 거 아니야?"

"어머! 내가 도현이 말고 또 누가 있겠어? 그런데 도현아~ 혼자 왔니?"

"아니, 친구 녀석과 같이 왔는데……."

도현이가 거기까지 말하다가 왠지 등쪽에서 살기가 느껴짐을 감지하고는 뒤를 돌아보았다. 그러자 도현이의 눈에 연희의 모습이 보였는데 연희는 굉장히 화가 많이 났는지 마치 불의 정령이라도 된 듯 보이지 않는 불길이 화르르 타오르고 있었다. 물론 분노의 불길이 말이다.

도현이는 순간 찔끔하였다. 하지만 도현이는 금세 얼굴에 미소를 띠며 연희에게 입을 열었다.

"연희야, 벌써 잡지 샀어? 인사해. 여기 누나는 김정은이라고… 내 친구 누나야."

그러나 연희는 계속 분노한 얼굴 표정을 고수하였다.

"흥! 친구의 누나인지 뭔지 내가 알게 뭐야? 나 갈거얏!"

연희는 그렇게 말하더니 휙 돌아서서 서점을 나가 버렸다.

"풋! 도현아, 너 여전하구나? 이번에는 한몸매 하는데? 안 따라가 봐도 돼?"

정은이라 불렀던 여자는 킥킥거리며 도현이에게 말했다.

"괜찮아. 맨날 저러는 걸 뭐. 질투가 굉장히 많거든. 그런데 누나,

오랜만에 만났는데 한잔할까?"

"흐음… 네가 쏘는 거야? 그렇다면 당근 가야지."

"후훗, 누나도 여전한걸?"

도현은 그렇게 정은과 떠들어대며 서점을 나왔다. 그의 행동을 보자면 정말 무책임하기 짝이 없었지만 그는 진지한 것은 질색이었다. 사실 그는 연희를 좋아하긴 했지만 이상스럽게도 남들이 흔히들 말하는 사랑 따위의 감정은 느낄 수가 없었다.

물론 지금 같이 있는 정은 역시 마찬가지였고 그가 알고 있는 모든 여자들에게도 도현은 깊은 감정을 느낄 수가 없었다.

이러한 자신의 성격을 잘 알고 있던 도현은 이러한 자신의 가벼움을 부정하지 않았다. 그래서 본인이 좋아하는 여자들을 만나 자신의 무미건조한 일상을 나름대로 즐겼다.

"그런데 도현이의 운명의 상대는 대체 누구일까? 궁금해. 너, 솔직히 말해 봐. 누구를 진심으로 사랑해 본 적 없지?"

도현은 저녁 시간이면 주로 잘 가던 고급 웨스턴 바에 정은을 데리고 가 적당한 테이블을 차지하고 앉았다. 그리고 칵테일 두 잔을 주문한 도현은 잠시 상념에 잠겨 있다가 정은의 목소리에 퍼뜩 정신을 차렸다.

"사랑? 사랑이야 많이 해봤는데? 하지만 그 사랑에 목숨은 걸어본 적은 없는 것 같아."

"흐응, 그래? 하긴, 넌 이제 19살이니 진짜 사랑을 못해봤을 수도 있겠네. 하지만 도현아, 이 누나가 충고를 하겠는데, 너무 가벼운 것은 안 좋아. 그리고 네가 사랑하지도 않는 여자들에게 기대감 같은 것도 주지 말고. 명심해. 그렇게 여자들에게 상처를 주다가는 언젠가 네가 상처를 받을 날이 올 거야."

"웅~ 누나, 그건 너무 무서운 말인데? 하지만 걱정없어. 나중에 내 운명의 상대한테는 잘해줄 거니깐."

"야야~ 이도현! 그렇게 간단할까? 만약 네 운명의 상대가 너를 사랑하지 않는다면? 아님 네가 그 운명의 상대를 사랑할 수 없는 위치에 있게 된다면? 그것도 아님 너에게 상처받은 여자들이 너를 방해하며 물고 늘어진다면 어떡할래?"

"에이~ 설마, 그런 불행한 일이 있을라구. 그리고 나는 운명의 상대 따위도 믿지 않으니깐 그냥 이대로 살래."

"잘났어, 이도현! 언젠가 설마가 사람을 잡을 날이 올지도 모른단 말이야!"

정은은 도현보다 두 살은 더 먹은 인생의 선배답게 그에게 충고를 했지만 도현은 그다지 진지하게 귀담아듣지 않았다.

하지만 훗날…

도현이 정은의 충고를 다시 한 번 떠올리게 될 것이라는 것을 도현은 상상이나 하고 있었을까?

라비스의 첫사랑 이야기

크로시벨 가의 저택.

오랜만에 개인 맑은 하늘이 청명한 빛을 발하며 제법 따뜻해진 봄바람과 함께 봄이 왔음을 알렸다.

3층으로 된 고풍스런 저택에서 3층에 나 있는 베란다에 한 소녀가 앉아 있었다. 그 소녀는 길고도 아름다워 보이는 금발을 실바람에 나부끼며 한 마리의 고양이를 안고 있었는데, 그 고양이의 품종은 페르시안 종으로 보이는 혈통 좋은 고양이였다.

"휴우~"

소녀는 땅이 꺼져라 한숨을 내쉬며 연신 고양이를 쓰다듬었는데, 그 손길은 무의식에서 나오는 듯 규칙적으로 고양이의 머리와 등을 오르락내리락하고 있었다.

"오늘은 볼 수 있을까, 페루?"

소녀는 고양이에게 말을 건넸다. 물론 페루라고 불린 고양이는 주인의 말을 알아들을 리 만무했기 때문에 그저 갸르릉거리며 기분 좋은 소리만 내었다.

"하아~ 정말 보고 싶어! 카이엔, 카이엔… 이름도 너무 멋져! 그렇게 멋있는 분은 다시 없을 거야. 페루, 나 어떡하지? 얼굴은 딱 한 번밖에 보지 못했는데 왜 자꾸 그 사람의 얼굴이 떠오르는 거지?"

자신의 말을 못 알아듣는다는 것을 잘 알면서도 그 소녀는 끊임없이 페루에게 말을 건넸다.

"페루, 무슨 좋은 수가 없을까? 그분을 매일 볼 수 있는 방법… 아! 좋은 수가 있다! 아버님께 말해서 그분을 나의 경호원으로 채용하는 거야! 아! 그리고 보니, 내 경호원은 에드가 있었네? 그럼, 어떡하지? 그렇지!! 그분을 아버님의 경호원으로 추천하면 되겠다. 훗! 그러면 적어도 하루에 한 번쯤은 볼 수 있겠지?"

그렇게 혼자 떠들어대던 소녀는 자신이 생각해 낸 묘안으로 인하여 기분이 좋아졌는지 금세 생글생글해졌다. 소녀는 더 이상 지체하지 않았다. 안고 있던 페루를 그대로 내던지고 곧장 그녀의 아버지가 있는 다니엘 남작의 서재로 달려가기 시작했다.

그녀의 뒤로 페루의 비명 소리가 들려왔지만 소녀는 신경을 쓰지 않았다.

단숨에 서재로 달려간 그녀는 서재의 문을 벌컥 열어젖혔다. 그러나 다니엘 남작은 그곳에 없었다.

"어! 어디에 가셨지?"

소녀는 그렇게 중얼거리더니 이번에는 방향을 바꾸어서 그녀의 유모 루이스가 있는 주방 쪽으로 달리기 시작했다. 지금은 점심 시간이

다가오는 시각이었기에 소녀는 루이스가 그곳에 있을 거라 생각하며 그쪽으로 달렸다.

"루이스! 루이스!"

소녀가 루이스의 이름을 숨가쁘게 부르자 주방 쪽에서 덩치가 큰 중년의 여인이 모습을 드러내었다.

"아니, 라비스님. 얌전하신 라비스님께서 오늘은 어째 천방지축이십니까? 다니엘 남작님께서 보시면 크게 꾸중하시겠네요."

"루이스, 혹시 아버님이 어디에 계신지 알아요?"

"흐음… 주인님께선 아마도 후원에 계실 거예요. 손님이 오셨거든요."

"그 손님이 누구인데요?"

"흐음, 카… 뭐라고 하던데? 잘 생각이……."

"아! 카이엔이 왔구나!"

라비스라고 불렸던 소녀는 자신이 애타게 보고파 했던 카이엔이 왔다는 소리에 금방 화색이 돌며 그녀의 금빛 눈동자가 반짝반짝 빛나기 시작했다.

결국 라비스는 다시 달리기 시작했다. 평소에는 우아한 척 새침하게 걷기만 했던 라비스였는데, 오늘은 상황이 상황인지라 계속 달리게 되었다.

자신의 방으로 부리나케 달려간 라비스는 헉헉거리며 얼른 자신의 시녀 중 하나인 리나를 부르기 시작했다. 리나는 늘 라비스를 단장해 주던 시녀였는데 지금 이 순간에 그녀가 절실히 필요했다.

"리나! 리나!"

마침 그녀의 방에서 멀리 떨어지지 않은 곳에 있던 리나는 자신의 상전이 매우 다급하다는 것을 깨닫고는 재빠르게 라비스의 방으로 달려왔다.

"리나! 지금 당장 제일 예쁘고, 고상하고, 세련되고, 우아한 드레스로 빨리 골라와! 그리고 나 머리 손질 좀 다시 해줘!"

라비스는 굉장한 속도로 자신의 말을 리나에게 쏟아냈고 리나는 그런 라비스의 모습에 잠시 당황하였으나 이내 침착해진 모습으로 라비스의 명령을 수행하기 시작했다.

잠시 후 리나의 능숙한 손길에 의해서 자신의 모습이 완벽하게 꾸며지자 라비스는 그 길로 후원 쪽으로 달려가기 시작했다.

후원에 도착한 라비스는 자신의 거칠어진 숨을 가다듬었다. 그리고 나서 그녀의 아버지와 카이엔이라는 청년이 있는 쪽으로 사뿐히 걸음을 옮겼다. 카이엔은 다니엘 남작과 거의 대화를 끝마쳤는지 폼으로 보아 곧 자리를 뜰 태세였다.

그것을 본 라비스는 급해지려는 자신의 마음을 억누르며 우아한 몸짓으로 다니엘 남작에게 입을 열었다.

"아버님, 여기에 계셨군요. 루이스가 점심 준비를 다 끝마쳤어요."

"으음… 알았다. 곧 들어갈 것이니 너 먼저 식사하도록 해라."

"아닙니다, 남작님. 지금 식사하세요. 전 이만 가보겠습니다."

남작의 말에 카이엔은 그렇게 말하며 가버리려 하자 라비스는 얼른 그에게 입을 열었다.

"저기… 카이엔님이시죠? 같이 식사하세요. 이왕 여기까지 오셨는데 저희도 마침 식사하려는 중이니 같이 식사하시는 것이 어때요?"

내가 그렇게 말하자 다니엘도 고개를 끄덕이며 나의 말이 옳다고 생각되었는지 그도 한마디 거들었다.

"흐음, 그렇게 하게. 라비스의 말대로 여기까지 왔으니 같이 식사하는 것도 좋겠지."

다니엘까지 그렇게 말하자 카이엔은 거절할 수 없었는지 승낙의 말을 했다.

그렇게 해서 다니엘과 카이엔, 그리고 라비스가 함께 식사를 하게 되었는데, 라비스는 그녀에게 주어진 카이엔에 대해 알 수 있는 좋은 기회를 놓치지 않았다.

"카이엔님은 용병 출신이라고 들었는데 맞나요?"

"네, 맞습니다, 라비스님."

카이엔은 정중하게 그녀의 말에 답했지만 왠지 그에게서는 범접할 수 없는, 다시 말하자면 함부로 가까이 다가갈 수 없는 차가움이 흐르고 있었다. 아마도 매우 냉정한 성격인 듯싶었다. 하지만 라비스의 눈에는 오히려 그의 차가워 보이는 모습이 멋있게만 보였다.

"어머! 그러고 보니, 카이엔님은 귀가 약간 뾰족하시네요! 호호, 그러니깐 엘프 같아요."

그러자 카이엔은 살짝 미소 짓는 듯한 표정을 해 보이더니 그녀의 말에 답했다.

"잘 보셨군요, 라비스님. 전 엘프의 피를 이어받았죠. 정확히 말하자면 전 하프 엘프입니다."

"정말 하프 엘프이신가요? 전 엘프는 한 번도 본 적이 없었는데⋯ 엘프들은 모두 외모가 출중하다고 들었는데, 카이엔님 역시 엘프의 피를 이어받아서 그런지 정말 미남이세요! 아! 그런데 하프 엘프들은 용병이란 직업도 가지는 모양이죠?"

커다란 눈이 더욱 동그래져서 라비스가 그렇게 말을 늘어놓자 다니엘은 그녀가 약간 수다스럽다고 느껴졌는지 그녀에게 질책하는 말을 하였다.

"라비스, 경망스럽구나. 그리고 식사 중에 손님에게 말을 계속 건네 다니 그건 실례라는 것을 모르는 것이냐?"

"아! 죄송합니다. 카이엔님, 제가 그만 생각없이 굴었네요. 용서하 세요."

다니엘의 말에 찔끔한 라비스는 고개를 숙이며 먼저 그녀의 아버지 에게 죄송하다는 말을 하고는 다시 카이엔에게 고개를 돌려 그에게 사 죄의 말을 했다. 그러자…

"아닙니다. 실례될 것은 없습니다. 라비스님께서 오히려 이 자리를 즐겁게 만들어주시고 있는데요. 그리고 라비스님, 하프 엘프도 용병 일을 하냐고 물었나요? 음… 물론 저 같은 경우는 돈이 된다면 직업의 귀천은 가리지 않습니다. 하프 엘프가 설 자리는 엘프들의 세계도 아 닌 인간들의 세계이기 때문에 살기 위해서는 돈을 벌어야 하기 때문이 죠. 원래 엘프들은 고귀한 족속으로 그들만의 세계에 몸담으며 살고 있죠. 전 그러한 엘프의 피를 이어받았지만 그들처럼 고귀한 족속의 일원이 될 수 없었습니다. 물론 인간들의 세계에서도 저는 평범한 인 간이 될 수 없었죠. 오히려 천대를 받았죠. 그래서 제가 가진 능력으로 선택할 수밖에 없었던 것이 용병의 길입니다."

왠지 자조적인 느낌이 묻어나는 그의 말을 들은 라비스는 감수성이 풍부하고 여린 심성답게 금세 눈물을 글썽글썽하였다. 그러다 라비스 는 무슨 결심을 한 듯 그녀의 아버지를 향하여 다시 입을 열었다.

"아버님, 이번에 카이엔님을 아버님의 경호원으로 채용하는 것이 어 떠세요? 어차피 저번에 피터가 경호원의 일을 그만두었잖아요? 카이엔 님은 검술도 뛰어나시고 약간의 정령술까지 알고 계신다니깐, 아버님의 경호원으로선 매우 적합할 거예요!"

그녀가 그렇게 말하자 다니엘은 잠시 생각하는 눈치이더니 뭔가 결정한 듯 카이엔에게 입을 열었다.

"이보게, 카이엔 자네 이번에 내가 맡긴 용병 일만 처리하고 나서 나의 경호원의 일을 해보는 것이 어떤가? 자네의 능력이라면 내가 보수는 두둑히 주도록 하겠네."

"저야 거절할 이유가 없죠. 다니엘 남작님, 맡겨주신다면 열심히 해보겠습니다."

결국 그렇게 해서 카이엔은 다니엘의 경호원으로 채용이 되었다. 라비스는 자신의 바램이 이루어진 것이 너무 기뻤지만 내색은 하지 않고 그저 새침하고 우아한 표정으로 카이엔에게 잘되었다며 격려의 말을 해주었다.

그렇게 며칠 후.

카이엔은 다니엘의 경호원으로서 크로시벨 가에 오게 되었고 라비스는 그날 이후로 매일 같이 그에게 잘 보이기 위해 자신의 모습을 꾸미며 교양있는 레이디의 모습을 완벽하게 보여줬다.

하지만 이러한 눈물겨운 라비스의 노력을 카이엔은 아는지 모르는지 그녀에게 정중하지만 늘 거리를 둔 딱딱한 태도로서 그녀를 대했다.

결국 속이 상한 라비스는 어느 날 중대한 결심을 했다. 그에게 고백을 하기로 한 것이었다.

카이엔에게 고백을 하기 전날 밤… 라비스는 불안감으로 잠을 이루지 못했다. 만약 그녀가 고백을 한다면 카이엔은 어떠한 반응을 보이게 될까? 라비스로서는 정말 속이 탔다.

그녀는 새하얀 고양이 페루를 안으며 또다시 그에게 말을 건네기 시작했다. 그녀가 고양이에게 이런 식으로 혼잣말을 건네는 것은 그녀가 어렸을 적부터 해오던 버릇 중 하나였다.

어렸을 적부터 외롭게 자라온 그녀로서는 유일한 친구가 페루였다. 그래서 속상한 일이 있거나 외로워질 때에는 늘 페루에게 말을 건네곤 했는데 그것이 이제까지 이어온 것이었다.

"페루, 내일 내가 좋아한다고 고백을 하면 그가 나를 받아줄까? 만약 싫다고 어쩌지? 너무 겁나! 하지만 내일 그에게 좋아한다고 말할 거야. 날 응원해 줘, 페루."

라비스는 그렇게 밤새 페루를 안고 중얼거리더니 새벽 즈음이 되어서야 잠들었다. 그리고 그 다음날.

라비스는 그 어느 때보다 더욱 아름다운 모습으로 그에게 찾아갔다. 카이엔은 왕성으로 출타 준비를 하는 다니엘을 기다리고 있는지 다니엘의 방 밖에서 서 있었다.

"카이엔, 잠시 할 말이 있는데 시간 좀 내주시겠어요? 아주 잠깐이면 될 거예요."

"그럼 여기서 하십시오. 다니엘 남작님이 나오시기 전까지입니다."

카이엔은 무미건조한 말투로 라비스에게 말했고 라비스는 그런 그를 보며 마른침을 꿀꺽 삼켰다. 그녀의 촉촉했던 붉은 입술이 타 들어가는 것 같았다. 라비스는 자꾸 잠겨 들어가려는 자신의 목소리를 억지로 내며 입을 열었다.

"카이엔님, 귀족가의 숙녀가 먼저 이런 말을 한다고 욕하지 마세요. 제가 카이엔님에게 할 말은… 할 말은… 전 카이엔님을 사랑해요! 부디 제 마음을 받아주세요!"

라비스의 창백한 얼굴이 극심한 긴장으로 인하여 더욱 창백하게 되었다. 그녀의 길다란 두 다리가 후들후들 떨려왔으나 라비스는 자신이 지금 그러한 가련한 모습이라는 것을 미처 깨닫지 못하고 있었다.

카이엔은 라비스의 고백을 받고서도 여전히 무미건조한 표정이었다. 잠시 후 그의 입이 무겁게 열렸다.

"죄송합니다, 라비스님. 전 라비스님의 마음을 받아들일 수 없습니다. 냉정하다고 생각하실지 모르지만 저에게는 이미 사랑하는 여인이 있습니다. 용서하십시오."

순간 라비스의 커다란 황금빛 눈에서 눈물이 뚝뚝 떨어지기 시작했다.

"아! 그러셨군요. 카이엔님에겐 사랑하시는 분이 이미 계셨군요……."

라비스는 그렇게 중얼거리듯이 말하더니 몸을 돌려 천천히 자신의 방을 향해 걸었다. 그녀의 두 눈에서는 계속 눈물이 볼을 타고 흘렀지만 라비스는 별로 신경 쓰지 않았다. 그녀는 자존심에 매우 상처를 입기도 했지만 그러한 자존심보다 자신의 마음이 받아들여지지 못한 것에 대한 슬픔이 더욱 컸다.

"흑, 흐흑……."

결국 라비스는 그날 자신의 침실에 처박혀 페루를 안고서 하루 종일 울어야 했다. 가끔 루이스가 찾아와 라비스에게 우는 이유를 물었지만 그녀는 문을 걸어 잠그고는 대답을 하지 않았다.

그렇게 꼬박 하루를 울고 난 라비스는 그날 이후로 더욱 말이 없어졌다. 원래 말이 그다지 많지 않은 그녀였지만 이젠 그 말수가 더욱 줄어 그녀가 입을 여는 경우는 페루에게만 한정이 되고 말았다.

그렇게 며칠 간을 라비스로서는 지옥 같은 나날을 보낸 그녀는 다니엘 남작에게서 더욱 충격적인 소식을 접해야만 했다.

그것은 황태자와의 혼담이었는데 왕실의 측실로 들어가야 한다는 그의 말에 라비스는 그저 죽고만 싶었다. 그래서 그녀는 카이엔을 다시 한 번 찾아갔다. 그리고 말했다. 그에게 자신을 데리고 도망가 주기를… 왕실의 후궁은 절대로 되고 싶지 않다는 말을 하며…….

　그러자 카이엔은 말했다.

　"라비스님, 당신은 다니엘 남작님의 유일한 영애이십니다. 그분의 뜻을 저버릴 생각이십니까? 지금 라비스님이 하고 계신 행동은 그저 부모님이 정해주신 정략결혼에 대한 반항심일 뿐이라고밖에 보이지 않습니다. 젊었을 적 정해진 운명에 거스르고 싶어하는 한때의 치기에 그렇게 약하신 모습을 보이시는 겁니까?"

　"정말… 냉정한 분이시군요, 카이엔. 언젠가는 이 순간을 후회할 날이 올 거예요. 내가 흘렸던 눈물만큼 당신도 눈물을 흘리게 될 거예요."

　어린 그녀답지 않게 독기 어린 어조로 라비스는 그렇게 말했다. 자신의 마음을 알아주지 않는 차갑기 그지없는 카이엔의 말에 순간 울컥한 것이다.

　"라비스님, 전 내일 떠날 것입니다. 저를 원망하셔도 좋습니다. 그러니 부디 저로 인하여 라비스님께 주어진 길에서 이탈하시지 말고 그대로 걸어가도록 하세요. 그것이 라비스님의 행복이 될 수 있을 테니깐요. 그럼……."

[제1권 끝]